SEGREDOS DE UMA SAPATÓLATRA

BETH HARBISON

SEGREDOS DE UMA SAPATOLATRA

Tradução de
RYTA VINAGRE

EDITORA RECORD
RIO DE JANEIRO • SÃO PAULO
2010

CIP-BRASIL. CATALOGAÇÃO-NA-FONTE
SINDICATO NACIONAL DOS EDITORES DE LIVROS, RJ

Harbison, Elizabeth M.
H234s   Segredos de uma sapatólatra / Beth Harbison; tradução de
Ryta Vinagre. - Rio de Janeiro: Record, 2010.

Tradução de: Secrets of a shoe addict
ISBN 978-85-01-08893-2

1. Romance americano. I. Vinagre, Ryta. II. Título.

CDD: 813
10-2785   CDU: 821.111(73)-3

TÍTULO ORIGINAL EM INGLÊS:
Secrets of a shoe addict

Copyright © Beth Harbison, 2008

Texto revisado segundo o novo Acordo Ortográfico da Língua Portuguesa.

Todos os direitos reservados. Proibida a reprodução, no todo ou em parte, através de quaisquer meios.

Direitos exclusivos de publicação em língua portuguesa somente para o Brasil adquiridos pela
EDITORA RECORD LTDA.
Rua Argentina, 171 - Rio de Janeiro, RJ - 20921-380 - Tel.: 2585-2000, que se reserva a propriedade literária desta tradução.

Impresso no Brasil

ISBN 978-85-01-08893-2

Seja um leitor preferencial Record.
Cadastre-se e receba informações sobre
nossos lançamentos e nossas promoções.

Atendimento e venda direta ao leitor:
mdireto@record.com.br ou (21) 2585-2002.

EDITORA AFILIADA

*Ao homem que é, com toda sinceridade, o amor da minha vida,
o melhor amigo e marido que uma mulher pode ter,
John Harbison.*

✶

*E aos meus filhos, Paige e Jack Harbison,
que tanto orgulho me dão.*

Agradecimentos

Tenho sorte por ter muitos amigos que enchem minha vida de alegria e que tornaram o ato de escrever este livro muito mais divertido: Steffi e Harry Alexander, Connie Atkins, Janie Aylor, Jim Aylor, Sherry Bindeman, Dana Carmel, Andy e Sue Conversano, Mimi Elias, Connie e Rusty Gernhofer, Scott Hicks, Elaine McShulskis, Amy Sears, Jacquelyn Taylor e Steve Troha.

Meus agradecimentos especiais a Donnie Sears, cujas histórias nunca deixam de ser engraçadas... Desde que não tenham acontecido comigo.

E a Greg Cunliffe, que sempre esteve presente, embora tenha partido. Greg, queria que você pudesse contar a história da Sra. Gelsinon só mais uma vez.

Minha imensa gratidão a Jennifer Rae Heffernan, do Bowling

Green Book Club, em Ohio, por ler os originais para que eu pudesse corrigir os erros antes que o resto do mundo os visse.

Por fim, agradeço aos cérebros desta operação: Jen Enderlin, Annelise Robey e Meg Ruley.

Capítulo 1

Loreen Murphy não pretendia contratar um garoto de programa em Las Vegas. Foi só um grande mal-entendido, idiota e *muito caro*. A noite havia começado de maneira bem normal. Não havia nenhum estranho alinhamento visível de estrelas, nem eletricidade estática no ar, nada para indicar que as coisas estavam prestes a ficar esquisitas.

Ela e outros pais e mães – principalmente mães – dos integrantes da banda do Colégio Tuckerman, de Travilah, Maryland, estavam em Las Vegas, onde as crianças disputavam o Concurso Nacional de Bandas Escolares. Loreen, como tesoureira da APM, a Associação de Pais e Mestres, fora fundamental para conseguir um acordo com a companhia aérea e vários hotéis da cidade para que pais e irmãos pudessem comparecer ao evento.

E tudo saiu bem, até o momento em que as mães deixaram os pequenos músicos premiados com o terceiro lugar no quarto sob os cuidados de uma babá do hotel meio parecida com Joan Crawford, mas que mostrou documentos provando ser, de fato, uma funcionária.

Assim, confiante de que seus filhos ficariam bem, Loreen e suas colegas dirigentes da APM – Abbey Walsh (vice-presidente da APM e esposa do pastor metodista local) e Tiffany Dreyer (presidente da APM) – desceram ao cassino e passaram um tempinho jogando nos caça-níqueis e tomando margaritas gratuitas de um bar do hotel.

Para Loreen, as coisas começaram a ter sentido quando surgiu a ideia de fazer uma pausa depois de uma hora de jogos e drinques grátis: levantou-se e andou um pouco, de modo a não ficar com "cotovelo de caça-níqueis" ou seja lá como se chama a lesão por movimento repetitivo de quem joga por muito tempo.

Além disso, ela reservara 25 dólares para apostar e, segundo o recibo que a máquina de alta tecnologia acabara de cuspir, só lhe restavam 10 dólares. Ela havia decidido que quando esse dinheiro acabasse, a noite estaria encerrada.

– Tem certeza de que não quer dar uma volta por aí comigo? – perguntou ela a Tiffany, amiga de Loreen desde que seus filhos comeram um pote de cola na turma de primeira série da Sra. Kelpy e vomitaram na fila do refeitório meia hora depois.

– Nem pensar. – Tiffany estava com os olhos azul-claros colados na máquina diante dela. – Investi quase duas horas nesta máquina. Vou ganhar o grande prêmio. Eu *sinto* que vou.

– É assim que começa o vício em jogo, sabia?

Tiffany assentiu e ergueu o drinque em direção ao de Loreen.

– Acho que o alcoolismo também começa assim.

– *Touché*.

Loreen passou pela multidão – centenas de pessoas que nunca vira na vida. A sensação de liberdade era estimulante. Jacob estava seguro com a babá no quarto e Loreen, a um mês de estar oficialmente divorciada, era uma "solteira à solta" pela primeira vez em 11 anos.

Robert, o em-breve-ex, achava que ela era uma maníaca controladora e que se concentrava demais no filho e pouco em sua própria vida. Bem, nessa noite ela ia mudar isso.

O saguão do Gilded Palace com colunas de mármore e grandes palmeiras em vasos, estava cheio de gente. Havia música ambiente tocando em alguns alto-falantes distantes, criando uma atmosfera etérea o suficiente para parecer que esta era a vida de outra pessoa e que ela era livre para fazer o que bem entendesse.

E foi *aí* que os problemas começaram.

Quando Rod — esse era o nome dele, ou pelo menos foi o nome que ele deu — sentou-se e começou a conversar com ela, a primeira coisa que lhe passou pela cabeça era que devia ser uma brincadeira dos amigos bêbados dele, que, sem dúvida, estavam escondidos atrás de alguma coluna coríntia ou de uma enorme palmeira em algum lugar por ali.

Mas, se ele estava com amigos bêbados, eles ficaram escondidos por muito tempo. E, além disso, Loreen não era tão pouco atraente assim para ser motivo de uma piada de imbecis. Era só que ela... Ela parecia uma mãe.

Não uma mãe gostosona, só uma mãe.

Seu cabelo escuro tinha perdido parte do brilho da juventude e tinha um corte fora de moda e sem solução que fazia com que se parece com o Príncipe Valente. Não importa em qual cabeleireiro fosse ou que foto levasse como modelo, sempre saía com o mesmo visual de mãe sem graça.

E a explicação do cabeleireiro era sempre de que "você tem um rosto diferente. Não posso fazer com que pareça com a atriz de TV *X*, a estrela de cinema *Y*. Tente entender, este é um corte básico..."

Em outras palavras, *você jamais vai ser gostosa, meu bem. Desista.*

Isso também era verdade. Loreen sofria de certa "expansão" pós-parto. Um pós-parto de nove anos. Sua bunda era consideravelmente maior do que quando era solteira. Os jeans de cintura alta seguravam tudo no lugar — alguém que quisesse indicá-la do outro lado da sala não a chamaria de "aquela gorda ali" — mas ela não era exatamente o que chamaríamos de gata. E *havia mesmo* um pneuzinho revelador do qual ela simplesmente não conseguia se livrar. Pelo menos não sem uma dieta constante de cenouras, aipo e pilates.

Mas Rod a olhava como se ela tivesse saído de maiô na capa da *Sports Illustrated*.

Pensando bem, isso já deveria tê-la deixado mais desconfiada.

— Margarita, hein? — Ele indicou a taça de Loreen com a cabeça e sorriu. O jeito como a boca de Rod se curvou, revelando dentes extremamente brancos, fazia com que ele parecesse um astro de cinema de verdade. — Mulheres bonitas como você merecem algo mais especial do que isso.

Era uma cantada barata e Loreen sabia disso, mas gostou assim mesmo.

— Bom... — ela disfarçou um arroto e teve esperanças de que ele não percebesse — ...eles colocam um pouco de Grand Marnier por cima.

— Ah. Isso dá um toque de classe, como você. — Ele sorriu de novo. — A propósito, meu nome é Rod.

— Loreen Murphy. — Não só fez a bobagem de dar seu sobrenome a um ilustre desconhecido, como estendeu a mão feito uma completa idiota. — É um prazer.

Ele levou a mão de Loreen aos lábios e a beijou, olhando-a nos olhos o tempo todo, como Leonardo DiCaprio fez com Kate Winslet em *Titanic*.

— De onde você é, Loreen?

— É tão evidente assim que não sou daqui?

Ele riu.

— Você parece feliz demais para ser daqui.

— Sou de Maryland.

— E o que você faz em Maryland?

— Sou corretora de imóveis. — E tesoureira da Associação de Pais e Mestres, e mãe, e em breve uma ex-esposa, e um monte de outras coisas.

Ele pareceu impressionado.

— Tem seu próprio horário e tira o máximo de cada negócio que faz. Bom trabalho.

Ela deu de ombros.

— É tudo ou nada.

— E esta noite? Será tudo ou nada?

— Tudo. — Ela sorriu. Era verdade. Essa história de deixar rolar era muito boa. Talvez Robert tivesse razão. Um pouquinho, pelo menos. — Esta noite, é tudo.

Rod riu de um jeito charmoso e balançou a cabeça, aprovando.

— Está procurando uma companhia esta noite, Loreen?

Por um instante maluco ela se sentiu dez anos mais nova, com menos peso nas costas por um divórcio iminente e livre para paquerar. Era *incrível*. E tomou outro gole do drinque.

— Bom, não sei. Isso é uma proposta?

— Na realidade, é sim.

Ela não conseguia acreditar que aquele gato estivesse dando em cima dela! Isso nunca acontecia em Maryland!

"*Engole essa, Robert*", pensou.

Na semana anterior, Jacob tinha dito a Loreen que Robert ia receber uma namorada para o jantar.

E assim, pensando naquela noticiazinha desagradável, o que é que tinha de mais? Para Loreen, Rod era uma dádiva de Deus. E quanto ao motivo para ele estar interessado nela... Bem, por que não? Não, ela não era uma supermodelo, mas também não era de se jogar fora. Quando era mais jovem, recebia cantadas de muitos rapazes. Não acontecia há algum tempo, mas talvez essa fosse a primeira vez em que ela estivesse relaxada o suficiente – e anônima o bastante – para emanar uma vibração de quem está *disponível*.

– Por mim, tudo bem – disse ela com uma risada. As mulheres em volta olhavam com inveja e Loreen gostou disso.

– Então pode dizer a essas outras mulheres que você está comprometido.

Ele assentiu.

– Fechado.

Loreen havia ficado preocupada com a hipótese de ele não ter entendido a piada e tivesse pensado que ela já estava com ciúmes, então se sentiu aliviada com a resposta dele.

– Bom, estou honrada.

Robert tinha seguido em frente. Ela também seguiria. Mesmo que só por alguns minutos.

– A honra é minha. – Rod ergueu uma sobrancelha perfeita sobre um olho azul-claro. Na verdade, suas sobrancelhas eram tão perfeitas que ela concluiu que ele devia depilá-las, o que era meio perturbador. Mas bastou uma olhada em seu sorriso repentino para isso não ter mais importância. – Gosta de champanhe, Loreen?

— Depende do que você chama de champanhe. Nunca tomei dos bons. — Era verdade. Sua experiência era limitada ao tipo que tinha gosto de picolé derretido e podia ser usado para adoçar café. Mas naquela noite ela havia tomado tequila o suficiente para aumentar sua confiança e dar um gás à sua paquera desajeitada. — Isso está no acordo, Sr. Rod?

— É claro, se preferir. O cardápio é sempre à la carte. — Fez um sinal para o barman com um movimento leve e disse a ele: — Piper. — Depois se virou para Loreen. — Então é virgem de champanhe fino. E eu estou tirando sua virgindade.

Ela sorriu. Na realidade, praticamente vibrou.

— Seja bonzinho comigo.

— Como quiser. — Ele sorriu e o barman colocou duas taças fálicas no balcão, servindo o líquido dourado e borbulhante.

— Obrigada, Piper — disse Loreen.

Rod riu de novo.

— Você — ele bateu a taça na dela — é ótima.

— E você também! — ela disparou, entusiasmada demais. Depois, numa tentativa desajeitada de recuperar a dignidade sóbria que perdera, disse: — Para alguém tão novo, quero dizer. — Ah, essa foi burrice. Um desastre mesmo. E não parecia que ela seria capaz de se corrigir tão cedo. — Quantos anos você tem?

Ele olhou muito sério para ela.

— Acho que a mesma idade que você. Tenho 24 anos.

— Isso foi mesmo muito gentil, Rod.

Ele olhou para ela com sinceridade.

— Como assim?

— Não tenho 24 anos — disse ela, bebendo o resto do champanhe. — E você sabe disso.

— Vinte e três? — ele tentou adivinhar, depois franziu a testa numa consternação fingida. — Mais nova? Não me diga que estou pagando um drinque para uma "Lolita".

— Você é bom nisso. É realmente bom. — Loreen sorriu e tomou um gole de champanhe. Lembrava um vinho qualquer, um tanto insípido. Ou ginger ale sem açúcar. Mas se era uma bebida para comemorar, ela ia tomar, porque *isso* era uma comemoração. — Isso é ótimo.

Ele assentiu e olhou fundo nos olhos dela.

— E o que vamos fazer depois? Ou devo perguntar *quando*?

Teria sido a oportunidade perfeita para dizer alguma coisa sofisticada e espirituosa, mas, ao que parecia, a mulher fatal não estava disponível para baixar em Loreen.

— Eu... Eu... Não sei bem.

— A gente podia ir para um lugar mais reservado.

Hummm. A voz dele deixara Loreen derretida.

Na realidade, a voz dele — ou talvez os olhos claros de cílios compridos, ou aqueles cabelos brilhantes nos quais os dedos dela ansiavam tocar, ou simplesmente tudo — mexia profundamente com alguma coisa lá nas suas regiões baixas, há muito esquecidas por Loreen.

E ele queria ficar sozinho com ela!

Essa era uma noite que ela *jamais* esqueceria.

— Seria ótimo ter um pouco de privacidade — disse ela, depois riu quando as bolhas de champanhe fizeram cócegas em seu nariz, como todas as beldades estúpidas diziam nos filmes antigos.

— Podemos ir para o meu quarto, a não ser... que prefira o seu?

Ela imaginou encontrar a babá e todas as crianças à porta e riu.

— Vamos para o seu quarto.

— Claro. — Ele estendeu a mão e a ajudou a sair do banquinho. — Mande a garrafa, por favor — disse ele ao barman.

— Você e Piper parecem se conhecer bem.

Ele pareceu confuso por um segundo, depois sorriu.

— Lá vem você de novo. É, Roger e eu trabalhamos aqui há muito tempo.

— Ah. — Ela não percebera que Rod trabalhava ali, mas já havia dito tanta bobagem que não queria acrescentar mais uma perguntando o que ele fazia, uma vez que podia ser uma coisa óbvia.

— Há quanto tempo você trabalha aqui?

— No hotel ou na cidade?

— Hummm... Eu... — Ela não dava a mínima. — No hotel.

— Ah, há cerca de um ano e meio.

Só um sujeito de 24 anos podia pensar que isso era muito tempo.

— Você gosta?

— Permite que eu conheça mulheres bonitas como *você*. Como não gostar?

Ela podia ter se prendido ao plural — *mulheres* bonitas —, mas como não se tratava de um relacionamento de verdade em nenhum sentido da palavra, deixou passar e aceitou o elogio.

— Isso é muito lisonjeiro.

— Não, eu falei sério. — Ele a deteve e a olhou nos olhos. — Sinceramente.

Ela sentiu o calor subir ao rosto.

— Obrigada.

Ele apertou o botão do elevador e os dois subiram para uma suíte no último andar. Toda uma parede consistia em janelas que davam para o brilho tipo aurora boreal de Las Vegas. Era fascinante.

Loreen estava parada diante da janela, procurando pela guitarra gigante que sempre mostravam nos filmes, quando Rod veio por trás dela e a abraçou.

— Gosta?

— Adoro. Eu podia olhar para esta vista todas as noites pelo resto da minha vida. — Assim que disse isso, Loreen teve a terrível sensação de que talvez este lindo estranho fosse um serial killer prestes a assassiná-la e, embora ele fosse o único a saber disso, as últimas palavras dela ecoariam ironicamente com o passar do tempo.

Houve uma batida na porta e Rod foi atender, murmurou algumas coisas e voltou ao quarto com um balde de gelo, uma garrafa e duas taças de champanhe.

Enquanto ele servia o champanhe, Loreen notou o rótulo: PIPER-HEIDSIECK. Ah, merda. Rod não chamou o barman de Piper; estava pedindo o champanhe.

Mas então, como uma idiota, ela passou a chamar o cara de "Piper" e, pior ainda, sentiu-se muito inteligente fazendo isso.

Felizmente Rod parecia pensar que ela estava brincando e até tinha dito que ela era ótima. Então... dessa ela escapou.

— Foi gentil da parte do Piper mandar mais uma Piper — disse ela, sabendo que era ridículo, mas ao mesmo tempo sem ter a menor ideia do que dizer.

Rod se aproximou de Loreen e pegou suavemente a taça que ela segurava, colocando-a na mesinha ao lado do sofá.

— Não aguento mais esperar para fazer isso – disse ele, aproximando os lábios dos de Loreen.

Ele não lhe deu tempo para nenhuma crise de nervosismo. Simplesmente a atacou.

Nunca – *nunca* – Loreen havia sido beijada daquele jeito. Tudo nela formigou, desde a cabeça, passando pela espinha, até o centro de seu ser. Rod a despiu lentamente, tão devagar que até o tecido roçando em sua pele parecia uma carícia.

Ele era especialista em tocar uma mulher, fazendo-a ter sensações que ela nem sabia que podiam existir, levando-a à beira do êxtase repetidas vezes, depois recuando por tempo suficiente para que ela quase gritasse pedindo mais.

Quanto mais ele continuava, mais ela o desejava.

Loreen não sabia quanto tempo tudo havia durado. Talvez uma hora, talvez cinco, mas os momentos que passou com Rod foram tão intensos que seu afastamento abrupto no final a surpreendeu.

— Ah, merda.

Não era exatamente a conclusão romântica que ela esperava.

— O que foi?

— A porra da camisinha arrebentou.

— O quê?

— Eu disse *a porra... da camisinha... arrebentou.* – De repente Rod parecia um menino de 7 anos que errou uma rebatida no beisebol.

Lá se foi o idealizado amante latino.

Mas a primeira reação de Loreen foi de alívio. O *"Ah, merda"* não era porque ele tinha se dado conta do que havia feito e com quem e se arrependido do imprevisto.

— A camisinha arrebentou? — ela repetiu, tentando entender o que ele estava dizendo.

— É. — Ele lançou as mãos para o alto. — Porra.

Ela engoliu o impulso de dizer, *Acho que terminamos*, e em vez disso perguntou:

— Tem certeza?

Ele assentiu.

— Fiz isso vezes o suficiente para saber quando há um problema, e *isto* é um problema.

Um momento de silêncio pesado caiu entre eles.

— Você faz exames? — perguntou Loreen, seu alívio anterior fora substituído rapidamente pelo pânico ao perceber as implicações do acontecido. Tinha acabado de transar com um estranho e a camisinha havia arrebentado, derramando todo tipo de doenças e bactérias em potencial bem em suas partes mais vulneráveis. Tirando o fato de rasgar o pulso e esfregar numa placa de Petri, ela não podia ter feito nada mais perigoso do ponto de vista bacteriano.

— Faço exames todo mês — disse Rod. — E você?

— Não faço sexo há um ano.

Ele assentiu como se não se surpreendesse.

— Tá. Mas faz exames?

Aquele *tá* foi um insulto.

— Fiz exames — disse ela — junto com todos os outros exames médicos, no ano passado, quando eu não conseguia me livrar de uma gripe. Deu negativo.

Aliviado, os ombros dele arriaram um pouco.

Ela esperou um momento, e depois, quando ele não se ofereceu para dar informações, perguntou.

— E os *seus* exames?

Ele gesticulou com a mão; como se a pergunta fosse boba.

— Negativo para tudo. Temos um médico muito bom aqui que faz exames completos.

— Você deve ter um plano de saúde muito bom.

— É a lei. — Ele deu de ombros. — E para gravidez? Você toma alguma coisa?

No último ano? Na possibilidade remota de ela transar com alguém sem ter tempo para planejar? Não mesmo. Ainda bem que ela não podia mais ter filhos.

— Depois que meu filho nasceu, liguei as trompas — ela mentiu. Era mais fácil do que explicar que não podia engravidar, que alguns anos tentando com Robert provaram isso sem a menor dúvida e que essa certeza a fazia se agarrar à infância de seu filho como a um bote salva-vidas no oceano.

— Isso é bom. — Rod deu uma risada seca. — Tenho certeza de que a última coisa de que precisa é uma gravidez.

— É verdade — ela concordou, para ser educada. Mas... O que ele queria dizer com isso? A última coisa de que *ela* precisava? Embora fosse verdade, o que havia nas palavras dele que demonstravam tão pouco envolvimento? Não, eles não se conheciam e, não, ela *definitivamente* não ia engravidar, mas ainda assim... Que insensível.

Não, ela devia estar exagerando na interpretação. Tivera uma noite estranha — tinha ficado com alguém! Pela primeira vez na vida! Isso era tão improvável. E ainda estava ali, embora fossem — ela olhou o mostrador verde que brilhava no relógio digital na mesa de cabeceira — 23h36.

Meu Deus, ela precisava ir embora. Todo mundo devia estar se perguntando para onde ela teria ido.

— Tenho que correr — disse ela, e falava literalmente. Atirou os lençóis para trás e começou a zanzar pelo quarto escuro, pegando as roupas.

— Tem certeza? Ainda estou disponível por algumas horas. E me diverti muito com você — disse Rod, usando de novo o tom meloso e sensual que a havia atraído. Depois pegou o pulso de Loreen, puxou-a para ele e a beijou profundamente. Se não fosse pela hora, ela teria caído de volta na cama.

— Eu também — disse ela, querendo poder pensar em algo mais inteligente, mais *interessante*, do que simplesmente concordar.

— Então, talvez na próxima. — E passou as mãos pelas costas de Loreen, provocando arrepios nela com seu toque.

— Não venho aqui com frequência — disse ela enquanto se afastava. Precisava se vestir e sair, por melhor que fosse a sensação das mãos dele em seu corpo.

— Bom, se é assim — continuou Rod, vestindo os jeans e virando-se para ela, torturando-a com o botão aberto —, sabe onde pode me encontrar.

Ela riu.

— No bar do térreo? — brincou ela.

Rod assentiu. Ele não estava brincando.

— A não ser que eu já esteja trabalhando.

— Ah, tá. — Tudo bem, então ele ficava no bar o tempo todo? E ele podia dizer, com certeza, que estaria ali em um momento qualquer no futuro?

Alguma coisa ali não estava batendo.

— Pode deixar o dinheiro na cômoda, meu amor — disse ele, abotoando a camisa e sem o menor vestígio de sorriso nos lábios.

Mas Loreen riu. Porque... tinha de ser uma piada.

— Essa não deveria ser a minha fala? — Ela tentava manter o humor leve, mas ainda assim... *oi?* Não tinha gostado nada dessa piada. Não era engraçada, independentemente de quem a dissesse.

Rod olhou para ela, confuso.

— Como?

— Ah, nada. Só estava brincando. — *Também.* Certo?

Ele abriu um sorriso vago e gesticulou com a mão que, de repente, parecia meio mole. Menos masculina do que parecera algumas horas antes.

— Tá. Então, a cômoda fica bem ali. — Ele gesticulou e foi ao banheiro. — E acrescente 140 dólares pelo champanhe.

Ah, meu Deus. Não era uma brincadeira. Ele era... Ela simplesmente... Ah, meu Deus do céu, ela acabara de transar com um garoto de programa. Como diabos isso foi acontecer? Ela pensou na conversa que tiveram, tentando lembrar quando houve o mal-entendido.

Está procurando por companhia esta noite, Loreen?

O que foi que ela disse? Ah. *É uma proposta?* Uma pergunta inocente. Paquera. Não era uma proposta de verdade.

Na realidade é, sim.

Mas que idiota! Como foi que não viu isso antes?

— Loreen?

Ela voltou à realidade.

— Sim?

— Algum problema?

— Não! — disse ela rápido demais. — É que eu... Acabo de perceber que não discutimos...

Ele estreitou os olhos para ela. De repente, ele não parecia tão sensual.

— Não discutimos o quê, Loreen?

— O preço. — Saiu como uma pergunta. De uma mulher insignificante. Ela mal conseguia pronunciar a palavra.

A testa dele relaxou um pouco.

— É verdade. Como você não perguntou, pensei que fosse cliente regular e que, por alguma razão, eu não estava me lembrando de você.

Mas que ótimo. Não só todos os elogios tinham sido parte de um jogo, como ele pensava que ela parecia alguém que *pagava regularmente para transar com ele.*

O cara achava mesmo que tinha transado com ela antes — talvez mais de uma vez — e havia se esquecido. E pensava que isso não tinha a menor importância. Como se ela não fosse ficar magoada. Loreen ficou nauseada.

— Não — disse ela friamente. Grande coisa ele olhar para ela como se fosse uma modelo de biquíni. Mas era idiotice ficar irritada com um garoto de programa por contar umas mentirinhas para ser educado. Tudo isso era muito perturbador.

Ela precisava sair dali.

— Merda. — Ele colocou um creme dental branqueador na escova de dentes e começou a escovar com força, presumivelmente para remover quaisquer vestígios do DNA de Loreen e, assim, ficar fresquinho e limpo para a próxima mulher ridícula que aparecesse.

— Desculpe, eu não... Quanto é isso?

Ele cuspiu a espuma de creme dental na pia, depois colocou água na boca e cuspiu de novo. Menos atraente a cada segundo.

— Mil dólares — disse ele, pegando a toalha no suporte cromado e secando o rosto. — Mais o champanhe, como eu disse.

O coração de Loreen saltou na garganta. *Mil* dólares.

Essas três horas sairiam a *333 dólares* a hora. Ela não fazia uma massagem terapêutica desde o Dia das Mães de seis anos atrás porque não podia pagar 60 pratas a hora. Não havia como

Loreen pagar 333 dólares a hora, vezes três, por ter transado com esse sujeito. Meu Deus, ela até tinha feito sexo oral com ele.

Ele só podia estar brincando.

Mas aquele não era o tipo de homem que fizesse brincadeiras.

Ele era um homem de negócios.

E de algum modo ela precisava arrumar mil pratas. E rápido.

Capítulo 2

Abbey Walsh – mulher do pastor metodista mais simpático de Maryland – jamais sonhou que esbarraria em Las Vegas com alguém que conhecesse. Muito menos com um ex-namorado, interessado em chantageá-la, e que ela achava que estivesse atrás das grades.

Com o fim do concurso de bandas e com as crianças, esperava-se, dormindo, a noite começou tranquilamente com uma taça de champanhe. Borbulhante, saborosa, com toques de carvalho e frutas... Já fazia muito tempo desde a última vez que Abbey desfrutara de uma taça de um bom vinho espumante.

Ela costumava beber champanhe como água. Na verdade, de vez em quando, bebia champanhe *em vez* de água. Era jovem na época, e muito insensata, mas pelo menos tinha bom gosto. Jacques Selosse, Charles Heidsieck, Bollinger... Na época eram suas companhias frequentes. De vez em quando, em raros momentos, Abbey sentia falta disso.

Esta era uma daquelas noites. Depois de ter saído do elevador com Tiffany e Loreen para ir ao bar, o salto de seu sapato quebrou. Prometendo encontrar as outras mais tarde, ela subiu, pegou um novo par de sapatos, resistiu às suplicas das crianças para ficar e mandar a babá embora, e desceu para a sua abençoada solidão.

Ela não se importava. E gostava da ideia de passar algum tempo sozinha. Ela também sabia que as outras sempre se sentiam meio reprimidas perto dela. Em parte devido ao fato de que seu marido, Brian, era clérigo, mas desconfiava de que também era, em parte, porque ela mesma era supercareta e rigorosa há anos.

Mas esta noite algo mudara, mesmo que por um momento, e ela foi ao bar e pediu uma taça do melhor champanhe.

Era tão bom quanto se lembrava.

Ela deixou as bolhas se acomodarem na língua por um momento, depois engoliu, imaginando que podia senti-las subindo à cabeça, livrando-a de seus problemas. Por um instante.

— Abbey!

Ah, não. Era Deb Leventer, arrastando a filha Poppy para o bar.

— Deb. — Abbey baixou a taça e olhou de Deb para Poppy, que agarrava a mão da mãe e olhava em volta com os olhos arregalados, e um certo brilho de fascínio. — O que está fazendo aqui?

— O que ela *estava* fazendo ali? A maioria dos outros pais havia ficado em hotéis famosos, mais caros, a vários quilômetros deste hotel e cassino fora de mão.

— Poppy e eu estávamos indo para nosso quarto para dormir um pouco antes de partirmos amanhã. — Deb arqueou a sobrancelha e olhou incisivamente para o bar atrás de Abbey. – Você está bebendo?

– Estou. – Como foi que ela conseguiu deixar passar o fato de que Deb Leventer estava hospedada no mesmo hotel? – Só estava tomando uma taça de champanhe.

– Ah. – A reprovação emanava de Deb como um fedor. – Sei. Bem, não vou contar a seu marido. – Abbey supôs que Deb tentava dar a impressão de estar brincando, mas sua voz mostrava um tom severo.

– Não precisa se preocupar com isso... Foi ideia dele que eu descesse e me presenteasse com um pouco de espumante. – Era difícil não dar a Deb a resposta cretina que ela merecia. Em vez disso, Abbey tentou o caminho mais fácil. – Ia convidá-la para se juntar a mim, mas tenho certeza de que está ansiosa para levar Poppy para a cama. E para longe do ambiente do cassino. – Não pôde deixar de acrescentar: – Ainda mais porque já é muito tarde para uma criança dessa idade estar acordada.

Deb pareceu ao mesmo tempo constrangida e crítica. Uma proeza e tanto.

– Tem razão. Este não é o ambiente adequado para crianças... Onde está o Parker?

– Em nosso quarto. Com uma babá. – Abbey se encolheu por dentro ao dizer isso, sabendo que Deb Leventer acharia que ela era o cúmulo da mãe relapsa e não hesitaria em dizer a todos o que pensava.

Abbey não se importava com o que a mulher pensava, mas não queria que a fofoca chegasse aos ouvidos de Parker e o constrangesse.

– Uma babá! Num hotel de Las Vegas! Você é mais corajosa do que eu. – Tradução: *Você é uma louca e seu filho já deve ter sido vendido no mercado negro pela viciada que você contratou para poder descer e ficar de porre.*

Abbey abriu um sorriso brando.

— É uma senhora adorável. Sei que as crianças já foram colocadas para dormir. — Ela afugentou a imagem mental das crianças gritando, berrando e se pendurando nas cortinas enquanto a babá usava uma chave mestra para abrir o frigobar e pegar todas as garrafinhas de 15 dólares de vodca Skyy.

— Ah. — A expressão de Deb endureceu. — Bom. Vamos, Poppy. Temos que acordar cedo amanhã para pegar o avião de volta para casa. Boa-noite. — Ela olhou novamente a taça na mão de Abbey.

— Foi... um prazer conversar com você.

Abbey resistiu ao impulso de erguer a taça para Deb — isso seria deliciosamente ofensivo — e a baixou.

— Se eu não a vir antes de ir embora, tenha um bom voo. — E na mesma hora ela pensou em vassouras.

Deb se afastou, puxando Poppy. Abbey as viu partir. Mas tudo perdeu a graça. A presença de Deb, ou, mais especificamente, a sua negatividade, fez com que a sensação de liberdade que Abbey sentia fosse por água abaixo.

Então ela decidiu ir a outro lugar. De maneira nenhuma ia deixar que Deb Leventer estragasse a sua noite. Abbey baixou a taça e andou decidida pelo saguão, saindo pelas portas da frente e sentindo o ar revigorante da noite.

À sua volta, o céu brilhava refletindo as luzes de neon. Abbey não sabia se estava nublado, mas não conseguia ver nem uma estrela, porque a cidade em si brilhava muito.

A calçada estava mais cheia do que teria esperado aquela hora, mas ela ficou feliz com isso. Era tão fácil se tornar anônima no mar de gente que zanzava pela rua. Havia muitos casais jovens, uma boa amostra de pessoas de classe média e meia-idade e um número surpreendente de pessoas esquisitas.

Um homem mais velho de traços marcados e pele da cor de bife esturricado pôs a mão em Abbey enquanto ela passava e disse:

— Deus abençoe os fracos *e* os fortes.

Abbey ficou sobressaltada com o toque e sabia que seu rosto revelava isso quando se virou para olhar para ele.

— Como disse?

— Ele vigia. — O homem assentiu, consigo mesmo, não para ela, e mexeu o maxilar como uma vaca ruminando. — Ele protege.

— Ele não olhava mais para ela e seguiu caminho pela calçada.

Abbey ficou parada por um momento, olhando. Não havia muitas histórias da Bíblia que a tocassem particularmente, mas ela se lembrava da sua infância e de uma passagem sobre anjos disfarçados. Ela não conseguia lembrar exatamente como era — Brian saberia —, mas dizia que às vezes as pessoas mais improváveis que apareciam na sua vida eram na realidade anjos disfarçados, trazendo uma mensagem, ou conforto, ou o que fosse.

Pelo que ela sabia, isso jamais havia lhe acontecido, mas a esperança era eterna. Talvez o homem não fosse só um velho maluco, mas um anjo lhe dizendo uma coisa que ela precisava saber.

Deus abençoe os fracos e os fortes.

Ele vigia.

Ele protege.

Ele, na realidade, era meio parecido com Papai Noel.

Ela queria acreditar. Queria acreditar nisso desde que se entendia por gente, desde que soube dessa história. Mas não acreditava.

E quando ela viu o homem parar mais à frente e falar com outra mulher, que colocou a mão na bolsa e lhe deu dinheiro (ele aceitou), Abbey percebeu que ele era mesmo louco. As suas palavras não tinham mais nenhum significado.

Abbey continuou andando, meio desconcertada. Quando virou uma esquina para a rua principal, pensando que pudesse ser um atalho, a calçada estava quase vazia. Este não era lugar para uma mulher andar sozinha. Justo quando ela estava se virando para voltar, algo no chão chamou sua atenção. Uma ficha de cassino. Ela a pegou. Era uma ficha de 10 dólares com o nome ALADDIN'S CAVE em relevo.

Mais uma vez, ela ficou com a estranha sensação de que estavam lhe dando *um sinal*.

Anjos, sinais... Coisas grandiosas para uma noite na Cidade do Pecado. As ruas deviam estar cheias de fichas de cassino que bêbados deixam cair, além dos muitos cartões e folhetos anunciando prostitutas e strippers. E ao contrário, digamos, de uma moedinha, a qual ela não teria dado a menor atenção, fichas de cassino sempre traziam um nome estampado. Então isso também não era tão estranho.

Ela precisava ser uma idiota cética para não ir lá.

Algum grande destino podia estar esperando por ela.

Não foi difícil achar o Aladdin's Cave. Era um dos primeiros prédios altos, largos e cobertos de neon da rua principal e, como não era de surpreender, parecia ter como tema a versão da Disney da antiga Arábia.

Ela foi até a mesa de roleta com a ficha de 10 dólares que encontrou e pensou em suas opções. Vermelho ou preto tinha boas probabilidades, mas resultava num jogo compulsivo e Abbey não queria ficar ali a noite toda jogando sem uma boa aposta. Depois de alguns minutos, ela decidiu apostar na data de nascimento do filho, 18 de janeiro.

O crupiê chamou as últimas apostas, depois girou a roleta. Por um momento, Abbey só conseguiu pensar em Pat Sajak girando a *Roda da Fortuna* e em como sua vida ficara tediosa. Mas não, sua vida não era um tédio. Era um pecado até mesmo pensar nisso, ainda que por um segundo.

A bola estalou, quicou e bateu pela roleta até parar no número 31... Não, quicou mais uma vez para o espaço seguinte.

Dezoito.

Ela ganhou.

Ela *ganhou*.

Nossa, já fazia muito tempo desde a última vez em que ela havia se sentido com sorte e, ganhando 360 dólares com sua única aposta de dez, ela se sentiu *realmente* sortuda.

Isso era mais dinheiro do que Abbey havia tido em mãos em mais de dez anos. Ela se sentia rica. E, quando um garçom apareceu e lhe serviu uma taça de champanhe Bollinger, ela provavelmente *parecia* rica. E embora não fosse realmente dela — ia doar o dinheiro à igreja, é claro — e embora soubesse que isso também não tivesse um cunho muito devoto de sua parte, ela estava gostando, só por este único momento.

E que mal ia fazer? Não havia ninguém por perto que a conhecesse. Sim, Loreen e Tiffany também estavam na cidade, mas não ali. Mesmo que estivessem, não a criticariam. As mães críticas, como Deb Leventer, Nancy Hart e Suzy Collins, também não estavam ali. Elas nunca iriam se arriscar em salões de jogos, Abbey tinha certeza disso.

Ela sorriu de leve com a ideia. Doze anos antes não ia querer se desfazer do dinheiro. Doze anos antes não ia querer sair de Las Vegas e teria ficado em um dos hotéis maiores e mais luxuosos.

Mas essa era uma vida totalmente diferente. Agora ela estava no caminho certo, e se de vez em quando isso a levava a um hotel barato ou ao Big Fresh na Superliquidação de Terças-feiras para cuidar de sua família, ela não ligava.

— Façam suas apostas — disse o crupiê.

Abbey voltou sua atenção para a mesa de roleta. O crupiê a olhou nos olhos e ela sacudiu a cabeça de leve.

Hoje em dia sabia muito bem que não devia abusar da sorte.

Ela pegou a taça e se levantou, levando um esbarrão de uma ruiva gorducha que aparentemente esperava por um lugar para se sentar. Precisou de uns dez minutos para entender onde trocar as fichas por dinheiro e, no caminho, passou por quase todas as mesas de jogo. Mas não ficou tentada. Com um único propósito em mente, ela trocou as fichas, pôs a pilha arrumada de notas na carteira e saiu do cassino. Estava no saguão, quase na entrada, quando uma voz falou bem atrás dela.

— Veja só quem é. O mundo é mesmo pequeno.

Ela não parou. Quem quer que fosse, evidentemente não estava falando com ela. Antes de tudo, era uma voz masculina, e as únicas pessoas que ela conhecia e estavam perto dali eram mulheres e crianças.

Ainda assim, ela devia ter ficado alerta com o fato de a declaração tê-la feito hesitar.

Dois, três passos, depois, suavemente, quase como uma provocação, Abbey ouviu:

— Olá-á.

Ela continuou andando.

— Abigail.

"Não sou eu."

"É outra pessoa."

Seu coração bateu mais forte.

Ninguém me chama de Abigail. Não desde que papai morreu. E... Não, ninguém me chama de Abigail.

A mão em seu ombro a deteve.

— Abigail Generes.

Ela se virou.

Os dois ou três segundos seguintes foram surreais. Por um instante, enquanto se virava, ela pensou saber de quem era a voz, mas sua memória do rebelde magro, bonito e moreno de seu passado não combinava com o homem troncudo e pálido diante dela.

E assim, misericordiosamente, tudo não passava de um equívoco.

— Desculpe... — Ela examinou o rosto. Espere aí. Será possível? Será que ele mudara tanto em apenas 12 anos? No lugar dos contornos de um queixo quadrado e acentuado, agora havia carne frouxa e envelhecida.

— Ora, não me diga que não se lembra de mim — disse ele, revelando o fantasma de um sorriso que um dia tinha deixado seus joelhos bambos.

Ah, não...

— Deve ter me confundido com outra pessoa. — Ela se virou para ir embora, mas ele a pegou pelo braço, fazendo-a deixar cair a bolsinha que trazia. Sua carteira de habilitação, cartões de crédito e celular saíram da bolsa e bateram no chão encerado.

Ela se abaixou rapidamente para pegar as coisas, mas ele fez o mesmo, mirando em sua carteira como um abutre e levantando-se lentamente enquanto lia o nome na habilitação.

— Abigail Generes Walsh, Lamplighter Lane, 1411 e — ele ergueu as sobrancelhas — não fica em um bairro ruim. Para quem gosta de minivans. — Ele tirou o dinheiro e o folheou antes de tentar guardá-lo no bolso.

Ela arrebatou as notas, um gato dando o bote num rato.

— Com licença.

— Antigamente você pedia muito mais do que isso, pelo que me lembro.

Ela foi incapaz de se mexer, incapaz de fazer qualquer coisa além de ficar boquiaberta com a ideia desconcertante de que uma mulher que não o conhecesse ainda podia pensar que ele era atraente.

— Acho que está falando com a pessoa errada. — Ela tentou por fim.

— Não, querida, já faz muito tempo, mas não tanto para que eu não reconheça esse lindo corpinho quando o vejo. — O hálito tinha cheiro de álcool. — Acredite, tive muito tempo para pensar nele enquanto estava na cadeia.

Ah, meu Deus. *Era mesmo* ele. É claro, ela soube disso no momento em que tinha ouvido sua voz.

— Damon Zucker.

— Assim está melhor. — Ele abriu um sorriso largo, o sorriso de pirata que, quando Abbey tinha 20 anos, praticamente fazia com que as roupas dela saíssem sozinhas de seu corpo.

A garganta de Abbey se fechou com a lembrança da língua dele em sua boca, por seu corpo... Ela estremeceu.

— Percebo que está emocionada em me ver.

— Pensei que estivesse preso.

— É. — Ele deu uma risada melancólica. — Graças a você.

Parecia que baratas subiam e desciam pela coluna dela.

— Não foi culpa minha.

Ele pegou um charuto longo e fino no bolso, mordeu a ponta e cuspiu no chão.

— Isso, ãh, não é bem verdade. Quando o defensor público foi procurá-la, você tinha sumido. Não estava em lugar nenhum. — Ele ergueu o charuto. — Me dê um isqueiro.

— Não tenho — disse ela, olhando-o de cima a baixo com nojo.

— Besteira, você sempre tem. Gosta de puxar um bagulho, estou certo?

Ela engoliu em seco.

— Não faço mais isso.

Ele deu uma gargalhada.

— É, e eu sou a porra do papa. — Ele parou uma mulher que passava. — Com licença, querida, você tem fogo? — A mulher, vendo nele uma coisa que agora era praticamente invisível para Abbey, riu e lhe passou o cigarro, que ele segurou perto do charuto, bafejando como um vilão de desenho animado até acender. — Obrigado, meu amor. — Ele devolveu o cigarro, depois se virou para Abbey.

— Charmoso como sempre, pelo que vejo — disse Abbey. — Se correr, pode alcançá-la.

Ele riu.

— Posso alcançá-la mesmo se não correr.

Ela queria lhe dar um tabefe que arrancasse a presunção da cara dele.

— Pelo visto seu tempo na cadeia não o mudou muito.

— Nem tanto assim, Abigail. Ensinaram-me a não aceitar merda nenhuma de ninguém. Nem de você. Aliás... — ele deu baforadas no charuto, pensativamente —, aliás, *especialmente* de você. Andei te procurando, sabia? Estávamos na mesma cidade e foi preciso uma viagem a Las Vegas para encontrá-la. Temos negócios a discutir.

— Não temos *negócio* nenhum em comum.

Ele pegou o ombro dela e a girou.

— Acho que temos. E você sabe muito bem disso, porra.

Alguma coisa em Abbey se quebrou. Na verdade, seria mais preciso dizer que alguma coisa *dentro* de Abbey se quebrou, porque a fachada que ela usava desde que conheceu Brian — educada, de maneiras suaves, sua personalidade básica de Clark Kent — parecia se esfarelar aos pés dela.

— Não temos *nenhum negócio*, seu babaca!

Damon rapidamente correspondeu.

— Olha aqui — rosnou ele. — Você está me *devendo*.

— Não te devo nada.

Os olhos de Damon, que costumavam ser como chocolate quente e derretido, agora eram fendas negras e opacas.

— Tem sorte por eu não ter contado à polícia sobre seu envolvimento.

O pânico a tomou. Qual era mesmo a prescrição para a cumplicidade em um crime?

— Você não tem provas.

Ele riu. Era um som feio. Cruel.

— Vai sonhando.

Ele tinha? Poderia ter? Bem, é claro que sim. Naquele tempo ela não era cautelosa com nada. Provavelmente ainda havia muitos motivos para ela ser presa.

— Você não me assusta.

Ainda havia um sorriso colado na cara dele, como um borrão em uma pintura vagabunda.

— Garota, passei 12 anos na prisão pensando em você. Conheço cada expressão, cada movimento seu. E sabe o modo como está olhando de cima para mim? Como suas mãos se fecham em punhos e depois se abrem? O pequeno tremor que você espera que eu não veja? Você está apavorada pra cacete. — Ele riu. — E devia mesmo.

— O que você quer, Damon? — Mas ela sabia o que ele ia dizer. E ele disse.

— Quero o colar de volta.

— Não está mais comigo — rebateu Abbey. Aquilo estava se transformando rápido demais num pesadelo.

Damon bufou uma risada.

— Sei. Você por acaso perdeu? *Vendeu* o colar?

— Eu dei.

Por uma fração de segundo ele pareceu chocado. Depois cético.

— Até parece que você ia se desfazer de um colar que vale oito paus. — Mas havia uma interrogação em sua voz.

Ela assentiu.

— Eu me desfiz. — Era verdade, mas não que ela fosse incapaz de mentir para um lixo como Damon a fim de vê-lo pelas costas. — Eu o doei à igreja.

O ceticismo dele explodiu em completa descrença.

— Você... à igreja? Sei.

— Doei. — Ela não queria contar a ele sobre Brian. Não queria que ele soubesse de nada de sua vida agora. — Parecia a coisa certa a fazer, então eu fiz.

— Não sei por que não consigo imaginar isso.

A raiva de Abbey cresceu desproporcionalmente e ela teve a fantasia momentânea de esmurrá-lo na cara com um soco inglês.

— Não dou a mínima se você consegue imaginar ou não. Chega. — Ela se virou para ir embora.

— Não tão rápido. — Ele pegou seu braço, com força, provavelmente deixando uma marca vermelha.

Abbey girou para ficar de frente para ele, tentando libertar o braço.

— Não toque em mim — alertou.

Ele revirou os olhos.

— Ou o quê? Vai fazer uma cena e terei de entrar em contato com seu marido na Lamplighter Lane 1411 e contar a ele sobre seu passado sujo?

Abbey sentiu o sangue escapar do seu rosto e odiou o fato de não conseguir controlar uma reação tão evidente.

Ele também viu isso.

— Antigamente você conseguia disfarçar melhor, garota. Um pouco melhor. Não muito.

— Antigamente você era mais gentil.

Ele deu de ombros, um leve movimento que de certo modo sugeria uma raiva cortante.

— Isso foi antes de minha garota me abandonar e me mandar para a cadeia.

A designação de Abbey como "a garota dele" a deixou enjoada, mesmo que antes tivesse sido verdade. Ela queria dar um murro em sua barriga flácida.

— Como eu já disse, não é minha culpa se foi para a prisão por seus crimes.

— Na verdade, é sim. — Ele assentiu e distanciou o olhar. Podia muito bem estar mascando um pedaço de palha e meditando se haveria um inverno rigoroso para a lavoura. — E acho que o preço para isso deve ser de 9 mil. Oito pelo colar que você não me devolveu...

— Não tenho esse dinheiro!

— ... e mais mil, que podemos chamar de juros. Talvez a gente deva subir para dois. Dez paus são um valor bem justo.

Se ela não se afastasse dele rapidamente, o preço ia subir e incluir seu primogênito e, conhecendo Damon, ele ia achar um jeito de tirá-lo dela, de uma maneira ou de outra.

— Diga onde encontrar você e verei o que posso fazer. — A voz de Abbey estava dura de raiva. — Mas talvez lhe interesse saber, embora eu duvide disso, que o colar foi avaliado em 5 mil, e não em oito, e que a renda ajudou crianças soropositivas em um orfanato de Bethesda.

— A caridade começa em casa. — Ele balançou a cabeça, os olhos apontados para ela como uma arma. — E essa não é minha casa.

— Cinco mil — disse ela com a voz ríspida. Em algum lugar no fundo de seu subconsciente ela devia saber que esse dia chegaria. A única maneira de ganhar tempo para pensar em como lidar com isso era fingir fazer o jogo dele, e jogar duro. — Me diga para onde mandar um cheque.

— Dizer onde a polícia pode me achar de novo, talvez com uma acusação fabricada que você vá inventar? — Ele deu uma gargalhada. — Entrarei em contato. Logo. Consiga o dinheiro... *Dez mil...* E esteja preparada.

Capítulo 3

Tiffany Vanderslice Dreyer havia passado muitas noites de insônia vendo propagandas na tevê para saber que muita gente gastava toneladas de dinheiro com idiotices, em especial roupas, sapatos e produtos de beleza caros.

Tiffany nunca pensou que seria uma delas.

Já sua irmã, Sandra, era bem diferente. Sandra gastava centenas de dólares em um único par de sapatos – sapatos! Nas raras ocasiões em que Tiffany comprava alguma coisa nova, procurava em lojas de departamentos como TJ Maxx ou Payless, e mesmo assim só quando os sapatos estavam totalmente gastos ou ela precisava de um par para uma ocasião especial.

Por isso, a ideia de que Tiffany podia se endividar com compras era ridícula.

Mas Tiffany também nunca tinha sido de beber muito e aquela noite, em Las Vegas, com drinques gratuitos e lojas abertas à noite toda, a tentação era grande para resistir às duas coisas.

Tudo estava indo bem até ela ver uma loja de roupas no primeiro piso do hotel, chamada Finola Pims, o nome da estilista britânica. Finola, como Tiffany pensava, tinha inspiração clássica, mas com tecidos vivos e lindos, e um estilo modesto-mas-sexy que chamava sua atenção.

Tudo o que Tiffany experimentava ficava incrível, até mesmo alguns vestidos moderninhos que ela vestia só de brincadeira porque eram tão ousados, que ela tinha certeza de que iria parecer uma boba. Mas não, eles marcavam seu corpo em lugares precisos enquanto miraculosamente lhe davam espaço para se mexer e se curvar sem mostrar mais do que devia a quem estivesse num raio de 50 metros. Ela era alta e loura, de olhos azuis-claros, então recebeu sua parcela de atenção quando namorava, mas há muito começara a achar que estava num beco sem saída.

Finola Pims a tirou desse beco.

Quarenta e cinco minutos depois de entrar na loja, ela estava sentada na sala de provas com uma taça de margarita vazia e 15 mil dólares em roupas que-só-aparecem-uma-vez-na-vida e que tinha de devolver.

A pilha não era tão grande, como se podia esperar.

Mas qualidade custa caro. E antes de devolver as roupas, decidiu experimentar alguns sapatos. Nunca foi fanática por sapatos – ao contrário de sua irmã. Na verdade, ela sempre tinha sido uma pessoa que *odiava* sapatos justamente pela estranha paixão de Sandra por eles. Tiffany não conseguia entender como uma pessoa podia colocar sapatos de 400 dólares nos pés e andar por aí, arruinando-os a cada passo. A análise custo-benefício disso era péssima.

Então Tiffany partiu para a coleção de sapatos de Finola, na esperança de sair do "modo de gastos" e recuperar o controle.

Mas, é verdade, Tiffany não pretendia *mesmo* amar os sapatos. Na realidade, com seu longo histórico de desdém por calçados, ela sinceramente achava que eles a afastariam de sua farra de compras. Se houvesse uma loja de implementos agrícolas no hotel, podia ter servido ao mesmo propósito, mas, como não havia, ela teve de recorrer à seção de sapatos.

Como ia saber que os amaria?

Falando sério, como é que ela havia chegado aos 36 anos sem nunca perceber que os sapatos podem te deixar com pernas de estrela de cinema? Principalmente *estes* sapatos, que não eram grande coisa na prateleira. Primeiro havia as *espadrilles* de brim claro com saltos 10. Fácil, né? Elas eram de brim — *ai* — e tinham saltos altos.

Deviam ser capazes de desestimular qualquer compra.

Mas o brim azul-claro realçava seu novo bronzeado das piscinas de Las Vegas de um jeito que ela jamais teria imaginado, e a altura dos saltos destacava lindamente os músculos da panturrilha que ela desenvolvera carregando escada acima o filho Andy, de 2 anos (que estava na casa dos avós. Charlie não podia — ou não queria — tirar uma folga do trabalho) quase toda noite quando ele caía no sono.

E ainda por cima os sapatos tinham tiras no tornozelo, o que ela esperava que os deixassem parecidos com cadarços de sapatos de sexta série, mas que davam um acabamento perfeito, criando uma linha de perna longa, bronzeada e modelada que ela não esperava de forma alguma.

Considerando tudo isso, 150 dólares – por um sapato que antes custava 426 – pareciam uma pechincha. Ela tinha passado todos esses anos sem se interessar muito por sapatos, então, se estes a haviam impressionado desse jeito, deviam mesmo ter algo de especial.

Como Tiffany se sentiria se saísse da loja e não os comprasse?

Ela podia se imaginar indo com Charlie a um daqueles eventos chatos da empresa dali a três, quatro, cinco semanas e desejando ter exatamente aqueles sapatos, que ela jamais encontraria novamente, para compor sua roupa e fazer dela o destaque da noite.

Mas Tiffany não conseguia ver Charlie concordando com uma coisa dessas. Caso se tratasse do canal NFL na TV a cabo, ele podia tentar encontrar uma maneira de contornar a questão, mas há muito havia sido determinado que, se Tiffany não ia ter um "emprego de verdade" fora de casa, então não teria direito a uma série de luxos.

Mas, ah, que droga, eles eram tão *maravilhosos*.

E quando havia sido a última vez em que ela se dera algum prazer, ou *recebera* alguma coisa (tirando as numerosas margaritas que os garçons enfiavam em suas mãos enquanto ela estava nas máquinas caça-níqueis)?

Tiffany *merecia* algumas roupas novas. Sim, ela estava um pouquinho tonta depois de todos os drinques gratuitos que o cassino lhe oferecera, então só ia ficar com o que interessasse e devolveria o resto no dia seguinte.

Ela repassou as roupas, excluindo os itens mais ousados ou específicos para determinados eventos. (Afinal, quais eram as chances de ir ao Kentucky Derby num futuro próximo e precisar do tubinho de cores vivas combinando com o chapéu de algodão envernizado com aba larga e pequenas rosas?) Mas, pensando melhor, nunca se sabe, então ela decidiu colocá-lo de volta na pilha das coisas que iria levar. No fim, Tiffany tinha um total de apenas 5 mil dólares em roupas para escolher.

Tá legal, sim, 5 mil dólares era muito dinheiro. Mas seria apenas durante umas dez horas no cartão de crédito. *De jeito nenhum* duraria mais do que isso. Eles partiriam no dia seguinte às 2 da tarde, então ela acordaria cedo, devolveria os artigos que não fossem absolutamente necessários – que representavam a maioria, é claro – e depois explicaria a conta de 600 pratas a Charlie quando chegasse em casa.

O último "luxo" que havia se dado tinha sido uma escova de dentes Crest sabor baunilha, e, antes disso, provavelmente um permanente no cabelo nos anos 1980, antes até de conhecer o marido. Se ele ia criar caso com isso, bom, ela se preocuparia depois.

Até lá, faria uma *verdadeira farra* experimentando todas essas coisas de novo.

E ainda pouparia dinheiro indo para o quarto e mandando a babá para casa. Kate se divertiria muito ajudando a decidir com que coisas ficar.

No fim das contas, raciocinou ela, esse seria um empreendimento muito lucrativo, se não financeiramente, pelo menos do ponto de vista emocional.

E a manteria longe do cassino, onde estava o perigo *de verdade*.

Uma hora depois, no quarto do hotel, após dispensar a babá, Tiffany percebeu que o *verdadeiro* perigo *não* estava nos cassinos, mas na loja Finola Pims.

E agora estava ali, espalhado por toda a sua cama de hotel barato.

— Gostei de tudo, mamãe!

Tiffany tinha esperanças de que Kate a convencesse a se livrar de algumas das roupas, com a franqueza típica da infância. Afinal, essa sinceridade um dia a tinha feito falar num provador da Victoria's Secret que "a pele da mamãe" estava "derramando por cima da calcinha" e que "era nojento". Não parecia demais esperar que ela debochasse de pelo menos algumas dessas peças extravagantes e ajudasse Tiffany a peneirar. Mas não, pelo visto Kate tinha parte da paixão de sua tia Sandra por moda e sapatos.

Ela não ia ajudar em nada.

É claro que a situação era lamentável quando Tiffany esperava que uma menina de 9 anos a convencesse a se desfazer de compras extravagantes.

Além disso, exatamente como havia acontecido sob a lâmpada fluorescente da sala de provas, as roupas ficaram espetaculares. Era impossível decidir qual a valorizava mais: Então, ela decidiu dividi-las de acordo com o que era mais prático.

— O chapéu não, mamãe. — Kate o tirou da pilha de devolução e o experimentou, empinando-se no espelho.

— É melhor, querida. — Tiffany lamentou dizer isso. — Coloque de volta na pilha. É sério.

— Tudo bem. — Kate pôs o chapéu na pilha de devolução, demonstrando estar mais impaciente do que ela.

— Então não preciso da roupa para o Kentucky Derby — disse Tiffany, mais para si mesma do que para Kate. — Nem da roupa de *showgirl* de Las Vegas. — Embora ela tivesse adorado essa. Fala sério. Como é que Finola fazia um macacão de couro ficar tão incrível em uma mulher comum? — Então não preciso nem do vestido de Audrey Hepburn em *Bonequinha de luxo*. Nem da tiara.

Ela olhou a pilha do que ia "ficar".

Era bem pequena.

— Papai não vai deixar você ficar com o resto? — perguntou Kate.

— Não se trata do papai, querida, ele não me diz que não posso comprar coisas. — Meu Deus, ela nem queria *pensar* no que Charlie ia dizer. Tiffany não queria que a filha crescesse achando que os homens mandavam na vida das mulheres, embora a realidade de seu lar era a de que Tiffany acabava sempre cedendo. Tudo por se sentir culpada por ficar em casa e cuidar dos filhos em vez de trabalhar e contribuir para "as finanças do lar". Ela sabia que estava errado, mas mesmo assim era o que sentia.

— Tudo bem, me ajude a dobrar essas coisas e colocá-las nas sacolas de novo — disse Tiffany, indo para a pilha de devolução, que a essa altura era substancial.

Kate se aproximou e ajudou a erguer as pilhas com os braços mínimos, empurrando as roupas nas sacolas junto com Tiffany.

Ia ficar apenas com mil dólares em compras. E ela racionalizou isso dizendo a si mesma que de forma alguma ia encontrar essas mesmas coisas na região metropolitana de Washington e, se tivesse de ir de avião a Las Vegas para procurar por elas, acabaria custando muito mais do que se as comprasse agora.

E ela merecia.

Ela *merecia* isso. Do jeito como todas aquelas modelos da L'Oréal viviam lhe dizendo na TV desde que ela se entendia por gente.

Então... Com isso em mente, Tiffany pegou as sacolas com o que iria devolver para levar à loja pela manhã bem cedo.

Meia hora depois, tinha colocado as crianças para dormir, quando Abbey apareceu, esgotada.

— Noite difícil? — perguntou Tiffany, sorrindo.

Abbey ficou sobressaltada.

— Por que a pergunta?

— Só estava brincando — explicou Tiffany rapidamente. Que droga, ela se ofendera. — Sabe como é, porque a noite foi longa, com a apresentação e tudo mais.

Abbey assentiu e jogou o cabelo para trás com um suspiro de cansaço.

— Sem dúvida foi uma longa noite. — Ela não parecia nada bem.

Tiffany mudou de assunto.

— A propósito, você viu a Loreen?

Abbey sacudiu a cabeça.

— Não desde que descemos.

— Ah. — Hmmm. — Tudo bem. Quer tomar um chá ou coisa assim? — Embora os saquinhos de chá ao lado da cafeteira parecessem estar ali há muito tempo. — Ou vinho? As crianças estão dormindo e podemos ter um pouco de sossego.

— Obrigada por se preocupar — disse Abbey. — Mas, se não se importa, acho que eu também vou para a cama. Estou muito cansada.

Parecia mais do que isso. Tiffany queria perguntar qual era o problema, se havia alguma coisa que poderia fazer para ajudar, mas não conhecia Abbey tão bem assim e pressioná-la a essa altura provavelmente seria mais inconveniente do que útil. Em vez disso, Tiffany disse apenas:

— Claro. Descanse um pouco.

— Boa-noite — disse Abbey. — E obrigada novamente por cuidar das crianças.

— Sem problemas. — Tiffany olhou o relógio. Era quase 1 hora da manhã. Não era assim tão tarde. E Loreen era adulta, mas Tiffany não conseguiu deixar de se perguntar se estava tudo bem. Ao contrário de Abbey, Loreen era uma das amigas mais íntimas de Tiffany, e então, quando se passou mais meia hora sem sinal dela, Tiffany não resistiu e ligou para ver como a amiga estava.

Ela pegou o celular e selecionou Loreen na discagem rápida. Pareceu que tocaria para sempre antes de Loreen atender.

— Oi, é só para saber como você está — disse Tiffany, aliviada em ouvir a voz de Loreen. Ela deixara de simplesmente se perguntar onde a amiga estava para ter quase certeza de que ela fora raptada por algum jogador nojento em cerca de três segundos. — Você se divertiu?

— Demais — disse Loreen laconicamente.

Será que Tiffany estava ficando paranoica? Por que todo mundo dava a impressão de que havia algo de errado?

— Você está bem?

— Estou. Mas olha, não posso falar agora. Vou subir daqui a pouco. Importa-se de colocar Jacob na cama?

— Ele já está lá.

— Obrigada. Não espere por mim, eu estou bem.

– Está certo – disse Tiffany. Ela se sentia uma tia velha e enxerida, querendo saber como todo mundo estava. – Então a gente se vê de manhã.

– Muito bem, onde fica? – perguntou Loreen, fechando o celular. Rod apontou.
– Bem ali.
E ali estava. Um grande caixa automático com adesivos representando cada rede bancária conhecida. Parecendo um tributo olímpico com bandeiras de todas as nações.

Só que não tinha a ver com proezas do atletismo, nem orgulho nacional. Mas sim com esvaziar sua conta bancária para ela poder pagar um garoto de programa, embora isso significasse que teria de servir apenas arroz com feijão no jantar por um mês. Ou mais.

Jacob não se importaria. Ele adorava peidar.
E, principalmente, ver outras pessoas peidando.
Então era isso. Ela o faria por Jacob.
– Lorena? – Rod estalou os dedos. – Ei, Lorena. Você está passando do caixa.

Ela voltou sua atenção para Rod. Ele já se esquecera que ela se chamava Loreen e começara a chamá-la pelo nome de uma mulher famosa por realizar uma penectomia no marido agressivo.

Rod tinha sorte por ela não ser Lorena Bobbit.
Ela foi até a máquina e pegou o cartão. Sua mão tremia. Essa, sem dúvida nenhuma, era a coisa mais humilhante que já havia acontecido em sua vida. Loreen tinha se deleitado loucamente

com esse homem, apesar do fato de saber muito bem que não despertava o interesse de homens tão atraentes, e agora estava pagando o preço. Devia esperar por isso. Tudo tem um preço.

Pelo menos para a maioria das pessoas.

Seus pensamentos saltaram para Abbey. A linda, perfeita e por-isso-mesmo-pé-no-saco Abbey. Meu Deus, Loreen esperava não esbarrar com ela nessa noite. Não ia suportar que Abbey a olhasse com ar de superioridade e deduzisse o que Loreen fizera por acidente. É claro que ela teria de ler a mente de Loreen, mas talvez Abbey pudesse fazer isso.

Ela parecia ser capaz de qualquer coisa.

Loreen jurou que tentaria ser mais parecida com Abbey, embora parte dela não a suportasse. Abbey era altiva e boa demais para o resto delas – como nessa noite, quando não queria descer e tomar um drinque. "Vou ficar com as crianças", tinha dito, como se fosse a única boa mãe entre elas.

Tudo bem, talvez isso não fosse justo. Talvez ela não estivesse tentando ser mais santa do que Deus, mas era mais ou menos assim que parecia. Principalmente depois que ela desapareceu, preferindo ficar sozinha.

— Você está distraída – disse Rod, mas não era um comentário gentil. Ele só queria que ela se apressasse e pegasse o dinheiro.

— Estou tentando me lembrar da minha senha. – Loreen colocou o cartão na máquina e digitou a senha – o aniversário de Jacob, do qual nunca se esquecia –, sentindo uma pontada de culpa. Não, foi mais do que uma pontada. A culpa comprimiu seu estômago e o coração como uma jiboia e a deixou nauseada.

Ela apertou SAQUE.

Loreen deixou passar as sugestões de 20, 40, 60, 80 e até 200 dólares, que ela *nunca* havia sacado de uma vez só, mas sempre quisera. Agora, apertando 1-0-0-0, ela teve esperanças de nunca mais ver um caixa automático.

Houve um momento em que a máquina matraqueou e piscou, e lhe parecia que jogava roleta de saque. O caixa ia lhe dar o dinheiro ou não? O destino decidiria.

O matraquear parou; um recibo foi cuspido. A tela e o recibo diziam: VOCÊ NÃO PODE RETIRAR MAIS DE 500 DÓLARES DE UMA VEZ.

– Desculpe – disse ela a Rod, que parecia bem irritado. Os olhos dele tinham se transformado em dois pedaços de carvão. – Ao que parece, há limite de saque.

Ele soltou um suspiro pesado. Teatral. De repente ela se perguntou se, na verdade, ele não era gay.

– Existem os guichês de troca de dinheiro, sabia? Pode sacar dinheiro com seu cartão de crédito.

– Ah. – O constrangimento não ia ter fim, ia? – Onde faço isso?

Rod gesticulou, mais um movimento exagerado que a fez questionar as preferências sexuais dele.

– Estão por toda parte. Você pode encontrar um bem ali, atrás das mesas de blackjack.

Pela segunda vez em 15 minutos, ela seguiu a indicação dele a um lugar que iria tornar sua vida só um pouco pior.

Quando chegou ao caixa, a mulher ali – de uns 30 anos, com uma cara dura e sem cor – olhou atrás dela:

– Oi, Rod – disse, antes de voltar seu olhar insípido para Loreen. – Mil?

Ah, Deus, ela não era a primeira a fazer isso. A mulher sabia *exatamente* o que estava acontecendo; sabia *exatamente* como Loreen era idiota. Seria possível o constrangimento ficar maior? Loreen pensou que tinha chegado ao fundo do poço, mas ali estava ela, caindo ainda mais.

Pelo menos teve o consolo de saber que lhe cobraram a taxa corrente. Ele não a achou tão medonha para cobrar mais. Isso era... bom.

Além disso, ela poderia dizer, "500 dólares, por favor", e insinuar que ele, na realidade, a tenha achado *tão* atraente que resolveu lhe dar um desconto. Apenas 500 dólares por uma foda de 20 minutos – sim, tinha sido uma transa incrível, mas não era de se admirar! Ele era um *profissional*! E, além disso, com uma garrafa de champanhe e preliminares.

Ah, espere aí um minutinho. *Ela* teria de pagar pelo champanhe.

– Quero 640 dólares, por favor.

A mulher olhou para Rod, e Loreen o ouviu falar.

– Limite do caixa automático.

Babaca.

Loreen procurou o Visa e o entregou.

– Podemos acabar logo com isso?

– Vou precisar de sua identidade.

Loreen basculhou a bolsa, procurando o documento.

– Não sei se está aqui – disse ela, empurrando de lado absorventes, moedas e um batom aberto em seu frenesi para encontrar o que precisava e acabar logo com isso.

– Sem identidade, sem dinheiro.

Por um momento, Loreen pensou no assunto. Se ela não pagasse, o que ele ia fazer? Ele não podia tirar leite de pedra. Mas, numa cidade moralmente detestável como Las Vegas, a probabilidade de sumirem com alguém por causa de uma dívida parecia maior do que o normal.

— Tenha dó, Deirdre — disse Rod à mulher. — Eu confio nela.

Deirdre bufou.

— Claro que confia, não é o seu que está na reta...

Uma expressão que Loreen sempre detesta.

— ... é *você* quem ganha com isso, não é Loretta nem eu, não é, Loretta?

Loreen levantou a cabeça.

— É L...

— Lorena — corrigiu Rod, depois franziu a testa e disse: — É *Lorena*, não é? Ou será... Espere um pouquinho... Qual é seu nome mesmo? — Ao que parecia, assim que o serviço tinha terminado, o disco rígido que continha o nome dela para fins de romance havia sido formatado.

Loreen tinha a sensação de que ele estava falando alto, atraindo a atenção de todos, mas Rod provavelmente estava falando num tom normal.

— Loreen — disse ela apressadamente —, é Loreen. Agora, será que meus mil dólares poderiam pelo menos me comprar um pouco de discrição?

Rod ficou surpreso.

— Claro.

A verdade era que ela estava surpresa consigo mesma. Loreen sempre havia sido tão educada, por pior que fosse a situação. Quando o chefe tentou beijá-la no trabalho, ela lhe deu um beijinho no rosto e fingiu que tinha compreendido mal as intenções dele. Quando um cara bateu na traseira do carro dela no trânsito e depois veio gritando, acusando-a de deixar o carro solto, ela *pediu desculpas* (embora o dinheiro de seu seguro tivesse coberto as alegações dele).

Loreen tinha boas maneiras. Até em momentos ruins.

Talvez um dia ela pudesse se orgulhar disso.

No momento, porém, ela era uma mulher que tinha acabado de gastar mil dólares numa noite, pela primeira vez na vida, e queria valorizar seu dinheiro.

— Eu agradeceria — disse ela calmamente — se pudesse guardar essa transação entre nós. E, é claro, a Deirdre aqui.

Deirdre assentiu, como se realmente estivesse nesse acordo, e — aleluia! — Loreen encontrou a identidade. Entregou-a a Deirdre, terrivelmente consciente do fato de que estava passando um monte de informações pessoais a uma estranha que sabia que ela acabara de contratar um garoto de programa.

— Está tudo certo — disse ela, devolvendo a carteira a Loreen.

O que ela devia fazer, agradecer?

Deirdre passou o cartão de crédito, e Loreen assinou um recibo que tinha cópias em carbono suficientes para que ela as imaginasse chegando anonimamente às caixas de correio de seus pais e de outros parentes. Depois, Deirdre perguntou a Rod, e não a Loreen:

— Em notas de cem?

— Tudo bem — disse ele.

— Espere um minuto — disse Loreen, tolamente revoltada com o pequeno detalhe. — Não devia ter perguntado *a mim*?

Deirdre ficou confusa.

— Mas é para ele, não é?

Loreen balançou a cabeça.

— No que diz respeito a você, é *para mim*. Eu sou a cliente, ou a titular do cartão, ou seja lá como queira chamar, e se tem alguma pergunta a respeito desta transação, faça a mim.

Deirdre não se deixou abalar por isso.

— Em notas de cem? — perguntou ela, *exatamente* no mesmo tom que havia usado para fazer a pergunta a Rod um minuto antes.

— Não. — De onde vinha isso? Loreen não devia estar provocando um cara que sabia o que ele sabia, mas ela não era nenhuma figura pública para se preocupar que a história aparecesse na noite de véspera das primárias de New Hampshire. Ela não era ninguém. Continuaria a ser ninguém também, e assim, se ele quisesse chantageá-la, teria de ser muito criativo para que ela realmente se importasse. — Em notas de um — disse ela, assentindo, decidida.

— *O quê?* — Rod e Deirdre perguntaram ao mesmo tempo, embora a exclamação de Rod fosse mais vigorosa.

Isso era divertido.

— Em notas de um — repetiu Loreen. — Algum problema? — perguntou ela, fixando os olhos em Deirdre.

Deirdre deu de ombros.

— Não. — Ela abriu uma gaveta e pegou maços de notas de um dólar.

— Ah, tenha dó, Lorena — disse Rod, a voz incisiva e meio estridente. — Quero dizer, Loreen. Isso é ridículo. Vou ficar na fila atrás de você e trocar por notas maiores.

Loreen se virou para ele.

— Sim, mas Deirdre terá de contá-las nas duas vezes. Estou certa?

— Está — disse Deirdre contando as notas com um cuidado que provavelmente era doloroso para Rod, que estava ansioso para passar à próxima vítima.

— Tempo é dinheiro, não é, Rod? — perguntou Loreen.

Ele semicerrou os olhos.

— Às vezes não vale tanto.

— Quer cancelar a transação? — perguntou Loreen. — Porque, por mim, não tem problema.

— Não, só não quero 640 notas de um.

— Sabe o que algumas pessoas dariam por 640 notas de um dólar?

Ele baixou a cabeça, reconhecendo.

— Mas você tem uma opção aqui e pode pegar notas de cem. E economizar papel — acrescentou ele, como se fosse um trunfo.

— Não acho que Deirdre esteja realmente *fabricando* o dinheiro para atender o meu pedido, então este argumento não é válido.

— Pronto — disse Deirdre, empurrando o que deviam ser 25 maços de um dólar.

— Ah, meu Deus — disse Loreen, com uma risadinha na voz, apesar do horror da situação. Era um monte de maços. Deviam pesar. Ah, ela esperava que sim. — Estenda as mãos, Rod. Vou lhe entregar o dinheiro.

— Isso é ridículo — entoou ele.

Ela o fitou bem nos olhos.

— Concordo inteiramente contigo.

— É minha vez? — perguntou ele a Deirdre.

Loreen olhou para ela procurando por uma resposta e Deirdre assentiu.

— Eu estava para tirar meu intervalo... Mas acho...

Foi difícil para Loreen não sorrir quando se virou para Rod.

— Você está com sorte.

Ele lhe lançou um olhar hostil. Loreen sabia que não seria uma cliente habitual, mesmo que ela quisesse.

Algo dizia a Loreen que ele já pressentia antes de tudo que ela não seria uma cliente habitual.

O bronzeado era falso, concluiu Loreen, olhando-o se aproximar do balcão.

E ninguém era tão musculoso e sarado sem passar horas todo dia na academia. E, francamente, esse tipo de vaidade não era nada atraente para ela.

Assim, que bons ventos levem Rod.

Ela se virou para ir embora.

— Uns meses atrás, alguém pediu em moedas — disse uma mulher mais velha e comum enquanto Loreen passava.

Loreen parou. A mulher usava um crachá como o de Deirdre — que dizia WILHELMINA — e evidentemente era funcionária do mesmo caixa.

— Como?

As feições apáticas da mulher demonstraram algo parecido com solidariedade.

— Pelo visto muitas mulheres não sabem que Rod tem um preço. Às vezes elas ficam zangadas, como você. Uma pegou mil dólares em moedas. Levei séculos para contar tudo, e, mesmo assim, tive de dar a ela 200 dólares em cédulas porque não tínhamos tanta moeda.

Moedas. Loreen queria ter pensado nisso.

— Ele parecia gentil — disse ela, tristonha, sem realmente pretender dizer isso em voz alta.

— É o trabalho dele — disse Wilhelmina, sem inflexão na voz.

Loreen olhou para ela.

— Bom, acho isso um horror.

A expressão de Wilhelmina se atenuou.

— Todo mundo tem que ganhar a vida. Mas às vezes ela não é justa com todos.

Loreen assentiu.

— Nem me fale.

Loreen se afastou, pensando que tinha de voltar ao hotel, e a Jacob, e de algum modo reunir os pedaços de sua autoestima. Mas não conseguia se livrar da ideia de que agora estava mil dólares mais pobre do que quando chegara a Las Vegas, e de que não era capaz de consertar isso.

A resposta lhe ocorreu quando passou pelas mesas de roleta. Ela podia recuperar o dinheiro, aos pouquinhos, lá. Afinal, pode-se apostar em vermelho ou preto. Era uma probabilidade de ganhar de 50 por cento. Onde mais no cassino ia encontrar uma probabilidade dessas?

Em lugar nenhum, isso sim. Ela se especializou em estatística na faculdade, e seu professor falava sem parar de uma estratégia na mesa de roleta chamada "triplo martingale". Ela se lembrava muito bem disso — só aposte em vermelho ou preto e dobre sua aposta sempre que sair o contrário. Embora cada rodada tecnicamente fosse um experimento de Bernoulli e tivesse iguais probabilidades, o Prof. Jellama afirmava que havia muitas leis místicas e universais da matemática, e a roleta era um ótimo exemplo de como as probabilidades se formavam de uma tentativa para outra.

Fez muito sentido quando o professor explicou, embora ele tenha advertido sobre a veracidade científica para manter seu emprego.

Mas o Prof. Jellama era um cara inteligente, um de seus professores preferidos, e Loreen ia confiar nele agora, quando mais precisava.

Ela foi trocar fichas e descobriu que só tinha 50 dólares, então voltou ao guichê de Deirdre — agora que tinham formado uma espécie de ligação tênue — e perguntou:

— Posso sacar mais cem, ou cheguei a meu limite?

Deirdre pegou o cartão de Loreen.

— Até que a empresa de cartão de crédito diga que você chegou ao limite, você não chegou ao limite. — Ela arrastou o cartão pelo leitor magnético e apertou um número. Depois entregou um papel para Loreen assinar novamente. — Passou.

Loreen assinou e Deirdre lhe entregou o dinheiro.

— Obrigada — disse Loreen, e foi muito mais sincera desta vez do que da última.

Ela foi igualmente sincera outras cinco vezes, pegando sempre uma quantia maior para compensar as perdas, até que por fim chegou ao limite do cartão e descobriu, pelos recibos, que tinha perdido 5 mil dólares.

Isso incluía os honorários de Rod, é claro, mas ainda assim... Cinco mil dólares.

Não podia gastar nem *mil* dólares!

Mas também não podia apostar mais para compensar o que havia perdido e, apesar de 4 mil evidências em contrário, Loreen *sabia* quando desistir. O Prof. Jellama era um idiota. Ela esperava que ele tivesse sido demitido por plantar ideias malucas na cabeça dos alunos.

O que ela ia fazer?

Conseguiria um emprego noturno, era isso. O setor de imóveis não era tão estável, e, até que a escola liberasse os alunos em um mês, as coisas ainda ficariam lentas, então ela complementaria a renda com um salário fixo, mesmo que fosse numa loja de varejo no shopping. Ou talvez como garçonete. Se conseguisse um emprego de garçonete em um dos restaurantes chiques em Bethesda ou Northwest, poderia pagar por isso rapidamente. Mas significaria deixar Jacob em casa enquanto estivesse trabalhando. Mas Tiffany morava a três casas depois da dela. Talvez Loreen pudesse comprar um sistema de babá eletrônica e instalá-lo por toda a casa, deixando o receptor com Tiffany, assim ela poderia ser "babá" enquanto Loreen estivesse no trabalho.

Não era uma solução perfeita, mas era melhor do que nada. E não havia alternativa.

Capítulo 4

Na manhã seguinte, Tiffany acordou antes de Loreen e Abbey para devolver as roupas à Finola Pims. Quando estava prestes a sair do quarto com as sacolas, viu Jacob Murphy e Parker Walsh tentando abrir a janela, enquanto Kate estava sentada ali perto, vendo TV.

— O que estão fazendo, meninos? — perguntou Tiffany, sabendo que a resposta não seria boa.

Os dois meninos se viraram para ela, a cara branca de surpresa.

— Nada — disse um deles, tentando esconder a verdade estampada na cara dos dois.

— Jacob apostou com Parker que ele acertaria um balão de água bem na cabeça de alguém — disse Kate.

— *Kate!* — Jacob protestou.

— É sério? — perguntou Tiffany. — Onde foi que conseguiram um balão?

— Não temos balão nenhum — disse Jacob.

Parker parecia ter acabado de comer alguma coisa estragada. Isso fez Kate desviar a atenção da TV.

— Tem sim. Não minta para a minha mãe. — Ela se virou para Tiffany. — A moça que ficou aqui ontem à noite deu balões e chocolate para todos nós.

Caramba. A babá realmente devia ter perguntado aos pais primeiro, pensou Tiffany. E se uma das crianças fosse alérgica a chocolate? Ou a látex?

— Me dê o balão — disse ela, estendendo a mão.

Parker e Jacob pegaram balõezinhos vazios e os entregaram.

— Obrigada. — Tiffany os enfiou na bolsa. — Agora, tenho que descer por um minuto... — Ela parou. De jeito nenhum podia deixar esses meninos sozinhos enquanto Loreen e Abbey dormiam. Só Deus sabia o que eles iam fazer depois. — E vocês vêm comigo.

— Vamos ao cassino? — perguntou Jacob, ansioso.

— Não. A uma loja.

— Ah, que pena!

— Andem. — Ela os reuniu, deixou um bilhete para as outras dizendo que estava com as crianças e desceu para a Finola Pims.

Eram só três crianças, mas tentar controlá-las no caos do hotel se mostrou mais difícil do que Tiffany previra. As luzes e os ruídos pareciam induzi-las a todo tipo de comportamento turbulento.

Era: "*Jacob! Kate! Parem de brincar de pique, estão esbarrando nas pessoas!*"

Ou: "O*nde está o Parker?*"

E: "*Jacob e Parker, isso não tem graça nenhuma. Parem agora!*"

Os cinco minutos descendo pelo elevador e saindo para o saguão pareceram durar uma eternidade. Quando chegaram à loja Finola Pims, Tiffany reuniu as crianças na frente da entrada.

— Escutem aqui — disse ela num sussurro áspero, curvando-se diante deles. — Vocês *têm* que fazer *silêncio* aqui, entenderam? Fiquem feito estátuas, não soltem um único pio. Se me desobedecerem, eu *juro para vocês*, vou à reunião do conselho de educação sugerir a abolição das férias. — Ela olhou as caras inexpressivas, procurando por sinais de pavor e aquiescência.

— O que é abolição? — perguntou Jacob.

— Significa que vão acabar com as férias — disse ela, erguendo uma sobrancelha. — Vai ter aula o ano todo, sem férias de verão. — Completou ela, como que para enfatizar o argumento.

E deu certo. Eles ficaram lívidos de medo: as costas retas, as bocas fechadas. Assim estava bem melhor.

— Ótimos. — Ela ergueu o corpo. — Agora, vamos.

Eles marcharam para dentro da loja como as crianças von Trapp, numa fila silenciosa, direto ao balcão de vendas. Tiffany esperou atrás de uma mulher de meia-idade coberta de joias tão grandes que ela não podia acreditar que fossem verdadeiras. Mas o total de suas compras indicava que ela podia mesmo pagar por joias genuínas.

É claro que alguém podia ter dito a mesma coisa sobre as compras de Tiffany.

— Sim. — Tiffany ergueu as sacolas ao balcão. — Preciso devolver isto.

Por um momento parecia que a vendedora, cujo crachá a anunciava como RAYANNE, achava que Tiffany falava outra língua.

— São lindas — Tiffany se apressou em dizer, preocupada em ter ofendido a menina de alguma maneira. — Mas — ela não ia admitir que não podia pagar por elas — não caíram muito bem em mim.

— Puxa, que pena. — Rayanne assentiu.

Tiffany sorriu.

— Bem, com todas as crianças — ela gesticulou — deduzi que seria mais justo com as outras clientes que eu experimentasse as roupas no meu quarto e visse o que vestia bem. — Ela pegou o recibo e o estendeu à menina, que olhou para ele com uma vaga simpatia.

— E elas não caíram bem? — perguntou ela, sem se mexer para pegar o recibo de Tiffany.

— Não ficaram muito bem em mim. — Tiffany colocou o recibo no balcão e o empurrou para Rayanne, como se fizesse um lance num leilão silencioso. — Assim, se puder... fazer a devolução.

— Gostaria de poder. — Ela balançou a cabeça e deixou que as palavras fossem absorvidas sem maiores explicações.

— Muito bem, então, pode conseguir quem possa? — perguntou Tiffany, perdendo a paciência. As crianças começavam a remexer os pés e a ficar agitadas. Ela lhes lançou um olhar de alerta e murmurou as palavras *férias de verão*.

— Ninguém pode. — Rayanne apontou uma placa que Tiffany obviamente não percebera quando fez a compra. Dizia, na letra fina e elaborada que era muito difícil de ler: VENDAS DEFINITIVAS. NÃO ACEITAMOS DEVOLUÇÕES NEM TROCAS. SEM EXCEÇÕES.

— Não tinha visto isso antes — murmurou Tiffany, como se fizesse alguma diferença.

— É política da loja.

— Mas... por quê? Quero dizer, na Nordstrom não fazem isso.
Rayanne deu de ombros.
— Esta não é a Nordstrom.
Era inegável.
— Há um gerente com quem eu possa falar? Não estou querendo dizer que você não seja competente.
— Ele não vai permitir que devolva a mercadoria.
— Por que não me deixa falar com ele eu mesma?
Rayanne não se mexeu.
— Ele não vai permitir. Já tentaram antes.

O que deixou Tiffany se perguntando por um momento se eles retiravam a placa durante a venda e a recolocavam quando as pobres idiotas voltavam para devolver as coisas. Ou talvez fosse uma espécie de placa que aparecesse só de vez em quando, como a cidade do filme *A lenda dos beijos perdidos*, e desta vez Tiffany estivesse sem sorte.

— Poderia pedir a ele para vir aqui conversar comigo, por favor?
— Mãe. — Houve um puxão atrás de sua blusa.
— Shhh! — Ela lançou por sobre o ombro.
Alguns segundos se passaram, depois outro puxão.
— Mas *mãe*.
— Kate, francamente, *tem* que esperar um minuto, está bem? — Tiffany disse irritada, na esperança de não chamar atenção para si. — Preciso falar com mais uma pessoa, depois vamos voltar para o quarto.
— Mas mãe...
— Quietinha!
— Jacob *fez xixi na calça!*

Tiffany manteve o foco à frente. Talvez tivesse ouvido mal. Talvez tivesse entendido errado. Certamente um menino de 9 anos não urina no meio de uma loja chique.

Ela olhou para trás com o mesmo medo de quem olha um acidente de carro. E lá estava. A frente da calça cáqui de Jacob estava ensopada e havia uma poça no piso de mármore branco da loja.

Tiffany teve de engolir um palavrão. Na verdade, vários.

Jacob deu de ombros.

Bem, pelo menos ele não estava emocionalmente traumatizado por isso. Como Tiffany estava prestes a ficar.

— Jacob, o que houve?

— Eu precisava *muito mesmo* ir ao banheiro.

— Por que não me falou?

Isso incitou-os a tagarelar, todos ao mesmo tempo: *você disse para a gente não falar* e *que nunca mais teríamos férias de verão*.

— Eu não quis dizer... — O que ela poderia falar? Mais especificamente, o que ela ia *fazer*? Só havia uma opção: sair da loja com as crianças e voltar antes que saíssem para o aeroporto de manhã, quando outra pessoa cuidasse das crianças. — Tudo bem, meninos, rápido...

— Como posso ajudá-la?

Sobressaltada, Tiffany girou e viu um baixinho de bigode fino que parecia estar fazendo sua melhor imitação de William Powell, só que em miniatura.

E sem a centelha de humor nos olhos.

— Rayanne disse que queria ver o gerente.

Ela olhou insegura para Jacob, depois conduziu Kate para a frente dele a fim de bloquear a sujeira, ou assim ela esperava.

* 67 *

— Sim, preciso devolver algumas coisas, e Rayanne observou que vocês têm uma política de não devolução. — Ela tentou soltar uma risada, do tipo *sou tão rica e boba que nem percebi!* — Agora, o problema é que estou voltando para casa esta manhã e tinha esperanças de resolver isso logo. — Ela parou e ele continuou a olhar de um jeito desligado. — Se observar, verá que ainda estão com as etiquetas e tudo. — Ela ergueu o chapéu que usaria para ir ao Kentucky Derby e apontou a etiqueta.

— Isso é maravilhoso — disse ele.

— Ah, graças a Deus. — Tiffany sorriu. — Tive medo de que fosse se ater à sua política, o que seria compreensível, é claro, mas...

— Não, não, o chapéu é maravilhoso. Perfeito. Tenho certeza de que ficou encantador na senhora.

— Bom... Nem tanto. É por isso que estou devolvendo.

— Desculpe, senhora, não posso ir contra a política da loja. — Ele uniu as mãos na frente do corpo e balançou a cabeça. — Quisera eu.

— O senhor é gerente. Tenho certeza de que pode. Na realidade, eu os comprei só há algumas horas, então poderia, por favor, procurar o recibo no caixa e fazer o estorno?

— Bem...

— Eu ficaria muito grata.

Ele respirou longa e deliberadamente.

— Talvez eu possa... — Ele se interrompeu para fazer um ruído de Scooby-Doo encontrando um fantasma e cobriu a boca com a mão.

— Senhor? — Tiffany percebeu que ele não tinha se apresentado. — Você está bem?

Ele apontou um dedo trêmulo para ela.

— Eles estão com a senhora?

Ela fechou os olhos por um segundo antes de se virar para trás e se certificar de que se referia às crianças e não, digamos, a uma matilha de cães selvagens que tinha invadido a loja.

Eram as crianças, tudo bem. E Kate tinha dado um passo para o lado, assim Jacob estava ali, molhado e triunfante.

— Eles estão... aqui. — Isso não fazia sentido. Ela não podia inventar uma resposta que ao mesmo tempo fizesse sentido e melhorasse a situação, então tentou a verdade. — Nem todos são meus, é claro, mas eu os trouxe para não deixá-los sozinhos no quarto.

Ele não ouvia.

— Com licença. — Ele se virou apavorado e levou as mãos ao rosto, andando rapidamente pela loja, chamando:

— Limpeza no caixa um! Rápido! Já-já!

— Ei, a Mary Poppins faria isso! — disse uma das crianças.

— Mãe, você acabou?

— Acho que sim — disse Tiffany, virando-se abatida para conduzir as crianças para fora. Ela passou sobre a poça e continuou andando, sem se incomodar em advertir as crianças para ficarem quietas. Tinha gastado 5 mil dólares em *roupas* quando cada centavo que ela e Charlie possuíam era destinado a categorias e necessidades cuidadosamente definidas.

Ela provavelmente acabara de gastar boa parte do primeiro semestre de faculdade de Kate em um ridículo modelito para ir ao Kentucky Derby que nunca, jamais na vida poderia usar.

Uma hora depois, Tiffany, Abbey e Loreen foram para o aeroporto com os filhos. O humor das crianças era feliz, animado; já o das adultas, completamente sombrio.

Para começar, Tiffany estava usando o chapéu idiota e ostentoso que comprou quando, bêbada, achou que era alegre. Não havia espaço para ele na mala. Ela pensou em deixar para a camareira, mas só o que pôde imaginar foi uma velha cínica e cansada entrando, experimentando o impensável chapéu de 230 dólares, depois o atirando na lixeira. Tiffany preferia ficar com ele. Mesmo que tivesse de usar para fazer jardinagem.

Mesmo que tivesse de começar a fazer jardinagem para usar o chapéu.

— Mãe, estou com fome — queixou-se Kate enquanto se arrastava atrás de Tiffany a caminho do portão de embarque.

— Eu também! — Jacob fez coro de imediato.

— A gente pode comprar alguma coisa para comer? — perguntou Parker.

— Ah! Eu quero pizza! — Kate começou a correr para um balcão da Sbarro.

— Kate, pare! — gritou Tiffany, mas a garota não reduziu o passo. — Katherine Dreyer, pare *agora mesmo*!

Ela parou. Sabia o que significava quando os pais usavam o nome completo. Infelizmente, Jacob Murphy não; ele esbarrou em Kate e os dois caíram feio no piso de linóleo.

— Meu joelho! — Kate choramingou.

A cara de Jacob estava vermelha.

— Desculpe — disse ele, sentindo-se.

— Não precisava correr direto para cima de mim! — rebateu Kate.

— Kate. — Tiffany se aproximou e curvou-se para levantar a filha. — Se pode falar com Jacob desse jeito, não deve estar tão machucada. Deixe eu dar uma olhada.

Kate protestou e apontou o joelho, que estava exatamente no mesmo tom pálido do outro.

— Ela está bem — resmungou Jacob.

Parker manteve-se afastado, querendo ficar longe de problemas.

— É. Acho que está — disse Tiffany.

— Eu acho que essas crianças precisam comer, assim elas não vão reclamar durante toda a volta para Washington — acrescentou Loreen, em seguida. — Hoje em dia só servem nos aviões biscoitinho Cheese Nips e pretzel.

— Serviram uma tábua de queijos quando viemos — observou Tiffany. — Mas só tinha queijo processado e molho tipo Whiz.

— Vou comprar pizza para eles — ofereceu-se Abbey.

— Vamos *todos* — disse Loreen. — Acho que todo mundo devia comer um pouquinho.

Eles foram e reuniram todo o dinheiro que restava para comprar pizza, saladas e Coca-Cola antes de voltar ao portão para esperar pelo embarque.

Loreen estava meio aérea, Tiffany percebeu. Estava tensa, pálida e não olhava ninguém nos olhos. Parecia haver alguma coisa errada, mas Tiffany supôs que era ressaca. Isto é, até Loreen se aproximar dela.

— Posso falar com você um minuto? — perguntou Loreen, sussurrando.

— Claro, o que...

O olhar de Loreen impediu Tiffany de perguntar mais até que elas estivessem a sós, a uma boa distância.

— Cometi um erro terrível ontem à noite — disse Loreen, as lágrimas se acumulando nos olhos. — Não posso mais guardar isso só para mim.

Eu também, pensou Tiffany, imaginando que em alguns minutos o fardo das duas ficaria mais leve por se abrirem uma com a outra.

— O que foi? — perguntou ela, solidária.

— É... O cartão de crédito da APM. Ontem à noite pensei que fosse meu. Tenho o mesmo Visa, só que o meu, pessoal, tem minha inicial do meio e é assim que eu costumo distinguir os dois. Mas ontem à noite acho que não estava pensando com muita clareza... — Ela enxugou as lágrimas com impaciência. — Tiffany, eu usei o cartão da APM ontem à noite.

Ah, isso era uma graça. Era típico da honesta Loreen quase morrer de preocupação porque acidentalmente havia feito um pagamento no cartão errado. É claro que haverá papelada, e será um pouco chato, mas não era motivo para ficar tão perturbada.

— Está tudo bem querida, quanto você gastou? Quarenta? — Ela estava sendo generosa — Cinquenta?

— Gastei 5 mil — disse Loreen sem demora.

O que não fez bem nenhum ao coração de Tiffany. *Gastar 5 mil!*

— Está brincando, não é? — Só meio segundo se passou antes que seus nervos se esticassem como cordas de violão. — Loreen, diga que está brincando.

Mas Loreen só apertou os lábios e sacudiu a cabeça.

— *Como?*

— Saquei dinheiro no cartão da APM a noite toda até estourar o limite. — Loreen fungou. — Pensei que tinham aumentado meu crédito ou coisa assim. Não me ocorreu que eu estava usando o cartão errado, porque eu quase nunca pego o da APM.

— Ah, Loreen... — Elas estavam com um problemão.

— Eu sei. Eu sinto tanto! Não sabe como eu lamento. Obviamente vou pagar, de algum jeito... — Ela ficou pálida. — Não sei como. Cinco mil... Mas vou. Eu *vou*. Logo. Só tenho que fazer saques com meus outros cartões...

— Vamos conversar sobre isso mais tarde. — Tiffany não pretendia ser rude com Loreen, mas era demais ter de pensar nisso, além de ter de se preocupar com sua própria dívida, antes de entrar em uma espécie de cápsula de Tylenol de toneladas, que, de algum modo, tinha de subir ao céu e levá-los para casa.

Desesperada, falida, e sentindo que seu mundo se fechava em volta dela, Tiffany fez uma coisa que geralmente só faria numa emergência.

Ligou para a única pessoa que ela sabia que *sempre* dava um jeito nas confusões que arranjava e *sempre* parecia saber o que fazer.

Telefonou para a irmã, Sandra.

Capítulo 5

Sandra Vanderslice olhou para a balança embaixo da pia do banheiro como se fosse um urso hibernando. Podia continuar a passar na ponta dos pés por ela, fingir que não estava ali e não podia afetá-la, ou Sandra podia só acordar aquela porcaria e deixar que fizesse logo seu trabalho, eliminando assim o poder que tinha sobre ela.

Só que isso não eliminava o poder da balança, porque sempre havia a horrível possibilidade de que, depois de suar a camisa – literalmente – para perder 12 quilos no ano anterior e em seguida se atolar em comida, ela pudesse ter recuperado mais do que perdera.

Receber esse tipo de notícia seria arrasador demais. Ela não tinha certeza do que poderia fazer. Provavelmente comer um Twinkie, ou quatro, e depois se afundar em um profundo ódio por si mesma. Não, ela não comia uma dúzia de ovos no café da manhã nem quase boi toda noite de jantar, como os gordos costumavam ser retratados, mas a compulsão alimentar era um verdadeiro problema para Sandra. Quando ela se aborrecia – ironicamente, em geral, quando se aborrecia com sua aparência –, podia engolir meia dúzia de bolinhos ou comer um pote de meio quilo de sorvete em minutos.

Sandra odiava ser tão apegada à sua aparência e por isso acabava não aproveitando as verdadeiras conquistas de sua vida – ela era fundadora de uma empresa muito promissora de importação de sapatos e, graças a uma compra inteligente e a uma reforma, tinha um patrimônio de quase 75 mil dólares em seu apartamento em Washington, no glamouroso bairro de Adams Morgan. Realmente tinha muito do que se orgulhar.

Mas estava com 34 anos e nunca havia tido um namorado de verdade. O último cara com quem tinha saído, Carl Abramson, era doce e gentil, mas só tiveram quatro ou cinco encontros antes de sua empresa de biotecnologia transferi-lo para Omaha.

Sandra queria um namorado, queria mesmo, mas não estava tão desesperada a ponto de se mudar para Nebraska para tentar continuar com um.

Então se despediram e, além de alguns e-mails ocasionais que minguaram até acabar, eles não se falavam desde que ele havia partido, oito meses antes.

Antes disso, houve Mike Lemmington, um deus grego que havia sido colega dela no ensino médio (embora, ele sempre tivesse se parecido com o boneco da Michelin). Eles passaram vários meses felizes saindo juntos antes de Sandra perceber que: 1 – eles não estavam realmente namorando, 2 – Mike era gay, 3 – incrivelmente gay.

Sandra podia achar que estava namorando, mas ele só estava saindo com ela. Na mesma Bat-hora, no mesmo Bat-canal, interpretações totalmente diferentes de Robin, o Menino Prodígio.

O que, como todo o demais que dava errado em sua vida, a levava à balança. Sandra era boa em negar o óbvio. E ainda melhor em evitar a verdade.

Isso tinha de acabar.

Ela se sentia solitária.

Era difícil até pensar em termos tão sinceros e simples, mas era verdade. Sandra passava praticamente todo seu tempo sozinha. É claro que havia coisas de que ela gostava em sua vida – de seu trabalho, de alguns programas de TV, esse tipo de coisa –, mas no fundo da mente sempre havia a ideia de que se ela engolisse um osso de frango assado, podia sufocar e morrer sozinha e ninguém saberia, até que os vizinhos chamassem o síndico por causa do cheiro.

E ela queria alguém com quem pudesse trocar ideias vendo o programa de Bill O'Reilly na TV; alguém em quem apoiar as pernas cruzadas nos domingos de lazer durante os jogos dos Redskins. (Ela não gostava muito de futebol americano, mas cresceu com esse som das tardes de domingo e havia algo de reconfortante nele; além disso, em que outra ocasião ela calçaria seus Chuck Taylors vinho e dourados?). Ela queria alguém para lembrá-la, no final de cada dia ruim, de que o mundo nem sempre era justo, mas que as coisas iam melhorar; alguém que dissesse que a amava, independentemente de qualquer coisa.

Ela queria o tipo de melhor amigo com quem se divide a vida toda. Sandra não tinha ilusões de que ele se pareceria com o

Brad Pitt – a verdade era que, se parecesse, provavelmente seria um imbecil. Sandra não se importava mais com a aparência do homem, desde que ele não assustasse criancinhas.

Ela só queria que ele a entendesse. E a amasse por isso.

Assim, não era só por pura vaidade que ela queria perder um pouco de peso. Era realidade. Ela sabia que os homens olhavam primeiro para o rosto e o corpo de uma mulher, e mesmo alguns homens realmente legais, de início, podiam não dar bola a uma mulher com alguns quilinhos sobrando.

Ou muitos, como poderia ser o caso dela.

Então, teria ela alguma alternativa? Continuar se entregando a alcachofras com molho parmesão, e a um monte de outras coisinhas que pareciam inofensivas, mas que aumentavam os problemas? Ou encarar uma dieta mais razoável – embora não a mais fácil – e limitar absolutamente tudo o que ela adorava na esperança de emagrecer e... e o quê?

Não *atrair* sua alma gêmea, porque, se ele realmente fosse sua alma gêmea, ela não precisaria ser uma espécie de estrela de cinema nem modelo para chamar a atenção dele.

Mas talvez fosse mais sensato pensar que, se ela perdesse peso, podia pelo menos parar de *repelir* sua possível alma gêmea. Porque, sinceramente, ninguém se sentia atraído por pessoas muito acima do peso. Certo ou errado, isso dava aos outros uma impressão de falta de cuidado pessoal.

Ela não precisava ser *magra*, mas tinha de ser *saudável*.

Sandra puxou a balança, colocou-a no piso de ladrilhos frios e tirou seus sapatos peep-toe Sigerson Morrison brancos e novos com salto plataforma médio. (Tinham custado 368,95 dólares na Zappos.com e valiam cada centavo, *principalmente* depois de ela ter feito as unhas.) Os sapatos eram fabulosos, mas ela não ia aumentar o peso por causa deles, embora lhe ocorresse que, dependendo do que a balança dissesse, talvez fosse melhor culpar os sapatos por qualquer coisa entre 500 gramas e 3 quilos.

Mas se ela colocasse saltos altíssimos, como os stilettos que acabara de comprar, será que compensaria seu peso aumentando uns centímetros?

Era tentador. E ela estava pronta para jurar usar saltos todos os dias pelo resto da vida, se desse certo.

Mas talvez precisasse de saltos grossos, como sempre anunciavam nos programas da Style Network sobre como não parecer gorda. *Um salto grosso pode disfarçar um tornozelo grosso.*

Então tá.

Mas ela sabia que tinha de ser franca e enfrentar toda a dura verdade.

Sandra ficou parada perto da balança por um ou dois minutos, pensando nas possibilidades. Como se uma delas fosse ficar longe da balança e, portanto, não ganhar um grama que fosse, desde sua última pesagem bem-sucedida, tantos meses atrás.

Vai, disse ela a si mesma, como uma criança tentando se convencer a mergulhar numa piscina fria numa tarde quente de julho. *Ande logo. Encare a realidade. Acabe com isso. Você pode entrar para os Vigilantes do Peso de novo. Deu certo uma vez; dará certo novamente.*

Ela respirou fundo e subiu na balança. O mostrador disparou, e Sandra recuou rapidamente.

Não. Não, não, não. Não podia fazer isso.

Ela se encostou na parede e deslizou para o chão, depois sentou-se de cara para sua inimiga, a balança.

Era tão injusto. Havia um monte de gente que jamais tinha de pensar no que comia; simplesmente era magra e linda, por mais que devorasse a comida.

A irmã de Sandra, Tiffany, era uma dessas pessoas. Enquanto Sandra era baixa, tinha cabelo pardo e olhos castanhos comuns, Tiffany era alta, loura e magra, com olhos tão intensamente azuis que pareciam lentes de contato. De certa maneira – tudo bem, de muitas maneiras – tinha sido um completo inferno ser criada na sombra estreita de Tiffany.

Você é irmã de Tiffany Vanderslice?

Ah, sem essa, é sério?

Uma de vocês é adotada? Por acaso uma delas era, mas Sandra só ficara sabendo disso no ano anterior. Tiffany era adotiva e sabia disso havia anos, o tempo todo sentindo-se um pouco inadequada se comparada a Sandra, a filha *biológica* dos pais. Era uma ironia, uma vez que Sandra sentia a mesma inadequação em comparação à Tiffany, que ela via como "a criança dourada" ao lado da "ovelha negra".

Mas isso não fez com que Sandra mudasse seus sentimentos em relação a Tiffany, nem em relação ao seu peso comparado com o da irmã.

Para ser justa, Tiffany *não era* uma daquelas pessoas que andavam por aí proclamando que não conseguiam ganhar peso "por mais que eu coma!" Ela era a verdadeira definição de uma *pessoa disciplinada*. Era do tipo que conseguia comer apenas *um* biscoito de Natal.

Ela até podia resistir completamente a eles, se temesse que sua cintura passasse do limite de 74 centímetros. (Ou o que fosse, Sandra não tinha certeza das medidas de Tiffany, só que eram muito melhores do que as dela.)

A vida toda Tiffany optou por água em vez de Coca-Cola, leite puro em vez de achocolatado e realmente *preferia* as saladas sem molho nenhum.

Sandra sempre tinha ficado tentada a observar que era *mais* nutritivo comer aqueles verdes com um pouquinho de gordura — ela havia aprendido algumas coisas com os Vigilantes do Peso —, mas tinha medo de dar a impressão de estar sendo despeitada e controlada.

E Sandra não queria tornar ainda mais difícil um relacionamento entre irmãs que sempre tinha sido meio tenso.

Mas a quem ela estava enganando? Tiffany provavelmente nem tomava mais de uma taça de vinho no jantar, quando bebia. Não passava pela cabeça da irmã perder nem um décimo que fosse de seu lendário controle.

Por isso foi uma surpresa quando o telefone tocou e era Tiffany, ligando do que ela descreveu como "o chão da parte mais vagabunda e mais suja do vagabundo e sujo aeroporto de Las Vegas".

— Por que está no chão do aeroporto? — perguntou Sandra, alarmada de imediato, mas intrigada.

— Todos os voos estão atrasados por causa de tempestades ou coisa assim. O lugar está abarrotado. — Ela soltou um som exasperado, depois disse: — Mas não foi por isso que telefonei. Preciso de um emprego. Rápido. E eu estava me perguntando se você e seu pessoal dos sapatos estão contratando funcionários.

— *Como é?* — Sandra não conseguiu processar a informação tão rapidamente.

— Sua empresa — disse Tiffany. — Está contratando?

Há um ano, Sandra e algumas amigas se reuniam toda terça-feira à noite para trocar sapatos numa tentativa de ao menos reduzir o custo do vício em calçados, se não conseguissem se livrar dele. Por fim, numa virada que transformou o vício de todas em *lucro*, elas reuniram o dinheiro que tinham para financiar o trabalho de um jovem e brilhante fabricante de calçados italiano chamado Phillipe Carfagni. Agora a empresa pagava pela fabricação e importação do que ele criava e chegara a um número impressionante de lojas, butiques e sites de venda on-line. Mas a empresa era nova e, como tal, ainda lutava para pagar as contas com os poucos funcionários que tinha.

— Por quê?

— Preciso de um emprego.

— O quê? Por que precisa de um emprego? — perguntou Sandra, chocada. — Você e Charlie estão se separando? — Ah! Bola fora! Tiffany NÃO tinha falado nada em deixar Charlie, mas Sandra saltou para suas conclusões, do tipo *você finalmente está deixando o pilantra?*

Mas era isso que ela sentia.

— Não! — gritou Tiffany. — Meu Deus, Sandra, não posso lhe pedir um emprego sem que você chegue a conclusões malucas e ofensivas?

— Bom... Sim, é só que... Você disse que estava no chão de um hotel de Las Vegas...

— Aeroporto.

— ... Tudo bem, aeroporto, e obviamente está no meio de alguma coisa mais importante do que, digamos, sentar-se para fazer as unhas enquanto assiste a *The Price Is Right* na TV e decidir ter um passatempo novo. Então, fala sério, Tiffany, por que está querendo um emprego *agora*?

— Não importa o *porquê* — disse Tiffany, com uma alguma tensão na voz. — Talvez eu esteja entediada esperando por meu voo e tenha pensado nisso. Talvez eu só esteja querendo conversar. Talvez...

— Tudo bem, agora eu sei que aconteceu alguma coisa — disse Sandra. Ela já tinha contado muitas mentiras ao telefone nos últimos anos e podia identificá-las em segundos. — Devia ter parado na parte entediada-e-esperando-pelo-voo. Eu podia ter engolido essa.

— Você engoliria um com-dívida-por-comprar-roupas-e-sapatos-demais? — rebateu Tiffany.

Sandra riu.

— Nem pensar. Tente outra.

— É a verdade — disse Tiffany. E desta vez sua voz estava diferente. Séria. Abatida.

— Como é? Você se meteu em problemas financeiros comprando *roupas*? E *sapatos*?

— Sei que não faz meu gênero, mas é a verdade. Por acidente gastei milhares de dólares em roupas idiotas e nada práticas de grife. Depois houve uma confusão com as passagens de avião para casa, então de última hora tive de pegar um lugar na primeira classe para que uma criança de 9 anos não ficasse separada do grupo. Minha vida está uma bagunça e, se eu não ganhar dinheiro rápido, meu casamento terá sérios problemas. Então eu estava me perguntando se você precisava de funcionários de meio expediente para sua empresa.

Sandra ouviu isso com incredulidade. *Tiffany?* Gastou milhares de dólares em *roupas*? Não fazia sentido, mas a única coisa evidente era que não *tinha* de fazer sentido agora. Neste momento Sandra precisava ouvir.

Ela só queria poder fazer mais para ajudar.

— A empresa na verdade ainda está dando os primeiros passos e não posso contratar ninguém. Além disso, você não ganharia tanto assim tão rápido mesmo se estivéssemos contratando, e não estamos. Talvez eu possa emprestar para você o dinheiro da minha conta de aposentadoria. Quanto...?

— Não! Não pode fazer isso. Eu não deixaria, então nem *pense* nisso. Eu só estava desesperada, sinceramente, e pensei que você podia ter alguma ideia... — Tiffany fungou. — Sei lá.

— Desculpe — disse Sandra, sendo sincera. — Se houvesse alguma coisa que eu pudesse fazer, eu... Espere um minutinho. Você só quer trabalhar? Por dinheiro? Rápido?

— Sim. — A resposta mais parecia uma pergunta e Sandra podia imaginar Tiffany sentando-se ereta em seu pedaço de linóleo, esperando ouvir a possível solução para seus problemas.

E talvez Sandra a tivesse.

— Eu só consigo pensar em uma coisa, uma maneira de ganhar uma boa grana rápido... Isto é, se você estiver falando sério.

— Existe uma maneira? — A esperança claramente aumentando. — O que é? É preciso alguma qualificação, formação especial ou coisa assim?

— N-não. Na verdade, não. Só uma disposição de... se expor um pouco.

Houve uma pausa.

— Sandra, está começando a me deixar nervosa. O que é?

— Tenha a mente aberta.

— Sandra...

— É sério. Não quero que jogue isso na minha cara mais tarde. É uma maneira perfeitamente legítima de ganhar dinheiro, e eu até fiz isso por algum tempo.

— Não me diga que você era prostituta.

Engraçado como Tiffany chegou rapidamente a essa conclusão.

— Não!

— Graças a Deus.

Sandra respirou brevemente, depois continuou.

— Já pensou na possibilidade de ser operadora de disque-sexo?

Capítulo 6

— Disque-sexo? — repetiu Loreen. Ela não conseguia acreditar que Tiffany estava sugerindo isso! Fora a ironia de Loreen ter de apelar a engodos virtuais para pagar pelo engodo em que ela acidentalmente havia caído, este não era definitivamente o tipo de coisa que Tiffany Dreyer, uma levantadora de fundos da Associação de Pais e Mestres, sequer falaria, que dirá iria sugerir.

Elas estavam sentadas no sofá de Loreen Murphy, tentando organizar os detalhes do persistente pesadelo da viagem a Las Vegas.

— Olha — disse Tiffany com um suspiro —, *não* foi só o cartão da APM que estourou. Eu também tive um probleminha financeiro em Las Vegas.

Loreen olhou para ela.

— Probleminha de quanto?

Tiffany engoliu em seco.

— Cinco mil.

— Então somamos 10 mil — disse Loreen, e quase riu do ridículo da situação. Elas precisavam de 10 mil pratas em, digamos, um mês. Até parece.

Abbey, que observava em silêncio — e, pensou Loreen, criticando-as, em pensamento —, falou então.

— Se estamos pensando em levantar fundos rapidamente, eu mesma podia arrumar algum dinheiro.

Para a igreja, pensou Loreen. Se Abbey ia ajudar a pagar o custo dos pecados delas, ia querer que elas pagassem o dízimo.

Como se elas pudessem pagar por *isso*.

Tiffany, porém, não fez o mesmo pressuposto.

— Você perdeu dinheiro *apostando?* — perguntou ela a Abbey, incrédula.

Abbey sacudiu a cabeça.

— Não, é outra coisa. Eu... — Ela balançou a cabeça de novo. — Eu não quero falar sobre isso.

— Não, não — disse Tiffany. — Estamos todas desabafando. Vamos nos ajudar mutuamente a sair dessa embrulhada. De quanto você precisa?

— Dez mil.

Tiffany e Loreen trocaram olhares. Isso não parecia dízimo para a igreja. Abbey estava metida em algum problema grave.

— O que aconteceu? — perguntou Loreen.

— É uma longa história. Tem a ver com doações que fiz para a caridade e deram errado. — Abbey balançou a cabeça. — Não é assim tão interessante.

Então, de certo modo, Loreen tinha razão. Mas quem era ela para julgar? Se Abbey ajudasse a pagar por seu erro, ela ajudaria Abbey a pagar pelo dela.

Tiffany tomou um gole do café da General Foods International.

— Evidentemente, vender bolos não vai cobrir isso. — Se elas estivessem na casa de Tiffany, teria sido café fresco, recém-torrado e moído, mas na casa de Loreen, se não era instantâneo, não existia. — Nem lavar carros.

Um novo pânico surgiu no peito de Loreen.

— Por favor, as crianças não podem fazer nada para ajudar nisso. Eu simplesmente... não suporto a ideia. — Meu Deus, as *crianças* trabalhando para pagar por sua *dívida com um garoto de programa*? Era, de longe, pior do que aquelas fábricas de fundo de quintal no terceiro mundo que exploravam os funcionários, obrigando-os a trabalhar em condições sub-humanos. — Vendo meu rim primeiro.

Quanto pagavam pelos rins no mercado negro mesmo?

Andy entrou dando passinhos vacilantes, parou na frente de Tiffany e levantou os braços.

— Parece que Kate está cansada de bancar a babá — disse Tiffany, colocando a criança no colo e a mão em concha em seu cabelo macio. — Coitadinho, com soninho — disse ela em voz baixa, balançando-o gentilmente. — Não acho que tenhamos alternativa — disse ela às outras.

— Precisamos ter. Quanto acha que podemos ganhar em um trabalho temporário de secretária ou coisa assim? — perguntou Abbey, batendo as unhas na mesa. — Teoricamente, duas de nós podem pegar um emprego todo dia, e a outra pode cuidar das crianças.

— Posso trocar meu horário na imobiliária — disse Loreen — para pegar um emprego mais estável.

Tiffany sacudiu a cabeça.

— Mas ainda é só um cheque de pagamento por vez. Não dá para ganhar o dinheiro de que precisamos em um trabalho temporário. – Ela ergueu a xícara de café, mas não bebeu e a baixou novamente. – Precisamos ser muito mais agressivas.

– *Esta* não é a única resposta – disse Abbey. – Se eu fizer isso e alguém descobrir, pode acabar com Brian.

E ainda por cima, pensou Loreen, das três dispostas a trabalhar nisso, uma era casada com um pastor protestante.

– Se eu fizesse e descobrissem, podia colocar em risco a custódia do meu filho.

– E eu arriscaria meu casamento – concordou Tiffany, segurando a criança mais perto do corpo. – Mas não tenho uma solução melhor.

– Nem eu – disse Loreen.

– Eu também não – acrescentou Abbey.

Loreen, por sua vez, começava a ver o apelo.

– Bom... É só atuação, eu acho. Só fingimento.

– Exatamente! – concordou Tiffany.

Abbey estava em dúvida.

– Olha, minha irmã vai à minha casa na quinta-feira, na hora do pôquer do Charlie. Ela vai nos dizer o que fazer. Se quiserem ir, apareçam às 19h30. Se não... – Ela olhou incisivamente para Abbey, depois para Loreen. – ... então não apareçam. É com vocês. Mas eu vou fazer isso.

Abbey passou os dias que se seguiram preocupada com a pilha crescente de problemas que crescia diante dela.

Como poderia trabalhar como operadora de disque-sexo e ainda ter esperanças de evitar que seu passado fosse examinado a fundo por Brian ou pela congregação? Se eles não descobrissem alguma coisa por um tropeço seu, ela conhecia Damon muito bem para saber que ele devia estar pronto a pagar por um anúncio de página inteira no *Washington Post* para expô-la, se ela não concordasse.

Damon, antigamente a razão de seus sonhos, agora era responsável por seus pesadelos. E, se Abbey não tivesse cuidado, ele abriria a caixa de Pandora para que todo o mundo visse.

Ele podia acabar com sua vida *e* com a de Brian, e pior de tudo, a de Parker.

Ela devia saber que isso aconteceria. Um dia *ia* esbarrar com alguém que a tinha conhecido antes de ela encontrar Brian e mudar de vida. Havia muita gente num raio de 80 quilômetros que sabia quem ela tinha sido no passado.

A diferença era que a maioria dessas pessoas não ligava. Elas não teriam achado interessante tentar chantageá-la.

Foi pura falta de sorte ter esbarrado em Damon.

Será que isso significava, depois de mais de uma década, que sua má sorte estava voltando?

Abbey odiava pensar assim. Odiava. Não queria ser supersticiosa, mas como poderia não ser? Quinze anos atrás ela era uma rebelde, ia para farras todo dia, toda noite, ingerindo quase todas as substâncias tóxicas em que podia colocar as mãos, sem pensar em sua segurança ou – ela teria rido na época ao pensar nisso – em sua alma.

Ela havia até chegado a distrair uma camareira de hotel em Nova York para que Damon entrasse de fininho no quarto de uma idosa e roubasse suas joias, incluindo o colar que ele não teve tempo de vender antes de ser apanhado.

Foi então que Abbey morreu.

E tudo o que ela pensou que sabia se mostrou errado.

É claro que tinha sido uma morte temporária. Numa mesa de cirurgia. Assim, na verdade, tudo não passou de uma tecnicidade. Mas por dois minutos inteiros – pelo que soube depois – ela esteve morta. Entretanto, como um milagre, uma coisa que ela não acreditaria que fosse possível, teve uma segunda chance na vida e Abbey fez um acordo com Deus. Ela seria boa. Seria boa, independentemente de qualquer coisa. Se Ele lhe desse uma segunda chance.

Será que tinha dado?

Talvez tivesse sido só um adiamento da execução.

Se fosse assim, haveria algum mal em desconsiderar as implicações espirituais e ajudar a si mesma, à sua família e às amigas fazendo um pouco de disque-sexo?

Ela esfregava a pia da cozinha, refletindo sobre essa questão, embora tivesse certeza absoluta de que já sabia a resposta.

– Mãe?

Abbey estava tão perdida em pensamentos que, de início, nem notou o chamado do filho.

Mas o som dele vomitando, sim.

Ela correu para ele, evitando pisar no vômito sobre o velho tapete, que já deve ter visto coisa pior.

– Querido, o que foi? Você comeu alguma coisa que o deixou enjoado?

Ele sacudiu a cabecinha.

– Comecei a me sentir mal depois da aula, no treino de futebol.

– Por que não disse nada?

– Porque não. – Ele deu de ombros. – Todo mundo ia rir de mim. – Seus olhos se arregalaram no instante em que seu rosto ficou pálido e esverdeado. – Acho que vou... – ele não terminou a frase. Não precisou. Vomitou em Abbey um jato de bile amarela e espumosa. A sujeira respingou no cós de seu jeans e (ela realmente não queria confirmar isso) por dentro da calça dela.

— Vem, querido, vou levá-lo ao banheiro. — Ela o olhou e achou que ele podia vomitar de novo. — Rápido. — Abbey pegou o braço do filho e correu, abrindo a porta bem a tempo de ele vomitar de novo, desta vez perto da privada, mas, infelizmente, no chão.

Que já era difícil de limpar quando estava apenas sujo.

— Desculpe, mamãe. — O lábio dele tremeu. — Eu tentei segurar, mas não consegui.

— Shhh. — Ela o abraçou, certificando-se de não encostá-lo na parte molhada da frente de suas calças. — Está tudo bem. Não há por que se preocupar. Quando a gente precisa vomitar, precisa vomitar. Na verdade isso é bom. Você está colocando para fora o que lhe fez mal.

Ele assentiu, mas parecia não acreditar nela.

— Preste atenção. Tire suas roupas e coloque numa pilha aqui no chão, está bem? Vou limpar tudo num minuto. Agora vou subir correndo, trocar de roupa e trazer alguma coisa mais confortável para você vestir, está bem?

— Sim. — Devagar, ele se sentou diante da privada.

Meu Deus, Abbey lamentava por ele. Não havia sensação pior do que se tornar íntimo daquela porcelana fria, dura e, em geral, suja da privada.

A lavanderia ficava a alguns passos de distância e ela correu para pegar uma toalha limpa para enrolá-lo.

— Pronto. — Ela pôs a toalha em volta de seus ombros estreitos e lhe deu outro abraço. — Volto logo, tá? Você vai ficar bem se eu sair por um ou dos minutos?

Ele assentiu e puxou a toalha felpuda para mais perto do corpo.

Parker parecia tão pequeno e indefeso que ela quis pegá-lo nos braços como fazia quando era bebê, mas isso só sujaria ainda mais os dois.

— Vou voltar antes que consiga contar até vinte. — Abbey piscou para ele e correu para seu quarto, subindo a escada de dois em dois degraus. Tirou a calça e a atirou, pelo avesso, no cesto de roupa suja, depois tirou a camiseta e a jogou junto com os jeans. — Está contando? — perguntou ela, vestindo o velho moletom cinza enquanto disparava pelo corredor até o quarto do filho.

A resposta foi fraca, mas provavelmente uma afirmativa.

— Já estou chegando. — Ela abriu a gaveta do armário e pegou a calça do pijama do Batman e uma velha camisa do desenho Thomas e Seus Amigos. Era pequena; ela provavelmente só tinha guardado para usar como pano de limpeza. Mas estava limpa, e Abbey não queria perder tempo procurando por um conjunto que combinasse quando Parker precisava dela.

— Já estou aqui! — cantarolou ela, chegando sem fôlego no corredor do primeiro andar, onde Parker ainda estava recurvado no chão.

Ele ia vomitar de novo, coitadinho.

Parker olhou para ela como um cachorrinho culpado.

— Tudo bem, vamos livrar você dessas roupas. — Ela era boa nisso. Tinha experiência. Apesar de ele ter sujado a roupa toda, Abbey conseguiu tirá-la sem piorar a situação. Ela as dobrou e o ajudou a vestir o pijama, que era muito pequeno em cima e grande demais embaixo.

Abbey já estava cansada de não ter dinheiro suficiente.

— Assim está melhor? — perguntou ela, tocando a bochecha dele com o nó dos dedos.

— Aham.

— Quer um pouco de água tônica?

— Quero.

Abbey atirou as roupas dele na máquina de lavar e foi à cozinha, onde sempre tinha pelo menos uma garrafinha de Schweppes para esse tipo de emergência. Assim como uma caixa vermelha de cream-cracker, que ela pegou junto com a bebida.

— Cheguei. — Ela se sentou no chão com ele e abriu a garrafa de tônica. — Está quente, mas funciona melhor assim.

Ele pegou a garrafa que ela estendia e tomou um golinho, depois outro.

— Acha que consegue comer um cream-cracker? — perguntou ela delicadamente, afastando o cabelo dele da testa fria e molhada.

Parker sacudiu a cabeça.

— Está tudo bem, vou deixar aqui para o caso de você mudar de ideia. — Ela baixou a caixa. — Por que não deita com a cabeça no meu colo agora? Dê a seu estômago uma chance de se acalmar. Se precisar ir ao banheiro, está logo ali.

— Tudo bem. — Ele se remexeu e se deitou com a cabeça sobre as pernas da mãe.

Ela pôs a palma da mão em sua testa molhada — que bom, sem febre — depois de novo passou a mão pela cabeça dele, repetidas vezes. Desde que ele era um bebê, essa era a coisa mais tranquilizadora que podia fazer.

— Quarenta — murmurou ele.

— O quê?

— Você disse que ia voltar antes que eu contasse até vinte. Contei até quarenta.

Ela deu uma risadinha.

— Em espanhol?

— Não.

— Hummm. Eu devia ter sido mais específica. Eu quis dizer que ia voltar antes que você contasse até vinte em espanhol.

— Muito engraçada. — A voz dele era fraca, mas ela tomou como um bom sinal que ele fosse capaz de fazer piada.

Ela continuou a afagar seu cabelo. Por fim, ele rolou de lado e os olhos começaram a piscar mais demorada e lentamente. Logo ele estava dormindo.

— Durma, rapazinho — sussurrou ela, pegando a toalha que ele tirara e dobrando-a num travesseiro para substituir o colo quando ela se levantasse. — Vai se sentir melhor quando acordar. Eu te amo. Muuuito.

Algumas coisas eram mais importantes do que ela poderia imaginar.

Ela subiu ao segundo andar e tirou a roupa que estava na máquina. Havia restos de dente-de-leão. De início, Abbey entrou em pânico, achando que era uma espécie de aranha imensa, mas depois percebeu que eram os restos lavados e embolados de um ramo de dente-de-leão, sem dúvida "flores" que Parker havia guardado no bolso para dar à mãe — como sempre fazia —, mas esquecera.

Ela tirou a planta da máquina, hesitou por um momento, depois a colocou na pequena lixeira cheia de fiapos ao lado da secadora. Haveria outros dentes-de-leão. Ela não podia guardar os caules esfarrapados de cada momento da infância de Parker, ou acabaria tão cercada de lembranças que nem veria o que realmente estava acontecendo.

Então jogou fora as plantas e ligou a máquina novamente. Depois lavou as mãos com sabão bactericida, guardou o cream-cracker e esquentou água para um chá de camomila.

O que, pensando bem, não era forte o suficiente. Ela ignorou o sinal do micro-ondas e a xícara de água quente dentro dele, e pegou a garrafa de vinho tinto que guardavam para as visitas e ocasiões especiais.

Tinha acabado de servir quando o telefone tocou. Abbey atendeu correndo antes que tocasse novamente e acordasse Parker, e com isso derrubou o vinho.

— Alô? — Ela aninhou o fone no ombro e pegou um pano de prato para limpar a sujeira. — Alô?

Clique.

Abbey franziu a testa e olhou o telefone, como se o aparelho pudesse lhe dar alguma dica de quem tinha ligado. E na maioria das casas provavelmente daria, mas Abbey e Brian não tinham identificador de chamadas em nenhum dos aparelhos. Eram todos velhos demais, embora o serviço provavelmente estivesse incluído na conta mensal que pagavam.

De imediato ela apertou *69. Não estava tão desprovida assim dos recursos modernos. Mas não foi nenhuma surpresa a voz gravada dizer que o último número não podia ser identificado.

Ele o havia bloqueado.

Ela sabia, sem nenhuma dúvida, que era Damon. Ele fazia isso para perturbá-la, e estava funcionando.

O telefone tocou novamente, em sua mão, e ela atendeu imediatamente.

— Alô?

Nenhuma resposta.

— Não é homem o bastante para dizer alguma coisa, hein? — ela provocou, preocupando-se depois que pudesse ser um dos paroquianos de Brian. Mas quem quer que fosse, não respondeu, e Abbey ficou na linha até ouvir o som de alguém desligando.

Isso deixou poucas dúvidas se o silêncio era proposital ou apenas a confusão de um idoso da igreja.

Quando o telefone tocou novamente, ela havia perdido a paciência.

— O que você quer? — perguntou Abbey.

De novo, não houve resposta.

— Escute aqui, seu filho da puta cruel — sibilou ela ao telefone, de olho na criança adormecida a alguns metros dali. — Pode ligar para cá o quanto quiser, mas não, isso não vai fazer com que consiga arrancar um centavo que seja de mim, você entendeu?

— *Abbey?* É você?

Não.

Ah, não.

Não era Damon. Era Tiffany Dreyer. Abbey tinha acabado de xingar Tiffany Dreyer *e*, ao mesmo tempo, havia contado sem querer uma parte do segredo que ela esperava *jamais* ser revelado.

— Hummm... — Abbey empacou, perguntando-se se deveria desligar o telefone, fingindo que tinha sido engano.

Mas não podia. Bastava Tiffany olhar o mostrador de seu aparelho e ver que ligara para o número certo. Apertando a tecla de rediscagem uma vez, ela teria Abbey ou a secretária eletrônica. A não ser, é claro, que Abbey atendesse ao telefone sempre que ele tocasse e desligasse em seguida.

O que era ridículo até de se pensar em fazer.

Ela teria de enfrentar a provação.

— Tiffany? — perguntou, decidindo jogar verde para ver se ela realmente tinha ouvido tudo o que Abbey dissera.

— Quem *diabos* pensou que fosse? — perguntou Tiffany.

Muito bem, então ela tinha ouvido tudo.

— Hmm... Eu estava... — Abbey parou. Não era boa nisso. — Pensei que fosse um trote.

— Você estava nervosa demais por causa de um simples trote — disse Tiffany.

— Sei, bem, eu recebi vários telefonemas hoje e estava nervosa.

Tiffany hesitou antes de perguntar:

— Abbey, está havendo alguma coisa? Quer conversar?

— Não — disse Abbey prontamente. — Não está havendo nada. Parker andou vomitando e acho que meus nervos estão à flor da pele. Nem alguém bafejando no telefone merece esse tipo de ataque.

— Hmmm. Quanto a *isso*, não sei, não. — Tiffany deu uma risada. — Olha, estou ligando mesmo para me desculpar. Lamento muito por ter envolvido você na história de ganhar dinheiro. É claro que entendo por que esse plano em particular não é uma opção para você.

— Está tudo bem. — O coração de Abbey ainda martelava. Ela respirou rapidamente, tentando aliviar a tensão que se acumulava no peito. — Eu não pretendia reagir tão mal. Não sou uma puritana, pode acreditar. Só estou pensando na reputação de Brian.

— Não importa *por que* não quer fazer isso, se não quiser fazer. Mas podemos mesmo fazer isso em total sigilo — disse Tiffany. — Quero dizer, estamos levando tudo muito a sério. Você não ia se envolver de nenhuma maneira em um escândalo... Não se preocupe.

— Não estou preocupada. Sabe como é, nós só fazemos o que devemos fazer — disse Abbey, pensando em como isso era verdadeiro. — Agora preciso me apressar. Parker está doente.

— A coisa do vômito?

Abbey ficou surpresa, mas concluiu que não devia ter ficado. As outras mães da escola sempre trocavam ideias, e este seria exatamente o tipo de assunto sobre o qual falariam.

— Sim.

— É só um vírus. Dura um dia terrível. Diga a ele que desejo melhoras!

— Eu direi. Obrigada. — A outra linha de Abbey tocou e ela apertou o botão para atender, pensando que podia ser Brian.

— Alô?

Não foi surpresa quando não houve resposta. O motivo de ela esperar isso quando Tiffany ligou foi porque era típico de Damon fazer esse joguinho — para se reafirmar, depois se reafirmar de novo e basicamente martelar isso na psique de Abbey até ter certeza absoluta de que ela havia entendido.

E de que a tivesse abalado.

Ela desligou o telefone, olhou para ele por um minuto, depois apertou de novo o botão de ligar, esperando pacientemente pelo longo tom de discagem e a série interminável de bipes de alerta, até que por fim houve silêncio na linha.

Só então ela se permitiu o luxo de respirar novamente.

Fazemos o que devemos fazer. E se Deus não ia ajudar, ela ia fazer isso sozinha.

Capítulo 7

— Meu nome é Sandra Vanderslice e eu sou uma sapatólatra — disse Sandra para as confusas Tiffany e Loreen. — Foi assim que entrei no negócio disque-sexo. Eu tinha um vício que não queria largar, então precisei encontrar uma maneira boa e eficaz de financiá-lo. Mas não importa por que precisam de dinheiro; esta é uma forma honesta de ganhá-lo.

— Ainda está fazendo isso? — perguntou Loreen.

— Não faço mais. Abri uma empresa com algumas amigas. Uma importadora de calçados. O que me lembra de uma coisa... — Ela pegou uma sacola de compras que trouxe e tirou um par de plataformas vermelho-maçã, com saltos 10 e, por sugestão de Sandra, com borracha inserida no salto para dar conforto. — ... este é o novo sapato Helene. Alguma de vocês calça 37?

— Eu! — disse Loreen, animada.

Sandra passou os sapatos para ela.

— Tem sorte. São grandes demais para mim.

— E pequenos demais para mim — acrescentou Tiffany. — Mas me avise se tiver algum par número 40 sobrando.

Sandra sorriu.

— Pode deixar. Mas então, até entrar no negócio de calçados, tive de sustentar meu vício com disque-sexo. E foi uma forma excelente de ganhar dinheiro.

— Estou tentando manter a mente aberta — disse Loreen.

Tiffany assentiu.

— A primeira coisa que precisam saber é que vocês são *atrizes por telefone* — disse Sandra. — Precisam se sentir o mais desinibidas possível, lembrando que nenhum de seus clientes descobrirá quem vocês realmente são.

— E como vamos saber se um hacker espertinho não pode rastrear a ligação? — perguntou Tiffany, erguendo uma sobrancelha como se Sandra ainda não tivesse pensado nisso.

Era evidente que Tiffany *não* gostava de ser a parte que precisava de ajuda. Tradicionalmente, Tiffany era aquela que tinha todas as respostas, e Sandra era quem precisava sempre se esforçar para ficar à sua altura.

Isso devia representar uma decadência e tanto para Tiffany.

— Não há como isso acontecer — respondeu Sandra com paciência, gostando de sua posição de autoridade, e até se aproveitando dela um pouco. — Você se conecta a uma rede distante e suas chamadas são roteadas através dela.

— Que rede? — perguntou Loreen. — Onde? Como fazemos isso?

— Eu fiz uma lista. — Sandra abriu a bolsa e pegou as cópias que imprimiu para Tiffany e a amiga. — Recomendo a primeira.

Eles pagam mais e vocês podem começar de imediato. Se colocarem algum anúncio, sabe como é, criando a própria minifranquia, eles lhe dão uma porcentagem ainda maior.

— Mas, se fizermos uma minifranquia — disse Tiffany —, vamos alegar o que no imposto de renda? "Disque-sexo"?

— Bem, você *podia mesmo* fazer isso — disse Sandra, ficando um pouco irritada com o tom de voz de Tiffany. — Uma vez que é *legalmente reconhecido* e tudo. Mas também pode simplesmente chamar de "aconselhamento" ou coisa assim. — Ela pegou um dos lanches que Tiffany havia servido. Será que ela tinha feito esses enroladinhos de salsicha para implicar com Sandra? e colocou-o na boca, embora soubesse que não devia.

— Pelo visto, os impostos não são um problema. — Loreen pareceu aliviada.

— Não.

— Então Abbey pode fazer isso também — disse Loreen a Tiffany.

— Não acho que ela esteja preocupada com o aspecto legal — disse Tiffany. — E sim com o moral.

— Espere um minuto. — Essa era uma das coisas que incomodavam Sandra. Ela não gostava de ser acusada de imoral por causa do disque-sexo. — O sexo é uma coisa natural e saudável. Desde que seja consentido e entre dois adultos, não acho que alguém deva se intrometer e dizer que não é *certo*...

— O marido de Abbey é pastor — interrompeu Tiffany.

— Ah. — Sandra sentiu o rosto ficar quente. — Então a história é diferente.

Tiffany assentiu.

— Mas ninguém ia saber de nada — disse Loreen, de um jeito impaciente.

Tiffany suspirou.

— Loreen, a questão não é essa. — Ela olhou de novo para Sandra. — Então é legítimo, como disse.

— Sim. E, no que me diz respeito, é perfeitamente moral também. — Isso pareceu sarcástico, então ela acrescentou: — Mas não sou casada com um pastor.

A campainha tocou e Tiffany pediu licença. Voltou um instante depois com uma expressão de surpresa ao lado de uma mulher alta de cabelos escuros com um leve bronzeado dourado e um corpo maravilhoso. Parecia uma Sophia Loren jovem.

— Esta é Abbey — disse ela a Sandra. — Abbey, esta é minha irmã, Sandra Vanderslice.

— Abbey, pensei que você não viesse — disse Loreen, tão surpresa quanto Tiffany.

Abbey deu de ombros.

— Não parece haver nenhum motivo para pelo menos não ouvir os detalhes. — Ela olhou para Sandra com um sorriso de quem se desculpa, depois disse a Tiffany: — Desculpe pelo atraso, aliás. O trânsito na 28 mal andava.

— Não tem problema nenhum — disse Tiffany, pegando outra taça de vinho na cozinha. — Quer um pouco de vinho? Tenho tinto e branco.

Abbey pareceu refletir por um momento antes de falar.

— Vinho branco seria ótimo. Muito obrigada.

Tiffany tinha um balde de gelo com uma garrafa. Ela serviu a bebida em uma taça de cristal e a passou a Abbey.

Sandra olhou para Abbey tentando disfarçar uma admiração evidente. A mulher era uma gata. *Definitivamente* não era o que se imaginava da esposa de um clérigo. Não se vestia de forma provocante, mas tinha o tipo de corpo que parecia sexy, não importa a roupa que ela usasse. A mulher provavelmente arrasaria até com um hábito de freira.

— Estávamos falando de como podemos fazer isso anonimamente — disse Tiffany a Abbey com um tom de voz que Sandra julgou ser persuasivo. — Sandra disse que é totalmente seguro.

— É mesmo? — perguntou Abbey.

Sandra gostava disso. Essas mulheres olhavam para ela como se fosse a rainha da sabedoria e a sensação era muito boa.

— Sim — disse Sandra. — É montado de forma a proteger as operadoras de disque-sexo...

— Atrizes por telefone — interrompeu Loreen com um sorriso.

Sandra riu.

— É verdade. É montado de forma a proteger as atrizes e atores por telefone...

— Tem *homem* fazendo isso? — perguntou Tiffany com um assombro sincero.

Francamente, às vezes Sandra não acreditava na ingenuidade da irmã. Afinal, elas foram criadas na *mesma* casa. Como é que a tímida Sandra acabou sendo mais vivida do que a linda — e mais velha — Tiffany?

Duas palavras: Charlie Dreyer. Tiffany se casou com ele logo depois da faculdade e desde então vivia à sombra da tirania do marido.

— Sim, Tiffany — disse ela, tentando não parecer condescendente. — Tem homem fazendo isso. Para clientes mulheres *e* homens. — Ela olhou nos olhos da irmã. — Prepare-se para alguns pedidos incomuns. — Coisas que Charlie provavelmente nunca teria sonhado em fazer com sua esposa-troféu.

— Pedidos incomuns? — perguntou Tiffany. — Como o quê?

Ela não queria apavorar a irmã. Por que contar a Tiffany que alguém podia querer que ela o chamasse de papai e escondesse seu "boletim escolar" se isso talvez jamais acontecesse?

— Na verdade, algumas vezes, mais até do que você poderia imaginar, os caras que ligam só querem conversar. Eu tinha um cliente que me ligava regularmente, que me usava como terapeuta. Deve ter custado mais do que uma terapia de verdade, imagine só. E não era dedutível no imposto para ele, mas mesmo assim o cara ligava uma ou duas vezes por semana.

Tiffany se iluminou.

— Isso parece fácil.

— É — disse Sandra. — Mas a maioria dos clientes quer sexo, é claro. Não se esqueça disso. E às vezes eles querem fingir que estão transando em lugares incomuns. Você tem que acompanhar. Lembre-se, *isso não se reflete no que você é realmente*. E, assim que desligar o telefone, a pessoa simplesmente se foi. Eles não podem descobrir nada e a maioria nem se dá ao trabalho de procurar.

— Bom, não sei quanto a vocês duas, mas *eu* acho isso divertido — disse Loreen, parecendo bem otimista. — Então, Sandra, como nos inscrevemos?

Sandra tomou um gole do vinho. Era dos bons. Não a porcaria barata que ela costumava comprar.

— Se você vai franquear — o que eu recomendo — terá de responder a algumas perguntas e assim por diante.

— Posso fazer isso — ofereceu-se Loreen.

— Depois você vai receber um número de conexão para ligar para uma central gratuita e se conectar sempre que quiser. Se tiver uma hora vaga entre os compromissos, ou antes da carona solidária, pode ganhar algum dinheiro rápido. Em geral você nem fala com ninguém lá, mas, se houver um problema, eles ligam para você. Só eles sabem quem você é e como fazer isso.

— Qual é a frequência de pagamento? — perguntou Abbey com uma faísca de interesse nos olhos.

— Semanal. E você pode ter depósito direto. É só abrir uma conta para isso.

— Você tem ações da empresa ou coisa assim? — perguntou Loreen com uma risada.

Sandra sacudiu a cabeça, mas entendeu o que Loreen quis dizer.

— Agora que falou no assunto, talvez eu devesse mesmo. Não faz há nenhum em apostar numa coisa segura e o disque-sexo é *sempre* seguro. — Ela agora vivia bem com sua empresa de calçados e adorava seu trabalho, mas Sandra não tinha dúvidas de que, se um dia precisasse de dinheiro rápido, por qualquer motivo, voltaria ao disque-sexo num minuto.

— Tudo bem, estou convencida — anunciou Loreen.

— Eu também — concordou Tiffany. — Inteiramente.

— Agora a parte divertida — disse Sandra. — Cada uma de vocês também vai precisar inventar um alter ego.

Houve um breve silêncio pasmo antes de Tiffany perguntar:

— Alter ego?

— Sim, o nome que vão usar. E a personalidade. — Sandra ficou surpresa ao perceber que elas ainda não estavam entendendo nada. — Eles não vão ligar para você, Tiffany, nem para você, Loreen, nem para você, Abbey, se decidir participar também. Vocês podem inventar um nome, uma história, caso o assunto surja na conversa, e também vão arrumar uma foto para colocar no site junto com o nome. É claro que não vão usar uma foto sua da escola. Eu fiz uma montagem no Photoshop, usando fotos de celebridades.

— Quer dizer que inventamos as personagens?

— Exatamente. — Sandra ficou aliviada que pelo menos uma delas tivesse entendido. — Por exemplo, eu era Penelope.

— Foi esse o nome que inventou? — perguntou Abbey. — Junto com a foto e a biografia falsa? Que divertido.

— É. — Sandra ficou satisfeita consigo mesma.

Mas a satisfação durou pouco.

— Ah, meu Deus. — Tiffany arfou, levando a mão à boca. — Sandra, está falando sério? Você *sempre* foi Penelope. — Ela parou, na expectativa. — Lembra disso, não *é*?

— Do quê? — perguntou Sandra. Isso não fazia parte do programa do curso. — Do que está falando?

Tiffany riu, claramente admirada por Sandra não se lembrar desse irresistível ato falho.

— Toda vez que brincávamos quando éramos pequenas, você queria ser a Penelope Charmosa e sempre queria que eu fosse um daqueles bandidos horríveis do desenho animado.

— Silvestre Soluço? — sugeriu Abbey, o rosto se iluminando de verdade pela primeira vez em toda a noite.

— É! — Tiffany estalou os dedos e girou para Sandra. — *Exatamente*. Eu tinha de ser Silvestre Soluço ou Dick Vigarista.

— Não eram *As Aventuras de Alceu e Dentinho*? — perguntou Abbey.

— Sei lá! — Agora Tiffany estava às gargalhadas. — Não importa; eu só tinha de ser o bandido e ela era a linda heroína. *Sempre*. Meu Deus, Sandra, não é possível que não se lembre disso!

Ela não se lembrava.

Ou pelo menos *não queria*.

Mas agora se lembrava de tudo. E ela ficou mortificada por todo mundo estar ouvindo que ela *queria* ser a linda heroína enquanto *Tiffany* tinha de ser o bandido feio. Não era preciso ser psicóloga para perceber isso.

— Não acredito — disse Sandra, na esperança de que não tivesse perdido toda sua credibilidade. — E eu que pensava que Penelope fosse uma invenção totalmente nova e... Caramba. Coisa do subconsciente, hein?

Tiffany ergueu as sobrancelhas.

— É mesmo. Aposto que seria um prato cheio para um psicólogo.

— Muito bem, mas não é nisso que devemos nos concentrar agora — disse Sandra meio de brincadeira, porque estava seriamente desconcertada com o fato de ter batizado sua personagem com o nome do alter ego da infância e nem ter percebido isso, nem com todas as implicações subconscientes envolvidas. Puxa vida. Na encenação que fez, até tinha colocado em Penelope um cabelo louro e comprido de Farrah Fawcett nos anos 1980.

Igual ao da Penelope Charmosa.

E de Tiffany, na época.

— De qualquer forma — continuou ela —, é evidente que essa também é uma boa maneira de exorcizar antigos demônios. Assim todo mundo sai ganhando.

— O que você acha, Abbey? — perguntou Tiffany.

Abbey hesitou. Depois disse:

— Eu pareço mais uma Brandee, com dois *e*s, ou uma Suzi com um *i*?

Isso libertou a tensão do ambiente — ou pelo menos a tensão que Sandra sentia — e todas riram.

— Brandee, com dois *e*s — disse Tiffany. — Sem dúvida.

— Concordo plenamente — disse Sandra.

— Eu *adoro* a ideia de ter um codinome — disse Loreen, toda animada. — Quando eu era pequena, costumava dizer às pessoas que meu nome era Mimi. Não me pergunte por quê... não faço ideia. Mas acho que é quem serei: Mimi.

— Eu vou ser Crystal — disse Tiffany, decidida. — Porque não posso comprar diamantes.

— E porque sempre bebeu Crystal Light? — sugeriu Sandra. Era fraquinha, mas ela soltou de qualquer forma. Além disso, era verdade.

Tiffany riu.

— Talvez sim. É bom ter uma motivação profunda e obscura para as coisas.

— Acho que todas nós temos — disse Sandra, acreditando nisso mais do que podia expressar. — E agora vou mostrar a foto que fiz de Penelope no Photoshop...

Tiffany pegou o laptop de Charlie, e Sandra lhes mostrou Penelope e as várias chat rooms a que elas podiam ir para divulgar o negócio. Ela ficou surpresa com o nível de entusiasmo que as mulheres demonstravam — até Abbey, que parecia ter mais perguntas sobre a privacidade e a margem de lucro do que sobre a técnica do disque-sexo. Interessante.

Elas conversaram por duas horas e duas garrafas de vinho, além de uma bandeja inteira de incríveis canapés vegetarianos que Loreen preparara. Sandra temia ter sido responsável pelo consumo de metade deles.

Enquanto elas se preparavam para sair, Loreen perguntou:

— E então... Quando nos reunimos de novo? Na semana que vem?

— Ah! Sim! Podemos fazer isso? – perguntou Tiffany a Sandra.

Sandra ficou surpresa. Pensou que a reunião só aconteceria uma vez, mas ficou feliz por ter um compromisso.

— Sim, acho que sim...

— Que bom, porque tenho certeza de que vamos ter mais perguntas até lá – disse Loreen.

— Provavelmente muitas – acrescentou Tiffany.

Loreen assentiu e olhou para Sandra de novo.

— Além de tudo, não vamos precisar de uma espécie de treinamento avançado depois de aprendermos o básico?

— Podem surgir situações inesperadas – acrescentou Abbey com um sorrisinho.

Sandra riu, mas não estava claro se as outras duas haviam entendido a piada.

— Pode apostar nisso.

— Não – disse Loreen –, não apostem. Por favor. Foi assim que me meti nessa enrascada. Um saque no cartão depois de outro. – Ela tremeu visivelmente.

— E as minhas compras – concordou Tiffany.

Sandra olhou para a irmã e ficou surpresa, não pela primeira vez nesta semana. Em primeiro lugar, ela não conseguia acreditar que Tiffany tivesse se metido em problemas por ter comprado demais. Depois, era mesmo de admirar que Tiffany concordasse com essa história de disque-sexo, principalmente quando Sandra lembrava como tinha sido a conversa no momento em que ela fez a sugestão.

E agora, para seu espanto, tudo tinha se transformado numa reuniãozinha descontraída qualquer.

E era muito legal. Sandra estava gostando. Sentia muita falta de ter amigas com quem bater papo.

No ano anterior, suas reuniões das Sapatólatras Anônimas tinham começado como uma maneira de sair de casa e deixar de ser uma eremita, mas terminaram mostrando a Sandra como era importante ter amigas.

Quando decidiram montar um negócio, vendendo calçados Phillipe Carfagni, foi ótimo, mas em algum lugar pelo caminho o trabalho tomou as horas sociais.

Agora elas raramente tinham tempo para ficar juntas. Helene era uma mãe solteira que parecia preferir qualquer coisa relacionada a bebês a badalação; Lorna viajava muito para visitar seus vários clientes e vender novos calçados, economizando assim no pagamento de toda uma equipe de vendas; e Joss se apaixonou por Phillipe e foi morar na Itália, servindo-lhe de inspiração além de fazer as vezes de web designer.

De vez em quando Sandra sentia tanta falta dos velhos tempos que quase desejava que nunca tivessem criado a empresa um dia. Mas jamais admitiria isso para ninguém.

Talvez agora ela tivesse alguma coisa para preencher o vazio: instruir essas mulheres nos segredos de ser uma operadora de disque-sexo, um trabalho que ela conhecia pelo avesso (e, por ironia, de uma época em que era mais agorafóbica e *nunca* socializava).

— Você faz tudo parecer possível, Sandra — disse Loreen, parecendo otimista apesar do nervosismo. — Estou disposta a tentar. Mas não sei se sou confiante como você. Tenho medo de travar quando tiver de fingir.

Sandra engoliu o impulso de dizer: *Eu? Confiante? Cai na real!* Ela gostou tanto da ideia, que não queria desiludi-las. Além disso, teria sido contraproducente. Então disse, com sinceridade:

— No início, todo mundo fica nervoso. Eu, pelo menos, fiquei. Mas se vocês se lembrarem de que a pessoa do outro lado da linha não consegue vê-las, então ficarão à vontade para brincar como quiserem — disse, dando de ombros.

Loreen se recostou e bebeu o vinho.

— Vai ter que revelar muito mais de seus segredos na semana que vem — disse ela, olhando para Sandra. — *Os segredos de uma sapatólatra.* — Ela riu. — Pode ser nosso código. *Disque-sexo* soa tão vulgar. Embora eu ache que talvez possa usar as dicas do disque-sexo se começar a namorar de novo.

— Devia ver os namorados de Sandra — disse Tiffany, parecendo não acreditar que a irmã pudesse conseguir um namorado. — Pelo menos o que conheci há uns meses. Lindo.

Sandra não a corrigiu. Ainda não. Ela gostava — ou melhor, estava *maravilhada* — dessa imagem que a irmã tinha dela.

— Ainda está com ele? — perguntou Tiffany a Sandra. — Qual era o nome dele mesmo?

— Acho que está falando do Mike — disse Sandra, tentando pensar, rapidamente, como fazer esse jogo, uma vez que não só não estava mais com Mike, como na verdade nunca esteve. — Não, não deu certo. Agora estou livre como um passarinho.

— Então o gato está disponível? — brincou Loreen.

O rosto de Tiffany ficou grave de repente, com aquela expressão que ela sempre tinha enquanto bolava um plano.

— Sabe de uma coisa, o irmão de Charlie está se divorciando...

— Ah, pelo amor de Deus, o *Al?* — disse Sandra, rápido demais. Depois, consciente de que podia ofender Tiffany se por acaso revelasse o quanto odiava Charlie e a família dele, ela acrescentou: — Acho que "se divorciando" é uma zona de perigo. Sempre há a possibilidade de uma reconciliação.

Tiffany pensou.

— Entendo o que quer dizer.

— Já tentou namorar on-line? — perguntou Loreen a Sandra.

— Sei de algumas pessoas que tiveram muita sorte com o Match.com.

— Elas conheceram homens legais e realmente heterossexuais? — perguntou Sandra, cautelosa com homens como Mike.

— Mas é claro. Um monte de executivos e profissionais liberais usa o namoro on-line para conhecer pessoas porque eles não têm tempo nem estômago para ficar zanzando por bares. — Loreen tremeu. — Eu preferiria ficar sozinha para sempre.

— Então você usou o Match-ponto-com ou coisa assim? — perguntou Sandra, intrigada. — Com base no que você ouviu falar? Ou é uma coisa que está funcionando para outras pessoas, mas que você mesma não experimentaria?

Loreen olhou para ela tranquilamente, pensando.

— Se está perguntando se eu recomendaria, com base no que soube, sim. Não sei de ninguém que tenha conhecido um clone do George Clooney, mas quem precisa disso? Minhas amigas conheceram homens confiáveis, com bons empregos, seguro-saúde, e, com sorte, até algum senso de humor.

— Então você experimentaria — disse Sandra.

— Sim. — Loreen assentiu. — Na verdade, penso mesmo em tentar algo assim. Em breve.

— Desde que tenha esquecido o Robert definitivamente — disse Tiffany. — Como estávamos dizendo, estar se divorciando é uma zona de perigo.

O rosto de Loreen ficou rosado.

— Robert e eu não vamos voltar. E, de qualquer maneira, eu não disse que ia fazer isso esta noite. Por ora, pretendo só transar com desconhecidos.

Sandra percebeu que Abbey olhava tudo isso com uma expressão serena, mas divertida. Era curioso como parecia estar desligada das outras, mas sem desdém ou censura.

Pelo menos não demonstrava isso.

Então Abbey falou:

— Sabe de uma coisa, achei que Robert ficou olhando para você com muita atenção durante o Field Day no mês passado. Ele não parecia tão desinteressado como você pensa.

Loreen respirou asperamente.

— É mesmo? Nem percebi... — Inconscientemente, ao que parecia, ela ergueu a mão ao rosto. Depois, como se afugentasse a ideia, disse: — Por que estamos falando nisso? O divórcio será assinado no mês que vem. Não tem sentido.

— Robert *é* um ótimo sujeito — disse Tiffany com convicção. — Acredite, eles são poucos e raros. Tem certeza de que não quer desistir?

A expressão de Loreen hesitou, revelando um momento de tristeza antes de voltar ao normal.

— Não acho que dependa só de mim.

— Se tem alguma dúvida, talvez deva conversar com ele antes que seja tarde demais — disse Sandra, incapaz de evitar dar o que parecia ser um conselho óbvio, embora ela fosse a última pessoa no mundo a ter autoridade para falar sobre relacionamentos amorosos. — É claro que eu não conheço a situação nem nada.

— *Sempre* é melhor fazer o que podemos antes de saber que é tarde demais — concordou Abbey. — Para o caso de haver uma chance.

— Não há chance nenhuma — disse Loreen, calma, mas com firmeza. — A essa altura, nossa relação está aos pedaços. Não acho que vamos conseguir uni-los, mesmo que nós dois tentemos.

— Eu entendo — disse Abbey.

— Bom, *eu* não entendo – disse Tiffany. — Os pedaços não vão se encaixar tão bem mesmo. Comece algo novinho em folha.

— Quando a relação não dá certo você tem que aceitar. — disse Loreen, estendendo ainda mais o assunto. — Não tenho razão, Sandra?

Sandra apertou os lábios. Ela não acreditava que o amor acabasse antes que as duas pessoas não sentissem nada, mas o que sabia? Nunca tinha sido casada; nem mesmo tivera um relacionamento longo. Então não podia falar com autoridade sobre nada disso.

— Procurar outra pessoa?

— Isso! — Tiffany bateu palmas. — Perfeito! É o melhor a se fazer.

— Vamos mudar de assunto — disse Loreen. — Semana que vem? Que tal na segunda, assim não teremos que esperar mais uma semana inteira.

— Boa ideia — concordou Tiffany.

— No mesmo lugar, ou querem ir à minha casa? — Loreen olhou para Abbey. — Ou na sua?

— Não sei se é o tipo de conversa que deva ocorrer lá em casa — disse Abbey com um sorriso amarelo.

— Ah. — Loreen ficou corada. — É verdade. Claro. Então o que acha, Tiffany? Na segunda? Na minha casa?

— Para mim, está bem — disse Tiffany. — Sandra?

— Terá de me dizer como chegar lá, mas claro que sim.

— Eu te dou uma carona — disse Tiffany. — Fica combinado assim.

Sandra não se opôs, apesar do fato de se sentir um tanto deslocada. Bastava, por ora, que todas acreditassem que ela era uma espécie de mulher inteligente e vivida que conhecia os homens.

Um dia, elas sem dúvida saberiam da verdade.

Capítulo 8

O fato de Loreen e Abbey verem Sandra como uma espécie de deusa do sexo ainda a lisonjeava. Era a primeira vez que alguém chegava a pensar que ela podia ter alguma vantagem sobre Tiffany em qualquer coisa.

Tiffany ainda parecia duvidar de Sandra.

E talvez tivesse razão.

Abbey e Loreen pensavam que Sandra era uma verdadeira *femme fatale*, com homens correndo atrás dela devido a seu conhecimento e maestria sexual admiráveis (obviamente não por sua semelhança com Tiffany), e a verdade era que ela não namorava desde... Meu Deus, ela nem queria pensar há quanto tempo.

Sandra não podia deixar que elas soubessem o fracasso que ela era com os homens – isso invalidaria tudo o que lhes ensinava.

Então o que ela precisava fazer – ou melhor, no que esteve pensando – era em conseguir um encontro. Talvez, de algum modo, a realidade brotasse da ficção.

Assim, algumas noites depois, Sandra criou coragem, calçou seus sapatos plataforma Bruno Magli preferidos – em couro bege, perolado e macio como manteiga –, sentou-se ao computador e entrou no Match.com. Não era sua primeira visita ao site, e a maioria delas – como esta noite – tinha acontecido por volta da meia-noite, horário em que deveria evitar mergulhar em território potencialmente emocional.

Mas se não fizesse isso agora, provavelmente nunca teria coragem para entrar no site no meio do dia.

Muita gente fazia isso; hoje em dia, não era motivo de vergonha. Na realidade, *nunca* foi motivo de vergonha tentar descobrir sua alma gêmea.

A vergonha que ela temia era de ... se decepcionar. A vergonha de ver a cara do homem passar da expectativa esperançosa para o pavor e, então, se ela estivesse particularmente sem sorte, sentiria pena.

O pior era a pena.

Sua garota idiota, achou realmente que você podia me enganar depois que nos encontrássemos? Uma coisa é agir cheia de charme por trás do anonimato da tela de um computador, mas certamente agora eu posso vê-la.

Sandra interrompeu essa linha de raciocínio. Era idiotice. Era injustiça consigo mesma e com seus possíveis encontros. Ninguém seria assim *tão* cruel. Pelo menos ninguém com quem conversasse o bastante até decidir que gostaria de conhecer pessoalmente.

Era ela que fazia tempestaue em copo d'água.

Sandra voltou a atenção para o Match.com e começou a preencher um extenso questionário.

Mulher.

28-34.

Não fumante.

Bebe socialmente.

Libra.

Vai à igreja ocasionalmente, em geral nos dias santos.

Quando o questionário entrou na parte da "aparência", ela precisava escolher entre *Um pouco acima do peso, mas disposta a se cuidar com a pessoa certa* e *Sem resposta*. Agora, era teoricamente possível acrescentar os saltos Magli à sua altura e parecer mais alta (e mais voluptuosa também). O problema, é claro, era que, depois de conhecê-la pessoalmente, qualquer um podia ter a ideia de que *Sem resposta* era mais honesto do que *Um pouco acima do peso, mas disposta a se cuidar com a pessoa certa*, graças a esse *um pouco*, e então ela teria de lidar com a cara de decepção e pena em sua frente.

Sandra deixou o questionário de lado e entrou no Zappos.com, o maior site de calçados do mundo. Na semana anterior, o Zappos começara a apresentar a linha de outono Carfagni. Ver os sapatos que ela ajudara a levar para os Estados Unidos na Zappos fez com que se alegrasse.

Isso pedia uma comemoração. Sempre.

Ela encomendou um par de mules Carfagni, só para dar uma força aos negócios, depois foi à página do Manolo Blahnik. Ela era fã do estilista desde muito antes de *Sex and the City* porque, com pouco mais de 1,60 m, Sandra precisava seriamente de saltos. E estes precisavam ser bastante confortáveis.

Isso trazia confiança. E se havia uma época em que precisasse de confiança, era agora.

Assim, alguns cliques depois, Sandra tinha mais três pares de sapatos e um par de botas de salto baixo e fino a caminho de sua casa, via encomenda expressa, dentro de dois dias. Havia reforçado sua confiança o suficiente para voltar ao Match.com e dar uma resposta sincera.

Se alguém ia se decepcionar com ela, podia muito bem ir para o inferno. Sandra ia responder de acordo com o que achava, e não como pensava que os outros deviam achar.

Então respirou fundo e preencheu o formulário. Dane-se isso.

Um pouco acima do peso mas disposta a se cuidar com a pessoa certa.

Brian estava na igreja, Parker provavelmente no refeitório da escola comendo uma das muitas variações de pizza que pareciam surgir no cardápio diariamente, enquanto Abbey colocava de molho na lavanderia a camisa branca de Páscoa de Parker, quando o telefone tocou.

Havia esperado por esta ligação mas ao mesmo tempo a temia, e assim, quando a recebeu, foi quase um alívio.

— Oi, garota.

— Como conseguiu este número? — perguntou Abbey a Damon, mas a pergunta era irrelevante. Ele tinha conseguido o número, então o que mais importava?

Ele se limitou a rir.

— Você está na lista, meu bem. Não foi difícil. Talvez eu precise falar com um pastor. Aliás, ele está aí? Gostaria de bater um papinho.

Então Damon sabia quem Brian era e devia supor — corretamente — que ele era um homem pacífico e que não seria uma ameaça. A não ser que a situação pedisse isso.

— Desculpe, ele não está. Gostaria de deixar um recado?

Damon riu de novo. Ele a entendia. Ela precisava admitir: ele sempre a havia entendido.

— Não, acho que posso me virar com você. Como está indo a coleta?

— Coleta? — Ela sabia o que ele queria dizer.

E tinha razão.

— Meu dinheiro. Os 9 mil. Decidi lhe dar um desconto e fazer por nove. Não há de quê.

— Eu não tenho esse dinheiro.

— Bom, talvez agora queira começar a pensar em *conseguir*. Porque não estou brincando com isso. Vou quebrar seus dedos um por um, se for necessário. É só uma metáfora.

Ah, merda. Isso era péssimo. Ela o conhecia muito bem para saber disso.

— Metáfora, hein? Onde aprendeu essa palavra?

— Metáfora — recomeçou ele. — Significa que eu não pretendo quebrar seus dedos; vou quebrar todas as coisas que importam para você, uma por uma. Está bom assim para você?

Alguma coisa no modo como ele disse isso fez o medo correr pelas veias de Abbey. Uma coisa tinha sido enfrentá-lo, há 12 anos, quando ela não tinha ninguém por quem se sentir responsável além de si mesma. Mas não era mais o passado, e sim o presente e este filho da puta dava medo.

— Quase – disse ela, tentando manter o tom irônico para evitar que ele percebesse o quanto a deixava nervosa. – Como sempre acontece com você. Ainda assim, entendi o que quis dizer.

Houve um longo silêncio durante o qual ela sabia que ele estava digerindo o insulto e decidindo o que fazer. Mas ela também o conhecia bem o bastante para saber que ele estava mais interessado em recuperar o dinheiro supostamente perdido do que exigir uma vingança pessoal, arriscando perder tal dinheiro.

— E onde está o dinheiro? – perguntou Damon, indo direto ao assunto, como Abbey sabia que faria.

— Pergunte à polícia.

— Você não procurou a polícia. – Não havia nem mesmo uma sombra de incerteza na voz dele. – Não se atreveria.

— Não?

— Não. Pelo que sei, você não quer que ninguém da sua igrejinha saiba quem você foi. Traficando drogas, transando por grana... – Ele soltou uma risada áspera. – ... pagando boquete em policiais para se livrar de acusações. Cara, você teve sorte por eu estar por perto aquele tempo todo.

Ela engoliu em seco. Graças a Deus Parker não estar em casa. Graças a Deus que ninguém estava ali para pegar o telefone, ou ficar por perto pedindo Oreos e ouvindo o que Damon dizia.

Ela negaria? *Poderia* negar isso? Qualquer das acusações?

— Então vou perguntar de novo, onde está a porra do dinheiro?

— Estou trabalhando para conseguir – ela hesitou. *Fique fria, fique fria, não deixe que ele saiba que a tem na mão.* – Isso te preocupa?

— Claro que me preocupa, me deixa louco de preocupação — disse ele. — Que foi, você envolveu a lei?

Ela soltou a risada falsa que esperava que ele pensasse que era real.

— Acha que quero pagar um advogado para me livrar de gente como você? Não, obrigada. Estou tentando arrumar um pagamento razoável que vai tirar você do meu pé, está bem? Nesse meio tempo, por que não me dá seu número para que eu possa telefonar quando tiver a grana?

— Ah, e você vai fazer isso mesmo, né? Me ligar quando tiver o dinheiro? — Ela podia imaginar a carranca sombria que endurecia as feições dele. — Não, obrigado, meu bem. Vou lhe dar mais um tempinho e mais alguns alertas, depois vou tirar alguma coisa de você que vai compensar o que tirou de mim.

As palavras dele levaram o terror ao coração de Abbey. Que tipo de alertas? O que ele pensava que ela teria que podia "compensar" a "perda" dele? Damon nunca teve senso de proporção adequado, então provavelmente miraria o coração dela, *pensando* que era equivalente.

Ela precisava arrumar o dinheiro para ele. Por mais que odiasse a ideia, e embora tivesse doado o colar anos atrás, antes de ter algo como uma família ou mesmo um único ente querido para proteger, agora precisava recuperar essa perda — reavendo o colar da caridade — para devolvê-lo.

A ideia a deixava doente.

Mas ela sabia que se demonstrasse medo ou qualquer sinal de vulnerabilidade, Damon pagaria para ver e ela não podia cobrir aquela aposta.

— Damon, sabe muito bem que não posso simplesmente ir a um caixa eletrônico e sacar uma quantia dessas.

— Pode me dar o colar.

— Eu te disse que não o tenho mais.

— Foi o que você disse.

— Acha que estou *mentindo*? — Ela estalou a língua nos dentes e ficou feliz por ele não poder ver sua mão tremendo ao segurar o telefone junto ao ouvido. — Pensei que me conhecesse melhor do que isso.

— Conheço você melhor do que pensa.

Errado.

— Então não sabe que, se eu tivesse o colar, já o teria dado a você só para nunca mais ter que ver sua cara desprezível de novo?

— Pensei ter percebido uma faísca de desejo em seus olhos quando me viu. Um pouco do brilho que você costumava ter antes de sermos pegos e...

— Cale a boca.

— Dói se lembrar do que perdeu, né?

— Só me diga onde encontrá-lo quando eu tiver o dinheiro.

— Já te disse, eu é que vou procurá-la. Como devo colocar isso? Hummm... Você sentirá minha presença por perto o tempo todo. Quando estiver preparada, basta assobiar. — Ele riu e desligou o telefone.

De imediato ela discou *69, para o caso de ele ter cometido um deslize, mas não. É claro que não.

Ela arriou no chão, segurando o fone junto ao peito, e sentiu as lágrimas vindo como um tsunami, do qual ela não podia ou conseguia escapar.

Abbey não se perguntou como sua vida havia chegado a esse ponto. Ela sabia. Tinha caminhado para isso durante anos. Que idiotice a dela pensar que, só porque alguns anos se passaram sem que seu passado a alcançasse, ela estava inteiramente livre. Ela *pensou* que tinha dado uma guinada na vida. *Pensou* que tinha corrigido os erros do passado, ou pelo menos corrigido *alguns*, mas não – ali estava ela, no meio de tudo aquilo.

Era como se os últimos 12 anos não significassem nada.

Brian era uma ilusão.

Parker era uma ilusão.

Foi pensar em Parker que realmente a afetou. Várias imagens percorreram sua mente – o primeiro ultrassom em que ele foi declarado "normal", apesar do passado dela com as drogas; o dia em que ele nasceu; o primeiro Natal; o primeiro dia na escola; o primeiro dente que caiu; e um milhão de dias que se passaram desde então – e que desapareceram no ar como se nunca tivessem existido.

O que aconteceria se Brian descobrisse sobre ela? Será que ele iria embora? Como poderia não ir? E como ele deixaria Parker com uma mulher como ela?

Abbey agarrou o telefone e chorou até o peito doer. Depois fez uma coisa que não fazia havia anos. Algo que nunca pensou que faria novamente.

Discou o número que tentara esquecer desde o ensino médio.

– Alô? – Vibrou uma voz de mulher.

– Mãe?

– Becky, onde você *está*? Pensei que você e as crianças viriam para nadar um pouco!

Agora Becky tinha filhos? Como poderia ser, quando era só uma criança? Só que não era mais. Treze anos atrás, Becky tinha 11 anos. Agora era uma adulta.

– Não é Becky, mãe. – O silêncio entre as palavras pareceu ecoar. – É Abbey.

O gelo que veio pela linha era quase palpável.

– Eu lhe disse para nunca mais telefonar para cá.

A dor foi extrema.

– Mãe, eu...

Um suspiro pesado. Como se as duas tivessem tido essa conversa cinco minutos antes e ela estivesse farta.

– O que foi, Abigail? Foi presa mais uma vez? Um de seus *clientes* a espancou de novo?

Abbey devia ter ficado chocada, mas não ficou. Essas acusações já lhe haviam sido feitas antes.

– Não sou prostituta, mãe. Eu nunca...

– Ninguém espera dez anos e telefona do nada a não ser que queira alguma coisa. Eu conheço seu tipinho.

Treze anos. Foram 13 anos. Que tipo de mãe não sabe uma coisa dessas? E que tipo de mãe era tão severa, tão fria, que depois de 13 anos de silêncio e incerteza não tinha um só impulso de carinho para com a filha?

– Não há nada de errado, mãe. Eu tenho uma boa vida. Sou casada, tenho um filho... – As palavras ficaram presas na garganta. – Você tem um neto, mãe. O nome dele é...

– Eu tenho dois netos. Trent e Kurt, e eles estão vindo para cá agora, então não tenho tempo para discutir com você, Abigail. Agora, se me der licença...

– Mãe, por favor! – As palavras saíram sem pensar. Sem reflexão nenhuma. Só a súplica primal de uma filha à mãe, pedindo ajuda.

Mas era tarde demais para isso. Era tarde *demais*.

A mãe já havia desligado o telefone.

* 125 *

Abbey ficou sentada. Imóvel. O que mais poderia fazer com sua vida saindo de controle?

Becky tinha filhos: dois meninos. Deu a um deles o nome do pai de ambas, Kurt.

Ele teria gostado disso.

Ou *provavelmente* teria gostado. Ele morreu quando Abbey tinha 14 anos e Becky apenas 6, assim, o que ela realmente sabia sobre ele, além do fato de que cheirava a Old Spice, era que ele sempre tinha no bolso aqueles drops de hortelã redondos vermelhos e brancos e uma fala mansa. Como Brian.

E depois que ele partiu, era como se Abbey tivesse ficado com uma mãe que mais parecia uma madrasta malvada de conto de fadas. Quanto mais tentava atrair a atenção da mãe, mais a mãe a odiava. Até que elas finalmente chegaram a um ponto do qual sua mãe aparentemente nunca mais saiu. Ela odiava Abbey. Odiava-a o suficiente para não se importar com o fato de ter outro neto.

Pobre Luella Parker Generes.

Ela nunca soube o que sua hostilidade a fez perder.

E o que isso custou a sua filha e ao neto.

Capítulo 9

— Aqui é a Mimi — praticou Loreen num sussurro sexy. Segurava o novo celular pré-pago no colo, esperando por sua primeira ligação de disque-sexo. Não tinha certeza de como abordar a questão. — Olá — disse ela, desta vez numa voz mais baixa. — Meu nome é Mimi, e você, quem é? — Só que ela mais parecia uma narradora daqueles comerciais antigos de xampu. — Aqui é Mimi — tentou ela, com leve sotaque britânico.

Não. Não era nada sensual.

O telefone tocou em seu colo e ela ficou tão sobressaltada que saltou e ele escorregou para o chão.

O toque parou.

Ela o pegou, toda atrapalhada.

— Alô? — Nada. — *Alô?* — repetiu ela, mais frenética.

Um homem deu um pigarro do outro lado da linha.

— Eu... Não sei bem se disquei o número certo.

— Discou, sim! — Ela estava ansiosa demais. — Quero dizer, aqui é a Mimi — acrescentou ela, tentando ser sexy, mas soando mais como uma psicopata. — O que posso fazer por você? Com você? O que posso fazer *com* você?

Silêncio.

— Alô? Você está aí?

— Estou.

— Ah, que bom. Então, o que você quer fazer? — Ela parecia estar estimulando uma criança a brincar.

— Ah... Nada. Obrigado. — Ele desligou. E quem poderia culpá-lo?

Meu Deus, ela tinha estragado tudo.

Com alguma sorte, ele ligaria de novo.

Ela esperou alguns minutos, com o telefone na mão, mas ele não voltou a tocar.

Calçando os sapatos novos que Sandra lhe deu para ter inspiração, ela foi pé ante pé ao quarto de Jacob, pela vigésima vez, para saber se ele realmente estava dormindo. E estava. Então o telefone em sua mão tocou. Ela saiu do quarto correndo para não acordar o filho, mas no processo apertou o botão OFF e desligou na cara do segundo cliente.

Por que era assim tão *difícil*?

Loreen voltou ao quarto, na esperança de que o telefone tocasse de novo e ela pudesse *pelo menos* salvar o orgulho e tentar novamente.

Ele tocou de novo. Desta vez ela estava preparada. Ou assim pensava.

— Aqui é a Mimi — disse ela, e ficou verdadeiramente impressionada com sua entonação calma e sexy. — Quem está falando?

— Mamãe? Eu fui muito mau.

Ah, pelo amor de Deus. Seus ombros arriaram.

— Desculpe, querido, ligou para o número errado. — Ela desligou rapidamente para o pobre garotinho não ser responsabilizado por uma conta de telefone muito grande que mais tarde teria de explicar aos pais.

Depois ela percebeu que (1) o interlocutor não parecia uma criança, e (2) todo interlocutor ouvia uma mensagem de advertência antes que a cobrança começasse, declarando o custo por minuto e o fato de que eles precisavam ter mais de 18 anos. Agora, isso não impedia que uma criança mais nova ligasse de qualquer maneira e fingisse ter 18 anos ou mais, mas significava que ninguém podia ligar e passar por tudo aquilo pensando que estava falando com a própria mãe.

Então ela tinha acabado de perder o *terceiro* cliente.

Três tentativas malsucedidas.

O que Loreen ia fazer?

Meia-noite. Hora de Tiffany ser Crystal.

Tiffany se esgueirou pela casa de um cômodo a outro, como se fosse o Papai Noel se certificando de que todos estavam dormindo antes de pegar o saco de presentes.

Neste caso, porém, seu saco de presentes era uma cola com obscenidades que aprendeu com Sandra. Ela ligou para o centro de transmissão e logou, ligando a placa virtual de ABERTO.

Depois esperou no porão, perto da lavadora e da secadora de roupas, por ligações para seu novo número de telefone. Nesse meio tempo, dobrou a roupa limpa, dividindo tudo em quatro pilhas organizadas – uma para cada um deles.

Quando encontrou uma bermuda de praia com imensos hibiscos nas coisas de Charlie, ela hesitou. Por que Charlie tinha uma roupa de praia nessa época do ano? A piscina comunitária só abriria na semana seguinte, e suas últimas viagens a negócios foram para Cleveland.

Ou não?

Será que Charlie estava *mentindo* para ela?

Tiffany refletiu por alguns minutos, quase tão confusa com sua falta de percepção quanto pelo mistério da bermuda. Era possível, é claro, que houvesse uma explicação lógica para isso. Talvez tivesse havido alguma troca na lavanderia do hotel; talvez o hotel até tivesse uma piscina coberta e Charlie tenha decidido usar.

Mas e quando Charlie ligou para casa, supostamente de Cleveland, e ela pensou ter ouvido uma banda caribenha ao fundo?

Só havia um motivo para Charlie mentir sobre estar em um lugar em que havia uma banda caribenha, e era porque ele estava lá com outra.

Ainda assim... Era difícil de imaginar. Se ele estava tendo um caso, não deveria agradá-la e ser mais gentil do que nunca? Em vez de continuar o mesmo intragável de sempre?

Ela dobrou a bermuda e a pôs no alto da pilha de Charlie, onde ele não podia deixar de ver e saber que ela também tinha visto.

Seria interessante ouvir o que ele diria sobre isso.

Nesse meio tempo, ela não ia se sentir muito culpada por fazer sexo virtual com estranhos. Isto é, se alguém telefonasse.

À 00h20, o telefone ainda não tinha tocado e Tiffany começava a se sentir uma idiota por estar sentada no porão escuro, em meio a vassouras e esfregões, caixas de enfeites de Natal e as grandes caixas de lenços aromatizados da marca Bounce para secadoras de roupa que ela havia comprado na Costco. Certa vez, alguém enviara um e-mail com umas cem coisas que se podia fazer com lenços secantes Bounce – de colocá-los na bancada da cozinha para se livrar de formigas a deixá-los em sua travessa de lasanha da noite para o dia para soltar o queijo e o molho grudados.

Não estava na lista enrolá-los no fone na esperança de disfarçar a voz para o caso de algum conhecido telefonar querendo sexo.

Mas ela esperava que desse certo.

Depois de cinco minutos batendo os dedos, ainda não havia nenhuma ligação e ela estava começando a ficar ofendida por ninguém gostar de Crystal. O que era absurdo em muitos níveis, porque Crystal era um amálgama de algumas das mulheres mais sensuais do show business e dos sites de pornografia de hoje. Tiffany tinha previsto mais ligações do que poderia atender.

Ela se levantou e foi para a geladeira extra em que guardavam bebidas e itens extras. Havia vinho Franzia em caixinha que ela guardava havia séculos porque tinha visto num programa de culinária que era melhor ter à mão vinho em caixa para cozinhar, pois a embalagem o mantinha fresco.

Bom, neste momento, *Tiffany* precisava de ajuda. Então lavou a tampa da garrafa de detergente e serviu um pouco de vinho, depois voltou a seu lugar em uma pilha de toalhas dobradas e se sentiu ridícula bebendo em um recipiente plástico ainda meio com gosto de sabão.

Tiffany estava tão imersa em autopiedade que, quando o telefone tocou, ela se assustou e o deixou cair, soltando a bateria. Ela lutou para colocá-la no lugar, as mãos tremendo de frenesi, mas era tarde demais, a chamada estava perdida.

E, com ela, talvez a única recompensa para o ego que ia ter a noite toda.

Quando o telefone tocou um instante depois, ela *ainda* estava despreparada, mas fez um esforço para se recompor e atender, na voz mais sedutora de Jessica Rabbit que conseguiu criar:

— Aqui é a Crystal...

— Tiffany Dreyer?

Ah, merda! Será que ela por acidente estava sentada ali segurando seu celular comum em vez de o pré-pago que comprou para *Crystal*?

Tiffany recolocou o fone no ouvido.

— Sim?

— Aqui é o Ed, do centro de transmissão. Parece que uma ligação foi cortada da sua linha. Foi de propósito?

— Não, eu deixei cair o telefone.

— Então você *quer* as ligações?

— Estou disponível para atendê-las. — Tiffany corrigiu com cautela. Ela não queria que o universo todo soubesse que ela *queria* ligações. Mas não queria parecer uma pirralha petulante que estava fazendo isso de má vontade.

— Legal — disse Ed. — Solicitaram especificamente você, então da próxima vez que o telefone tocar, não serei eu.

Tiffany esperou alguns minutos, lisonjeada por ter sido *solicitada*, antes que o telefone tocasse novamente.

Agora o vinho a havia aquecido um pouco, então ela respirou rapidamente e abriu o celular.

— Oi... Aqui é a Crystal... — Ela pronunciou o final como uma pergunta.

— Ei, hummm... Crystal? — Era uma voz rouca de homem, nem remotamente conhecida. Pelo menos até agora.

— Sim, quem fala? — arrulhou Tiffany.

— Aqui... — ele deu um pigarro. — ... Aqui é o Pete, er, Derek. Aqui é o *Derek*.

— Como está a noite, Derek? — Isso era fácil. Pelo menos, até agora.

Particularmente porque Pete Derek parecia tão nervoso quanto ela.

— Bem, bem. — Ela pôde ouvi-lo bater as mãos de nervosismo. Pelo menos, ela *achou* que fossem as mãos.

E que fosse nervosismo.

— Onde está você, Derek? — Tiffany estava com as anotações de Sandra na mão, mas até agora não havia precisado consultá-las: (1) chamá-lo pelo nome que ele quiser, mesmo que seja obviamente falso e (2) fazer perguntas para estender a conversa e gastar o tempo *antes* de chegar ao que interessava.

Francamente, ela não ansiava pela parte do *chegar ao que interessava*.

— Estou em casa.

— Onde fica sua casa?

— Kensing... er, Potomac, em Maryland. — O cara mentia mal pra caramba. Era quase comovente.

— Aaah, eu adoro Potomac. Sua casa é grande e bonita? — Claro. Provavelmente ficava bem na rua da casa do âncora Ted Koppel.

— É. — Ele soltou um suspiro trêmulo que ela mais tarde percebeu que devia ter sido para criar coragem. — E quero foder com você.

Crystal devia ter aproveitado a deixa, mas Tiffany ficou tão chocada com a mudança de assunto que disse:

— Como?

— Hein? Ah. Ei, isso é bom. Então eu disse que era de Potomac e você ficou toda metida como se fosse de Potomac. — Ele soltou uma risada grosseira. — Isso é bom, gostei. Tire seus diamantes e joias, piranha.

Tiffany ficou seriamente desconcertada com a transição dele do nerd sem jeito de Kensington para o Derek Babaca de Potomac, mas, como ele estava pagando a tarifa exorbitante para falar com ela, ia tentar manter a conversa fluindo.

— Todos eles?

— Todos.

A velha corrente que eles usavam em Rover — sim, a família de Tiffany tinha tido um cachorro chamado Rover, em parte porque era tão incomum — estava pendurada na parede de frente para ela, então Tiffany deu alguns passos furtivos até lá, tirou-a do gancho e a baixou no chão de concreto, elo por elo.

— Lá se foi meu colar. — *Clink clink clink.* — E minha pulseira. — Depois pensou em algo que achou brilhante: — Quer que eu tire o piercing do mamilo?

Tiffany achava a ideia de ter um piercing no mamilo tão incrivelmente idiota que era engraçado fazer o papel de uma garota que usaria um. Ou mais.

Presumivelmente do tipo mais caro.

— É igual ao da Janet Jackson?

Tiffany se lembrou do intervalo do Super Bowl em que Janet Jackson acabou ficando com o peito de fora, mas não conseguiu se lembrar do piercing no mamilo. Não que isso importasse. Ela nunca teria de provar mesmo.

— É idêntico — disse ela, dando de ombros consigo mesma.
— Posso tocar nele?
— Mas é claro. — Depois, caso não tivesse sido convidativa o suficiente: — Eu quero que você toque.
— Cara — ele arfou. — Está frio. O metal frio deixa você excitada?
— Deixa. — Por que não? — Ele deixa *você* excitado?

Houve alguns grunhidos e gemidos, e Tiffany teve sua resposta.

— Eu preciso ir — disse ele. — Obrigado.

Ele desligou, aparentemente sem estar disposto a gastar um centavo que fosse além do necessário depois de ter terminado.

Ela não poderia culpá-lo, na verdade. Não se pagava mais a uma faxineira para ficar em casa falando dos Washington Redskins. Por que se incomodar com amenidades?

A ligação durou aproximadamente quatro minutos. Isso dava mais de dez pratas. Muito mais dinheiro do que ela ganharia trabalhando numa loja.

E tinha sido fácil.

Quando Sandra falou nisso pela primeira vez, Tiffany teve visões de uma conversa realmente pervertida, descrições vívidas e efeitos sonoros de filmes pornô. Toda a ideia tinha sido muito assustadora.

Mas isso não tinha dado trabalho algum. Ela podia fazer umas cem ligações dessas sem se sentir esquisita.

Primeiro Sandra e agora Tiffany — seria uma coisa de família? Tiffany era adotiva, então ela e Sandra não eram realmente parentes de *sangue*, mas talvez houvesse uma espécie de mensagem subversiva nos velhos livros de mistério que elas liam quando crianças. Talvez Nancy Drew tivesse uma vida agitada depois da meia-noite.

Quem poderia saber?

Só o que Tiffany sabia era que talvez ela conseguisse pagar sua dívida com a Finola Pims e comprar um conversível para ela muito em breve.

— Coloque uma fralda em mim e aperte para valer.

Abbey, que estava em sua terceira ligação como Brandee, gemeu por dentro. Três chamadas seguidas, e todas as três de gente esquisita. O primeiro queria que ela latisse como um cachorro na melodia do hino nacional. O segundo pediu que ela só falasse na língua do P — no que ela descobriu que era surpreendentemente boa. Agora o número três pedira uma surra no bumbum pelado e depois uma fralda.

Este *não* era o tipo de disque-sexo com que ela estava acostumada.

Bom, na verdade, ela não estava mais acostumada com disque-sexo nenhum.

Mas isso mudou rapidamente. Com Brian dormindo depois de um longo dia, e Parker depois de um longo banho, Abbey fora para a garagem no anexo da casa e estava sentada dentro do carro, no escuro, recebendo telefonemas.

Havia algo de quase meditativo em ficar sentada em silêncio no carro. E ela precisava dessa paz depois do dia que tinha tido. Isso a ajudava a se recompor. Pelo menos até que o telefone tocasse. Depois era só festa.

— Como ficou? — perguntou ela, reclinando o assento e

olhando pela janela a coleção de rodos e pás que Brian pendurava organizadamente na parede, por ordem de tamanho e função. – Está bem apertada?

Seu interlocutor soltou um urro que devia ser sua imitação de um bebê, mas pareceu mais um balão perdendo ar.

– Me bata de novo. Eu fui tão mau!

Meu Deus, ela esperava que o cara não tivesse filhos. Dada a fraca imitação de um bebê e sua compreensão insuficiente de como prender uma fralda (*apertada?* Não dava para colocar uma fralda muito apertada sem que a fita se soltasse), Abbey estava certa de que ele não tinha. Na realidade, ela seria capaz de afirmar que o cara era completamente sozinho.

– Agora me coloca numa daquelas roupas com pés – disse o cliente.

– Um pijama?

– É, isso, pijama de pezinho. Feito de algodão. Com um zíper *bem quente*. Como se tivesse acabado de sair da secadora.

E assim continuou. Ela colocou fraldas nele. Ela o vestiu, ela o despiu quando o zíper estava quente demais. Ela o colocou no penico. Ela decidiu que este era o ano de arrancar as framboeseiras e cultivar alguns tomates. (Os vasos para tomateiro no canto da garagem a lembraram disso – ela os comprara no ano anterior, mas nunca os tinha usado.)

E ela acumulou quatro sólidas horas pagas.

No final, não foi o que ela chamaria de *fácil* – Abbey jamais sonhou que havia tantos loucos esperando por uma chance de partilhar suas fantasias depravadas com uma estranha.

Mas ainda bem que havia, porque ela precisava do dinheiro.

Então ela desligou o telefone e o pôs no porta-luvas do carro, deduzindo que era o lugar perfeito para trabalhar. Ninguém ia se esgueirar até lá e surpreendê-la, e se Brian ou Parker procurassem por ela, Abbey os veria antes que eles a vissem.

Não era exatamente um escritório executivo em Manhattan, mas era perfeitamente adequado a suas necessidades.

Capítulo 10

— Mas então, há quanto tempo você é ventríloquo? — perguntou Sandra a Louis Feller (vulgo McCarthy2 no Match.com) enquanto dirigia seu Toyota para longe do Clyde's de Georgetown. Ela só estava preenchendo o silêncio durante os 10 ou 15 minutos necessários para levá-lo até o metrô de Tenley Circle, mas já desistira de ter uma boa conversa.

Até então, o encontro às cegas tinha durado 1h10, mas parecia levar séculos. Ela se perguntou à noite toda: Será que 45 minutos é tempo suficiente para uma despedida educada? Uma hora? Em 1h10, ela decidiu que já havia dado tempo demais a ele.

— Não sou ventríloquo — disse Arlon, no falsete áspero de Louis. A essa altura, era como ouvir pregos em um quadro de giz. — *Ele* é o cara que está com a mão na minha bunda.

Essa foi uma nova cena no que já era uma peça tediosa. Agora Arlon/Louis estava ficando tolo. Que legal.

Até esta noite, Sandra não imaginava que um dia pensaria no que era mais irritante, se o ventríloquo ou o boneco. Depois Louis passou o jantar todo fazendo Arlon contar a Sandra a longa e dolorosa história de sua vida.

Da vida de Arlon, e não de Louis.

Ela soube que Arlon tinha "nascido" no Brooklyn 12 anos antes e que viajou a Washington de trem, perdendo-se nos correios por três semanas até que finalmente alguém encontrou a caixa embaixo de um monte de correspondência guardada. Quando foi apresentado ao novo dono, sua cabeça estava solta e Louis teve de recorrer a vários artesãos antes de encontrar alguém em quem confiasse para consertar o boneco com segurança.

A "cirurgia", ao que parece, tinha sido dolorosa.

Seu cabelo originalmente não era preto, mas ele e Louis decidiram que seria melhor em contraste com o chapéu de plástico moldado e abas reviradas marrom-claro.

Além disso, cobria o ocasional cabelo grisalho imaginário.

Arlon tinha interesse por mulheres com boa postura e mãos quentes. Não gostava de férias perto da água, embora tivesse a fantasia de "transar" na areia porque lembrava serragem. Era uma imagem não só nojenta em vários níveis, mas também muito perturbadora. Algo sobre o boneco querer fazer isso em serragem – mesmo que fosse possível – era desagradavelmente parecido com uma pessoa querer transar numa pilha de carne humana.

Sim, foi uma longa noite. Tão longa que Sandra realmente pensava nas implicações de um boneco de ventríloquo querer fazer sexo na praia.

Arlon não revelou muito sobre Louis, embora Sandra pudesse dizer seguramente que Louis se interessava por mulheres que gostavam de sua cena idiota de ventriloquia.

Era difícil imaginar quem seriam elas.

E Loreen ainda tinha ideias grandiosas de como seria a vida romântica de Sandra.

Enquanto eles seguiam pela pavimentação rachada da rua, Sandra pensou que não tinha nada a perder tentando tirar informações de Louis, pelo menos para poder fazer um relatório completo desta noite ao grupo de disque-sexo depois.

— Louis, isto foi muito engraçado. Em especial aquela coisa que você fez no jantar quando pediu ao garçom um copo d'água, sabe? Foi muito engraçado. — Ela se encolheu, lembrando-se, e automaticamente pôs a mão no ponto da blusa que ainda estava molhado. — Mas podemos colocar Arlon no banco de trás por um tempo e nos conhecer de um jeito, hummm, mais *real*?

É verdade que Sandra não tinha lá muitos encontros em sua vida — tá legal, não tinha nenhum —, no entanto, ela nunca previu ter de pedir a um homem para colocar seu ego imaginário no banco traseiro para poder ter uma conversa de verdade.

Mas o perfil dela no Match.com não recebera muitas visitas, então ela estava relutante em dispensar um homem antes de ter certeza absoluta de que as coisas não dariam certo.

Talvez Louis fosse um ótimo sujeito cujo único defeito gritante era o de não saber quando uma piada devia terminar.

Talvez esta fosse uma coisa que ele pudesse aprender.

Talvez, então, ele pudesse vir a ser perfeito para Sandra.

— O que está dizendo? — perguntou Arlon, o queixo articulado caindo e batendo. — Não gosta de mim?

É, talvez não.

Ela olhou para Louis.

— Sim, é claro que gosto do seu boneco. Acho que você é muito talentoso — e até agora ela ainda achava que ele era bonitinho, com os olhos escuros e o cabelo crespo e claro —, mas você vem fazendo o Arlon a noite toda e eu gostaria de conhecer o Louis.

— As freiras foram más com ele na escola — disse Arlon.

— O quê? — Ela não pôde deixar de olhar para os olhos achatados e sem vida do boneco. Conscientemente, voltou o olhar para onde deveria, para Louis. — O que é...? Do que você está falando? As freiras foram más com você?

— Não, elas foram legais. — Louis estreitou os lábios numa linha (na verdade, deixando-os muito parecidos com os de Arlon) e olhou pela janela.

Por um momento, Sandra ficou presa entre o interesse no fato de que o próprio Louis finalmente estava falando, e a apreensão com o fato de que ele discordava de alguma coisa que acabara de dizer.

— Tu... do bem. Bom, Arlon acabou de dizer... — Ela parou. *Não* ia citar Arlon e transformar isso numa discussão entre ela, seu encontro às cegas e um boneco. — Quero dizer, *você* acabou de dizer que as freiras não foram tão legais com você na escola.

— Arlon é que disse isso. — Louis soltou um suspiro exasperado. — Ele é um mentiroso de merda.

Palavras ásperas para um boneco que ele mesmo estava animando.

Onde foi que ela errou? Será que estava evidente no perfil dele que o cara era um biruta? Será que ela deixou isso passar porque estava ansiosa demais para gostar dele quando ele escreveu? Seu último encontro – não, seus 15 últimos encontros, todos com Mike Lemmington – tinha sido com um gay, então ela precisava dar mais do que uma chance justa a qualquer outro que aparecesse.

– Tudo bem, Louis. É sério, chega de encenação.

Não estava iluminado dentro do carro, mas havia luz suficiente para ver que ele pareceu sinceramente pasmo.

– Que encenação?

Sandra percebeu que a cabeça de madeira de Arlon se virou para ela ao mesmo tempo que a de Louis.

– A encenação de *ventriloquismo*. – Sandra estava perdendo a paciência. Já bastava. E agora mais do que bastava. – Quando você me escreveu no Match, tive a impressão de que estava interessado em me conhecer, e não em se apresentar para mim.

– Eu não escrevi para você.

– *Como é?* – Ora essa, Sandra certamente estivera ansiosa para ter uma resposta a seu perfil, mas não tão ansiosa para ter imaginado que ele escrevera primeiro. Francamente, dadas as respostas do perfil de Louis, ele provavelmente não era alguém que teria escolhido e procurado. – Você *escreveu* para mim.

– Não escrevi, não.

– Mas... Sim, escreveu. – Será que tudo isso era um mal-entendido maluco? Teria ele a intenção de escrever a outra pessoa, talvez uma mímica em Alexandria?

– Não escrevi – disse ele novamente, com uma paciência exagerada. – Arlon é que escreveu para você.

Ai, meu Deus.

– Acho que não.

— Você não faz o meu tipo.

Por incrível que pareça, ela se sentiu ofendida.

— Isso é uma coisa com que podemos concordar, mas quando recebi o recado, a mensagem claramente dizia que a conta era de Louis F., e você *é* Louis Feller, não é?

Louis assentiu.

— Claro que sim. Mas Arlon precisou usar meus dados de cartão de crédito, obviamente. Não acha que ele tem o próprio cartão, não é?

Não. Porque esperar que um boneco tenha qualidades humanas era *insanidade*.

— Então deixa eu entender direito — disse ela, com um arrepio surgindo pelo corpo. Sandra sabia aonde isso ia chegar, mas não conseguia parar. — Você está dizendo que não foi você que me procurou, e sim, Arlon.

— Exato.

— E você só o ajudou.

Ele apontou o dedo para ela como uma arma.

— Exato.

— Então estou num encontro com... — Ela hesitou, terrivelmente ciente de que estava prestes a descer ao mais baixo nível dos encontros às cegas. — ... Arlon?

Louis assentiu novamente.

Mas é claro.

— Algum problema com isso? — rebateu Arlon.

— Sim, eu tenho um problema com isso. — Sandra entrou com o carro na Wisconsin Avenue e acelerou o máximo que sua consciência permitia. Não queria atropelar ninguém, mas estava disposta a se arriscar com a polícia para que esse lunático saísse de seu carro. — Eu não saio com bonecos.

— Antes de tudo — guinchou Arlon —, pare de me chamar de *boneco*. Eu tenho um nome.

— Ah, claro, me desculpe, você é um fantoche. Assim está melhor? — Agora ela estava ficando sarcástica com seu pretendente de madeira. Que ótimo.

— Vocês dois, acalmem-se — disse Louis, parecendo estranhamente a voz da razão.

O trânsito melhorou e ela subiu uma ladeira de Georgetown, procurando pela visão reconfortante da National Cathedral.

— Desculpe — disse Sandra, sem ser sincera. — Tem razão, vamos só chegar à estação do metrô e acabar com isso. Evidentemente não vai dar certo.

— Você é uma cretina — disse Arlon.

Ela olhava para a rua, mas em sua visão periférica viu a cabeça de Arlon girar para olhar Louis e — ela odiou saber disso — os dois assentiram.

O pé de Sandra pisou um pouco mais fundo no acelerador.

E então ouviu a voz de Louis.

— Ora, isso não é justo, Arl.

Arl. Ele tinha um apelido para o boneco, que, na verdade, *já tinha* um apelido.

— ... ela é só ignorante.

Sandra ajustou as mãos ao volante e desejou poder passar por cima de todos os lesados que respeitavam a lei e paravam nos sinais vermelhos e para os pedestres.

— Não sou *ignorante*. — Ela se opôs, mas Deus sabia que devia ter ficado de boca fechada até que eles chegassem ao metrô. É claro que não havia mais nada a dizer. — Eu sou *normal*. *Qualquer um* reagiria desse jeito numa situação dessas.

— Achei que ficaria feliz em conseguir um encontro – disse Arlon.

Ela parou o carro num sinal e virou o olhar homicida para o boneco.

— Como é?

— Até parece que seu perfil tinha muitos acessos. – O queixo batia a cada palavra.

— Como se atreve...

— É verdade.

O sinal ficou verde e ela arrancou com o carro. A estação do metrô estava em seu campo de visão. Graças a Deus.

— Não estou assim tão desesperada para sair com um *boneco* acompanhado de um anormal insensível. – Ela não se importava de pagar uma multa; teria valido o preço só por tirar esses malucos do carro.

— Sorte sua ter tido uma chance – disse Arlon, enquanto Sandra encostava no meio-fio diante da estação.

— Que engraçado, não me sinto com tanta sorte assim.

— Devia sentir. Recebeu ofertas melhores?

Pat Sajak, Alex Tebek e um pote de sorvete Ben & Jerry's eram uma oferta muito melhor.

Mas Sandra se recusou a se envolver por mais tempo nessa discussão. Tentava pegar a estrada principal, mas que droga.

Ou pelo menos uma outra estrada. A saída para a estrada principal tinha passado quilômetros atrás.

Ela parou o carro e apertou o botão para destrancar as portas.

— Saia do meu carro, por favor.

— Ora, o que é isso – começou Louis.

— Fora!

Louis revirou os olhos e se mexeu para sair do carro.

— Tudo bem. Nós vamos. Mas vai se lamentar depois.

— Já estou lamentando agora.

Ele parou.

— Então aceito suas desculpas.

— Não estou me lamentando desse jeito. Saia. — Ele partiu na direção dela e ela ergueu a mão. — *Fora!*

— Nem um beijo de boa-noite? — A cara de madeira exagerada apareceu para ela como um espectro na escuridão.

Ela o empurrou.

— Não, meu Deus, *pare* com isso!

— Sua gorda! — guinchou Arlon, a troco de nada.

Foi o que bastou. Dos muitos pontos sensíveis de Sandra, este era o mais suscetível. Sem pensar, sem nem mesmo parar para questionar a sensatez do ato, ela fechou o punho e esmurrou Arlon com força, bem no nariz bulboso e pintado.

A cabeça dele voou, batendo na janela e quicando no banco traseiro.

Louis olhou para Sandra, abismado.

Na verdade, neste momento, ele parecia um pouco com Arlon.

O coração de Sandra martelava. O que diabos tinha acabado de acontecer? Ela não pretendia quebrar aquele treco.

Educada por pura culpa, ela começou a se desculpar.

— Louis, eu não pretendia...

— Socorro! Socorro! — Incrível, a voz realmente parecia vir do banco traseiro. Até estava abafada. Contra a própria vontade, Sandra ficou meio impressionada.

— Estou indo, amigo. — Louis mergulhou na traseira e pegou a cabeça, tentando colocá-la no pescoço decepado. Era como uma paródia doentia do filme de Zapruder sobre a morte de JFK. Ele fitou Sandra com lágrimas nos olhos. — Sua puta imbecil.

A culpa de Sandra se dissolveu. Só havia algumas palavras que incitavam sua ira completa e imediatamente, e essa era uma delas.

— *Isso* é agressão verbal. Saia do carro antes que eu chame a polícia. — Ela não fazia ideia se podia realmente chamar a polícia para prender um sujeito com quem tinha marcado um encontro, mas a ameaça pareceu surtir efeito.

Ele já devia ter ouvido isso antes.

— Vou te mandar a conta para a conserto — disse ele, aninhando o corpo de Arlon em uma das mãos e a cabeça na outra.

— E se você não pagar, vou te processar!

— Boa sorte, Gepeto. — Ela meteu o pé no acelerador e a porta bateu, fazendo a declaração perfeita. Felizmente não havia trânsito, porque em seu frenesi ela nem olhou para a rua.

Sandra virou a esquina e a calçada onde deixou Louis saiu de seu campo de visão. Ela soltou um suspiro de alívio. Mas que pesadelo! Toda a coisa a deixou abalada. Seu pé tremeu no acelerador e ela lutou para se concentrar na rua.

Até um ano atrás, ela costumava ter uma hora semanal fixa com a Dra. Ratner, terapeuta que a ajudou com sua ansiedade e agorafobia. Aquela última consulta, sabendo que teria alta, havia proporcionado a ela uma sensação ótima.

Mas uma experiência como essa podia ser suficiente para levá-la direto ao sofá da Dra. Ratner.

Ela quase estava em casa quando um Volvo escuro deu uma guinada diante dela para não atropelar um bêbado que cambaleava pela rua. Os reflexos de Sandra eram bons e ela pisou no freio de imediato, mas o pedal não afundou. Frenética, deu uma guinada no próprio carro para a faixa contrária – que felizmente estava vazia – para contornar o Volvo.

Só no que ela pôde pensar era como seria triste que esta fosse a última noite de sua vida.

Felizmente era tarde e as ruas estavam quase vazias, e Sandra pisou repetidas vezes no freio, tentando baixar o pedal. Mal se mexia; ela não conseguia entender qual era o problema dele. Mas sabia que tinha pouco tempo para encostar sem perigo, então pôs o carro em ponto morto e levantou lentamente o freio de mão.

Por sorte, deu certo e ela conseguiu encostar com segurança em uma área proibida para estacionar.

Era melhor do que bater com o carro.

Ela ficou sentada por um momento, a mão no peito, tentando se acalmar. Será que essa noite poderia ficar pior? Sandra tinha receio de perguntar, por medo de que o destino lhe desse uma resposta que ela não queria.

Respirando fundo, como aprendeu na aula de ioga que fez por pouco tempo durante sua passagem pelos Vigilantes do Peso, ela tentou se convencer a se acalmar. De certo modo, funcionou.

Então abriu o porta-luvas e pegou a lanterna que guardava ali para emergências, mirando o facho no pedal de freio.

Havia alguma coisa atrás dele, bloqueando-o fisicamente. O que podia ser uma boa notícia, já que significava que ela podia consertar sozinha e dirigir para casa. Ela se curvou e estendeu a mão para a coisa, puxando-a com alguma dificuldade, depois, de cenho franzido, ergueu-a diante da lanterna para ver o que era.

– Ai, meu Deus.

O chapéu de Arlon.

Por um bom tempo ela o fitou, virando o plástico moldado nas mãos, odiando como ele resumia impecável e ironicamente a infelicidade que era sua vida amorosa.

Depois ela baixou a janela, atirou a coisa na rua e foi para casa.

Capítulo 11

— Você esmurrou um boneco? — perguntou Tiffany, incrédula.

Era noite de segunda-feira, quatro dias depois da primeira reunião, e elas estavam sentadas na modesta sala de estar de Loreen com Abbey, enquanto Loreen preparava alguma coisa na cozinha.

— Sim — disse Sandra —, mas você não entendeu. Não só esmurrei um boneco, mas eu... — Ela hesitou, porque era verdade e era também medonho demais. — Eu tive um *encontro* com um boneco. Isso é pior ainda.

Loreen foi solidária, uma bela proeza, dadas as circunstâncias.

— Não teve, não — disse ela, entrando na sala com uma bandeja grande de queijos e biscoitos. — Você teve um encontro com um cara que por acaso era um maluco. Só porque *ele* pensava que você estava num encontro com um boneco, não quer dizer que seja verdade.

— E o outro cara? — perguntou Tiffany. — O Mike?

— O Adônis? — completou Loreen.

— Ele é gentil? — perguntou Abbey. — É isso que importa.

— Mike? — disse Sandra. — Ah, ele é um Adônis muito gentil.

— Ela respirou rapidamente e decidiu abrir o jogo. — Em especial se você for um homem de cabelos louros, olhos azuis, aparência nórdica com 2 metros de altura, mais ou menos.

Abbey fez uma careta.

— E não é sempre assim?

— Espere aí um minutinho. — Tiffany foi lenta para entender essa. — Está dizendo... Você está dizendo que o Mike... é *gay*?

Sandra assentiu, admirada de a esposa do pastor ter entendido mais rápido.

— Totalmente.

— Ele sempre foi? — perguntou Tiffany, e era difícil determinar se ela só não sabia como funcionava a homossexualidade, ou se tinha tão pouca fé em Sandra que acreditava que ela podia jogar um hétero para cima de outros homens.

— Parece que sim — disse Sandra, meio ríspida. — Não fui *eu* que o deixei desse jeito.

Tiffany franziu a testa.

— Eu não quis dizer isso...

— Você sabia desde o início? — perguntou Loreen, rapidamente, depois acrescentou: — Desculpe, eu sempre digo coisas quando não devia. Mas ficaria *tão feliz* em descobrir que não sou a única que não sabe quem um homem realmente é antes que seja tarde demais.

— Bom, não é a única — disse Sandra. — Pode acreditar, não é mesmo. Lá fora é uma selva. Eu invejo de verdade as pessoas que são casadas, e não só por causa do companheirismo e essas coisas. Esse negócio de encontro é um horror. Dos grandes. *Em especial* depois que você passa, digamos, dos 19 anos.

— Eu passei dos 19 — disse Loreen, infeliz.

— Desculpe, eu não quis dizer...

— Não, não. — Loreen ergueu a mão. — Está tudo bem. Sei que é um horror ter esses encontros. É um horror ser divorciada também. Acho que é ainda mais difícil ter encontros depois que você foi casada. Parece que sou um artigo de segunda mão.

— Mas você não chegou a tentar, não é? — perguntou Abbey numa voz gentil, embora Sandra estivesse começando a pensar que havia mais nela do que a esposa de um pastor tranquilo. — Não é que você não possa conseguir um encontro; você só não mergulhou nisso ainda.

— Não sei bem se *devo* mergulhar nisso — disse ela com uma risada. — Tubarões demais, e águas-vivas, e outras coisas a evitar no mar. Talvez eu deva me satisfazer em ter tido um casamento e um filho. Talvez seja esse meu quinhão, do ponto de vista amoroso.

— Entendo a tentação de pensar assim — disse Sandra. — Já é bem ruim *ainda* estar na fase dos encontros depois de todos esses anos, mas ter sido casada... e ter tido um filho... e depois *voltar* ao mundo dos encontros... Bom, é duro. — Era um horror completo sair para um encontro com um boneco abusivo, sem dúvida, mas seria infinitamente pior correr o risco de terminar em um encontro com um boneco depois de muitos anos vendo *The Tonight Show* na cama com o homem com quem você pensou que ficaria para sempre.

— É duro para mim pensar nisso agora. — Loreen bateu palmas, deixando de lado o assunto de sua vida pessoal e, por extensão, o da vida de Sandra também. — Tenho algumas perguntas para você, Srta. Vanderslice.

— O que é? — disseram Tiffany e Sandra simultaneamente. Depois Tiffany riu e disse:

— Ah, eu não sou mais a Srta. Vanderslice. Esqueci por um momento.

— Que interessante — disse Sandra, sem tirar os olhos da irmã. Depois voltou sua atenção para Loreen. — Que foi?

— Bom, eu estou tendo dificuldades para pegar o jeito disso. Simplesmente não consigo parecer natural e sei que meus clientes percebem. — Ela passou a relatar a história dos três clientes perdidos rapidamente em sua primeira tentativa.

— Acho que peguei seu menino mau — disse Abbey, sacudindo a cabeça. — Fique *feliz* por ter desligado. Passei meia hora trocando as fraldas dele.

Todas ouviram com extrema atenção Abbey contar a história pavorosa. Na realidade, todos os clientes eram esquisitos, o que fez Loreen se perguntar se isso seria algo a que ela *um dia* se acostumaria.

— Então, que nome deram ao negócio? — perguntou Sandra.

— Happy Housewives — disse Tiffany, e depois, ao ver o olhar de Sandra, acrescentou: — Pensei que você ia gostar.

— Vocês estão trabalhando em horário determinado, ou ficam com um telefone o tempo todo? — perguntou Sandra.

— Até agora tivemos de dizer à empresa quando não estávamos logadas, para que as meninas que eles têm recebam as chamadas — disse Loreen. — Mas estou achando que perdemos muita receita assim.

— Talvez, mas não trocamos fraldas de lunáticos no café da manhã — observou Tiffany.

O que era verdade, Loreen tinha de concordar. Mas ainda assim, o resultado financeiro a incomodava.

— Se contratarmos gente, podemos ter uma porcentagem das chamadas, em vez de ceder tudo à empresa operadora.

Sandra assentiu.

— É verdade. Vocês podem anunciar na Gregslist por uma ninharia e receber e-mails com informações e solicitações. Respondi a um anúncio dois anos atrás e olhem para mim agora. — Ela riu. — Bom, de qualquer modo, deu certo.

— Está vendo, acho que é exatamente o que devemos fazer — disse Loreen. Seria um alívio saber que ela não era só um peso morto. Se pudesse cuidar para que tivessem funcionárias, então, mesmo que continuasse a sufocar quando tivesse de receber telefonemas, ela podia pelo menos se sentir bem com o fato de que elas estavam lucrando com o trabalho dos outros. — Eu cuido da administração.

— Isso pode dar muito trabalho — disse Abbey. — Tem certeza de que não se importa? Porque, sinceramente, gosto da ideia de contratar. Ainda temos prioridade quando estamos logadas, não é?

— Vocês podem organizar tudo da forma que acharem melhor — disse Sandra. — Desde que a central receba sua parte, eles não ligam para quem vocês querem mandar os telefonemas primeiro.

— Então ganhamos toda a receita quando estivermos trabalhando — disse Tiffany — e, tipo metade quando são outras pessoas?

Sandra assentiu.

— Isso não é... cafetinagem?

— Prefiro o termo *madame* — disse Loreen, na esperança de que Tiffany não fosse seriamente moralista a respeito da terceirização.

— Eu gosto — disse Tiffany devagar. — Abbey? O que você acha?

— Está brincando? Acho ótimo.

— Tudo bem, Loreen. Se realmente não se importar...

Importar? Esta era a melhor contribuição que Loreen podia dar à causa.

— Vou colocar o anúncio esta noite.

Quando Tiffany chegou em casa, eram nove horas e felizmente Kate tinha ido dormir. Mas Andy ainda estava ligado, e acabaria dando algum trabalho.

— Livro — disse ele, pegando *Boa-noite, Lua* na estante.

Eles liam esse livro quase toda noite, em geral mais de uma vez. Tiffany nunca pensou que ficaria enjoada disso, mas às vezes, quando precisava de um tempinho a sós, o livro parecia um obstáculo.

Mas não ia dizer ao filho que não leria para ele.

Então ela foi para a cama de Andy e estendeu o braço. Ele subiu sob as cobertas e se recostou nela. Eles agora faziam isso com tanta frequência, que pareciam peças de quebra-cabeças se encaixando.

— Quem vai encontrar as imagens do ratinho? — perguntou ela. Cada imagem colorida tinha um ratinho escondido e, toda vez que eles liam, Andy apontava como se o tivesse descoberto pela primeira vez.

– Eu! – Ele bateu no livro com a mão gorducha. – Eu acho o rato!

– Muito bem, neném.

– Neném não sou – disse ele. Charlie costumava brincar que Andy era como o Yoda de *Guerra nas estrelas*, dizendo tudo de trás para frente.

– Não, você é um garotão – concordou Tiffany, depois puxou o corpo pequeno e quente para mais perto. – Mas sempre vai ser meu neném. Mesmo quando estiver maior e mais alto do que o papai.

Andy ficou radiante. A ideia de ser *ainda maior do que o papai* o deixava animado, mas a verdade era que Charlie tinha pouco menos de 1,80m de altura e Tiffany era só 5 centímetros mais baixa. Era bem provável que Andy passasse da altura de Charlie.

– Tudo bem, pronto? – perguntou ela, abrindo o livro.

– Pronto!

– *Na sala grande e verde* – ela leu – *havia um telefone, um balão vermelho e uma foto da...*

– Vaca pulando na lua! – gritou Andy, triunfante.

– Sim! – Ela sorriu e beijou seu cabelo louro macio. – *E havia três ursos...*

Foi necessário contar duas vezes o *Boa-noite, Lua* e uma vez um livro do mundo redondo de Olie para que Andy se aquietasse, mas por fim ele caiu no sono e Tiffany saiu com cuidado da cama, enfiou-o sob os lençóis leves de algodão e voltou para o resto silencioso e escuro da casa.

Apesar das duas crianças adormecidas em seus quartos, a casa parecia vazia enquanto Tiffany voltava à cozinha para pegar alguma coisa para comer. Os queijos que Loreen tinha servido estavam carregados demais de gordura para que ela comesse mais de um ou dois pedaços, embora Tiffany tivesse ficado tentada.

Por fim, ela se conformou com uma maçã e foi se sentar no sofá. Com Charlie fora da cidade e apenas notícias deprimentes na TV, ela desligou o aparelho e apreciou o silêncio. A verdade era que gostava da tranquilidade de se sentar em silêncio sem ninguém cutucando ou pedindo alguma coisa.

Ela costumava ter medo de ficar sozinha. Na realidade, durante toda a vida ela teve medo de ficar sozinha. Não eram fantasmas nem invasores que temia, mas ficar sozinha com os próprios pensamentos.

Tiffany não tinha mais medo.

Agora sabia que precisava refletir. Precisava entender as coisas. Porque, há algum tempo, Tiffany andava pensando que talvez... ela não fosse feliz.

Na verdade, ela andava pensando que podia estar realmente deprimida.

Mas era melhor não dar muita atenção a esse pensamento. Tiffany tinha medo de que ele se tornasse maior do que já era, se pensasse muito nisso. Era como cutucar uma cobra. Não que as cobras ficassem *maiores* se cutucadas, mas certamente ficavam mais perigosas.

De vez em quando ela pensava em conversar com Sandra sobre isso. Ela sabia que Sandra se tratara com um psicólogo. E com um sujeito que fazia uma espécie de acupuntura vodu que ela jurou ter ajudado a superar sua agorafobia. Talvez ela soubesse de alguém que pudesse ajudar.

Mas Tiffany não queria admitir para Sandra que as coisas não eram perfeitas. Primeiro, ela sabia que Sandra não gostava de Charlie, então era razoável pensar que, se Tiffany dissesse qualquer coisa sobre estar infeliz, Sandra o culparia e depois as coisas iam ficar ainda *mais* estranhas – entre Sandra e Tiffany, *e* entre Sandra e Charlie – do que já eram.

Não, Tiffany podia lidar com isso sozinha.

Deve ser depressão pós-parto, raciocinou ela. Andy estava com 2 anos, mas as pessoas às vezes demoram para se livrar da depressão pós-parto. Ela precisava de mais exercícios, era só isso. Muita gente jurava que era uma cura para a depressão e a ansiedade.

Meia hora depois, ela estava em seu quarto na esteira quando o telefone tocou.

Ela pulou até ele, para não acordar as crianças, secou o rosto com uma toalha e olhou o identificador de chamadas. DESCONHECIDO, dizia.

Era Charlie.

— Ei, alguém ligou do trabalho? — A voz dele parecia... abafada ou... coisa assim.

— Não. Não está trabalhando agora?

— Estou sim. É só que, se alguém ligar, pegue o recado. Esta viagem pode caminhar para uma promoção e tem gente lá que ficaria irritada se soubesse disso.

— Ah. Está bem. Então, como está indo?

— O quê?

— Como está indo? — ela perguntou novamente. Ele estava em Cleveland, não é? Por que a ligação era tão ruim? A propósito, por que o identificador de chamadas dizia DESCONHECIDO? Por que ele não estava usando o próprio celular?

— Tudo bem — disse ele. — Muito trabalho. Um monte de trabalho. Como estão as crianças?

Não como *você* está, mas ela supôs que devia deixar de ser egoísta e ficar feliz por ele querer saber dos filhos.

— Ótimas. A escola colocou o troféu da banda, que é superextravagante, na janela da secretaria, e Kate acena para ele toda vez que passa.

— Que troféu é esse?

— De Las Vegas, algumas semanas atrás?...

— Ah, sim, sim, certo.

— E Andy quer ir naquela roda-gigante que...

— Que ótimo, mas olha, tenho que ir. A ligação está ruim e está ficando tarde. Hora de dormir.

Tiffany suspirou.

— Acho que vou lhe contar sobre Andy outra hora, então.

— O quê?

Houve um ruído estranho ao fundo. Parecia... Bom, parecia música caribenha. Mas isso era loucura.

— Deixa para lá — disse Tiffany. — Obrigada por ligar.

— Vejo você daqui a alguns dias.

— Eu te amo — disse ela meio tristonha. Ela não *sentia* exatamente isso, mas, caramba, queria ouvir a mesma coisa. Para sentir de novo, mesmo que só vagamente.

Mas isso pouco importava, porque Charlie já havia desligado.

Tiffany desligou o telefone e olhou em volta, procurando algo para fazer. Agora estava agitada. O telefonema tinha sido desconcertante, mas ela não conseguia entender bem porquê. E ainda havia o que parecia ser música caribenha ao fundo, mas todo hotel dos Estados Unidos não tentava oferecer uma recepção com vinho barato, músicas de Jimmy Buffett e Jack Johnson e empregados entusiasmados? Ela teria se sentido idiota perguntando a Charlie sobre isso, porque ela *sabia* que era isso que ele ia dizer.

Ela pensou em como Charlie era antigamente, comparado com o que é hoje. Ele não era gentil? Atencioso?

Ele costumava enfeitá-la de joias, mas hoje em dia não tocaria nela se Tiffany estivesse usando luvas de cozinha. Como as coisas tinham mudado tanto sem que ela percebesse o que acontecia?

Ela odiava pensar que era por causa das crianças. Que ficava ocupada demais lidando com eles para perceber. Poderia ele se ressentir disso? Poderia se ressentir *deles*?

E, se esse fosse mesmo o caso, ela seria capaz de se dedicar menos aos filhos?

Tiffany fingiu para si mesma que tinha de pensar no assunto, mas sabia que a resposta era não. Se era casada com um homem que tinha ciúme do seu tempo e do cuidado como mãe, ela preferia ficar sozinha a negligenciá-los nesses anos curtos e preciosos só para satisfazer a vontade dele.

Sentindo-se sozinha e vazia por dentro, ela foi dar uma olhada em Kate. A luz do corredor entrou pelo quarto, chegando até a cama da filha, que se mexeu. Tiffany se retirou, fechando a porta o mais rapidamente que pôde para deixar Kate no escuro tranquilo.

Depois foi ao quarto de Andy.

Foi difícil conseguir que Andy se acostumasse com o próprio quarto, pois ele sempre preferia se aninhar em Tiffany. Ela não se importava com isso, em especial porque Kate sempre havia sido muito independente. Mas Charlie não suportava ter as crianças na cama dos dois, mesmo que por meia hora, então ela acabou com o hábito de Andy usando uma série de subornos e incentivos.

Tiffany tinha vergonha de pensar nisso, mas, de vez em quando, ela trancava a porta e fingia não ouvi-lo tentando entrar.

Era por isso que não se importava de ler para Andy como tinha feito aquela noite, mesmo que pela milionésima vez.

Enquanto olhava o filho à luz do abajur de Thomas e seus Amigos, o rosto suave e as bochechas rosadas de bebê, Tiffany foi dominada por uma sensação de arrependimento pelo tempo que já havia passado e por achar que devia estar aproveitando mais seu tempo com ele.

Quando descobriu que estava grávida, depois de tentar por seis anos, ela ficou exultante. De repente a seção de bebês do supermercado – que antes a deixava melancólica – parecia cantar com a possibilidade e a promessa do futuro.

Era uma promessa que Tiffany devia ter cumprido, mas que até agora não tinha.

Até agora ela havia passado a maior parte do tempo tensa e sobrecarregada, correndo quando Charlie falava alguma coisa e despendendo o máximo de energia para abrandar o estado de espírito do marido em vez de atender às necessidades dos filhos.

Se Charlie estivesse em casa naquela noite, provavelmente teria começado a chamar por ela na metade da primeira leitura de *Boa-noite, Lua*.

E ela teria ido, porque esse seria o caminho mais fácil.

— Desculpe por não ter a família feliz que você merece — sussurrou ela, passando o dedo pelo rosto dele e tentando reprimir as lágrimas. — A mamãe te ama.

Depois ela se sentou no chão ao lado da cama do filho e chorou.

Capítulo 12

Brian apagou cedo e Abbey não conseguia dormir. Depois de revirar na cama por algumas horas, ela finalmente desistiu e desceu para tomar uma xícara de chá.

Ligou a TV em uma velha reprise de *The Dick Van Dyke Show*. No programa, Laura não queria que Rob soubesse que ela mentira a idade na certidão de casamento, anos antes. Ela não queria que ele descobrisse o terrível segredo de seu passado, o de que ela era um ano mais nova do que o marido acreditava.

Se os problemas de Abbey fossem tão simples...

Ela colocou uma xícara de água no micro-ondas e se encostou na bancada, vendo o programa enquanto a água aquecia. Era um pequeno momento agradável de fuga, ali, na casa silenciosa, com o filho dormindo profundamente, seguro no segundo andar.

O micro-ondas apitou, ela colocou um saquinho de chá de camomila na xícara e foi para o sofá.

Era uma linda e agradável noite e as janelas estavam abertas. Ela podia ouvir os grilos do lado de fora, misturando-se com a claque do programa de TV. Não era exatamente o paraíso, mas era a sensação mais tranquila que tinha há um bom tempo.

E continuou se sentindo assim pelo resto do programa e por metade de *A família sol lá si dó*.

Depois ela sentiu cheiro de fumaça.

Não era na sua casa. Nada estava aceso. Era fumaça de cigarro e o cheiro estava forte.

Alguém do lado de fora da janela aberta, fumava um cigarro. E Abbey sabia bem quem era.

Por um longo tempo, ela ficou paralisada no sofá. Nunca havia se sentido mais vulnerável. Se Damon tivesse uma arma, podia estar apontando para a cabeça dela naquele momento. Mas esse não era o estilo de Damon. Pelo menos não era assim há cerca de uma década. Quem podia saber como seu tempo na prisão o modificara? Quem podia saber o quanto estava desesperado para se vingar de Abbey?

Não, ela estava ficando paranoica. Damon estava agindo exatamente como era de seu feitio, tentando assustá-la para que desse o que ele realmente queria, o que ele sempre quis mais do que a vingança: dinheiro.

Ela baixou a xícara com a mão trêmula, na esperança de que ele não pudesse vê-la. Depois desligou a TV e apagou a luz, para ficar no escuro. Levou alguns instantes para que seus olhos se adaptassem, mas, quando conseguiu, ela se levantou e foi até a janela olhar para fora.

— Olá! — chamou ela em voz baixa, para o caso de ser apenas um vizinho e não Damon.

Mas não houve resposta, só o brilho laranja claro de um cigarro sendo atirado no ar em seu quintal.

Abbey sentiu náuseas. O filho da puta tentava amedrontá-la, deixá-la tão paranoica que ela passaria a vida toda com medo de que ele estivesse ali. Bom, ela não ia fazer isso. Não ia viver assim.

— Da próxima vez vou chamar a polícia! — gritou ela.

A única resposta foi o som de alguém assoviando enquanto se afastava ao longe.

Era o tema de *A família sol lá si dó*.

Na quarta-feira, após um compromisso, Loreen pegou Jacob na casa do amigo Austin, levou-o para casa para um jantar rápido de pizza congelada e deixou que ele visse TV. Mais tarde, já no modo Mimi, entrou no Gregslist.biz para colocar o anúncio procurando funcionárias para a Happy Housewives.

> Precisa-se de atrizes por telefone. Exige-se excelente voz e boas maneiras. Desinibição. Desejável experiência com aconselhamento. Discrição. Maiores detalhes em Happyhousewives.com ou clique aqui.

— Mãe?

Loreen deu um salto.

— Merda! — Ela se esquecera de que Jacob estava acordado. Estava tão concentrada no anúncio que nem o ouviu se aproximar.

— Eu ouvi isso!

Ela fez uma careta e fechou a janela do computador em que trabalhava.

— Eu sei. Eu não devia ter falado isso. Você me assustou.

— Então eu posso falar quando ficar assustado.

Ela olhou nos olhos do filho.

— *Não foi* o que eu quis dizer. E, de qualquer modo, não, você não pode.

Jacob deu de ombros.

— Você também não devia.

— Eu sei. Não devia. Desculpe.

— Papai ligou.

— Ligou, *é?* — Ela olhou o relógio. Passava um pouco das dez. — Quando?

— Agora mesmo. Não ouviu o telefone?

Ela estava realmente *desligada.*

— Não, não ouvi. Está tudo bem?

— Acho que sim. Ele só pediu para você ligar de volta.

— Tudo bem.

— Posso ver mais um pouco de TV?

— Não.

— Ah, *por favor.*

— Já passou da hora de dormir.

— Mas amanhã não tem aula!

— Não tem? — Loreen clicou no calendário do computador. Dia dos Professores, não há aula. — Ah, sim. Bom, então, acho que pode. Por meia hora. Não mais do que isso, entendeu?

— Tudo bem, tudo bem. — Jacob só tinha 9 anos, mas já aperfeiçoara a arte da carranca masculina.

Loreen tentou não rir enquanto ele saía arrastando os pés, idêntico a uma versão em miniatura do pai. Ver isso lhe causou uma estranha combinação de orgulho e melancolia.

E então ela se preparou para ligar para Robert – ultimamente nunca sabia se uma conversa com ele ia ser tensa devido à recente separação ou agradável porque os dois se lembrariam de como tinha sido estar apaixonados.

Ela tentou não pensar muito nisso, porque a mágoa não redimia em nada a tristeza.

– Eu estava pensando se você se importaria que eu pegasse Jacob esta noite – disse Robert, e de novo Loreen se admirou em como era triste que eles tivessem de se falar desse jeito formal. Será que um dia ela se acostumaria com isso?

– Não sei – disse ela. – Está meio tarde.

– Mas amanhã não tem aula, tem?

Meu Deus, Jacob *acabara* de lembrá-la disso!

– É verdade, mas, como eu disse, está tarde. Por que quer pegá-lo esta noite?

– Há uma chuva de meteoros. Com toda a chuva que caiu de tarde, não achei que o tempo fosse clarear, mas clareou, e eu gostaria de levá-lo ao Little Bennett Park para ver.

– Parece ótimo – disse Loreen, desejando que ela, pelo menos de vez em quando, pensasse nesse tipo de coisa. Como poderia recusar? – É claro que não me importo.

Eles desligaram e Loreen subiu para dizer a Jacob para preparar a mochila. Ele ficou empolgado com a ideia de sair numa aventura dessas no meio da noite.

Graças a Deus Robert sempre pensava nessas coisas. Se alguém era a June Cleaver de sua família desmembrada, era ele. Robert é que havia descoberto os eventos de Halloween – como o Festival Sea Witch, em Rehoboth Beach, no ano anterior; e ele que tinha levado Jacob aos concertos de Natal e espetáculos de luz, como os do Templo Mórmon, em Kensington.

Sim, Loreen mantinha Jacob limpo, alimentado e saudável, mas havia muitas ocasiões em que ela pensava que podia, e devia, fazer mais. Em seus piores dias, em geral pouco antes da menstruação, Loreen achava que era um fracasso com o filho desde que se tornara uma mãe solteira, porque agora nem sempre era capaz de ser a mãe que o levava para colher morangos, entalhar abóboras, cantar músicas natalinas e assim por diante.

Mas ela ficava tão ocupada o tempo todo, com seu trabalho como corretora e na Associação de Pais e Mestres, que raras vezes tinha um momento livre para fazer alguma coisa puramente recreativa.

Mesmo que fosse com seu filho.

Mas isso precisava mudar, decidiu ela.

Depois daquela noite, mudaria. A noite não ia lhe dar nenhum prêmio de Mãe do Ano. Enquanto Robert estava levando Jacob para atividades saudáveis e educativas, ela ficaria em casa fazendo sexo por telefone para ganhar dinheiro a fim de pagar pelo garoto de programa e a dívida de apostas.

Mas, na verdade, se esta coisa de disque-sexo desse certo, como Tiffany pensava, talvez Loreen *fosse mesmo* capaz de relaxar o bastante para fazer com o filho aquelas coisas que agora pareciam um luxo. Ela não estava querendo se justificar; a empresa Happy Housewives era um meio para se chegar a um fim e, desde que não prejudicasse ninguém, qual era o problema?

Robert pegou Jacob vinte minutos depois de eles se falarem, e Loreen os viu caminhar até o carro esporte de Robert com uma sensação de perda e desejo que ela não conseguia compreender bem.

Por que andava tão melancólica ultimamente? Tudo lhe dava vontade de chorar. A vida era um grande comercial de discagem interurbana, com um momento piegas depois do outro.

Ainda bem que Loreen tinha com o que se manter ocupada à noite.

Passou as duas horas e meia seguintes unindo imagens de estrelas de cinema e modelos, com o cuidado de não usar muito de ninguém para que fosse reconhecível e portanto passível de processo. Ela queria ter um bom estoque de personagens para a Happy Housewives, mesmo que elas ainda não fossem realmente tantas. Um dia seriam, ela esperava. Quanto mais cedo suas chamadas a mais parassem de ir para a central, melhor para elas, que ganhariam mais dinheiro.

Loreen não tinha certeza de quantos homens ligariam durante um determinado período de tempo, mas Sandra havia alertado de que havia todo tipo de gente entre os clientes: do homem de família que ligava do armário de vassouras às 2h da manhã ao ocioso sentado diante de *A Roda da Fortuna*, pagando suas ligações com o cheque do seguro-desemprego.

No entanto, Loreen tinha de ficar satisfeita com todos eles, porque cada um ajudava a pagar sua dívida.

Sim, era muito pouco ortodoxo. E não, ela nunca foi do tipo de falar obscenidades na cama – nem fora dela –, e assim isto não lhe vinha com muita naturalidade. Lorren tinha medo de entrar em pânico no meio de uma chamada e desligar, angariando uma reputação ruim para a Happy Housewives e estragando tudo.

Será que ela conseguiria?

De repente sentiu falta de Robert.

Sentia falta da vida familiar que teria tido com Jacob e Robert. Talvez *eles* tivessem ficado em casa vendo TV juntos, ou jogando Uno. Talvez ela e Robert tivessem lido uma história para Jacob, colocado o filho na cama e descido para tomar uma taça de vinho e relaxar juntos. Talvez ela tivesse a paz e a segurança de que sentia tanta falta de repente.

Mas isso não era verdade. As coisas não tinham dado certo com Robert. Ela não pôde dar o que ele precisava. Estava sozinha de novo. Uma mãe solteira.

E agora tomaria medidas — medidas ótimas e decididas — para ser a melhor mãe possível.

Alguma coisa estava acontecendo com Tiffany Dreyer, Abbey Walsh e Loreen Murphy. Deb Leventer tinha certeza.

Primeiro, houve uma ausência peculiar de euforia depois do concurso de bandas, embora a Tuckerman tivesse ficado em terceiro lugar. Se Deb fosse presidente da APM — como *devia* ser — teria organizado uma grande comemoração, talvez arrumando uma faixa, e *certamente* teria mandado instalar um display para exibir o troféu no saguão de entrada. Sim, isso teria custado algum dinheiro, mas era a primeira vez que Poppy, isto é, os alunos da escola ganhavam alguma coisa, e eles mereciam reconhecimento.

Ela pensava nisso ao entrar na escola, após ter sido chamada porque Poppy não estava se sentindo bem. Ali, junto à porta, era o espaço perfeito para a prateleira do troféu, mas em vez disso eles tinham aquele grande quadro de honra em papel cartão em que figuravam as crianças que nunca venceram nada legitimamente e precisavam ter um afago na cabeça. Um armário iluminado seria *perfeito* ali e, se quisessem algo mais do que o troféu da banda, não havia motivos para Poppy não emprestar a eles seus troféus de participação em tênis. Pelo menos até que eles ganhassem outra coisa.

Afinal, ela *era* uma aluna da escola.

A APM já devia ter pensado em tudo isso, criado incentivos semelhantes para as crianças. As dirigentes atuais da APM sempre pareciam ocupadas batendo papo ao telefone em vez de prestar atenção às *questões da escola*. Na realidade, ela percebeu que todas as três, em várias ocasiões, tagarelavam ao celular enquanto esperavam para pegar os filhos. Com quem ficavam falando? Uma com a outra?

Deb tinha certeza de que elas estavam tramando o golpe da eleição do ano seguinte. Na verdade, deviam estar trapaceando, porque essa era a única explicação em que Deb podia pensar para a derrota frustrante que tinha sofrido na eleição anterior.

O que ela não daria para ouvir uma *daquelas* conversas.

Deb viu então Loreen Murphy. O que ela estava fazendo na secretaria da escola? Seu filho pestinha sem dúvida tinha se metido em alguma encrenca. De novo.

— Sra. Leventer — Sally Tader, secretária da escola, chamou enquanto Deb passava.

— Olá, Sally. Não tenho tempo para conversar, tenho que pegar Poppy na enfermaria.

— Poppy não está na enfermaria. Está na sala da diretora — disse Sally, indicando que Deb devia entrar e esperar na cadeira ao lado de Loreen Murphy.

Isso não fazia sentido.

— Por que ela está na sala da Dra. Steckman? — perguntou Deb. Ela lançou um olhar enviesado a Loreen. — Alguém fez alguma coisa com ela?

A campainha na mesa de Sally tocou e ela disse:

— A Dra. Steckman pode explicar tudo. Podem entrar. — Ela olhou para Loreen com o que pareceu a Deb solidariedade. — A Dra. Steckman explicará tudo.

É claro que o bruto do Jacob Murphy tinha feito alguma coisa com sua Poppy, e ela não teria medo de tomar medidas legais, se fossem necessárias.

Elas entraram na sala da Dra. Steckman, onde Poppy e Jacob já estavam sentados, as mãos cruzadas no colo, parecendo envergonhados, enquanto a diretora conduzia as mães para dentro.

Jacob estava com o olho roxo.

Que bom. Poppy tinha se defendido. Deb ficou feliz ao ver isso.

— Jacob, o que aconteceu? — Loreen correu para o filho e colocou suas mãos em concha no rosto dele. — Meu Deus, está horrível! Está doendo?

Ele lançou um olhar hostil a Poppy, depois disse:

— Não.

— Parece que Poppy tentou beijar Jacob durante o intervalo — começou a Dra. Steckman, dando uma risadinha como se fosse perfeitamente normal. — E, pelo que entendi, Jacob não queria, e então as coisas ficaram meio feias, como podem ver.

A cara de Jacob ficou vermelha feito uma beterraba.

— Ele a atacou? — perguntou Deb, incrédula.

A Dra. Steckman e Loreen olharam para Deb como se não entendessem o que ela perguntava.

— *Jacob* é quem está com o olho roxo — disse Loreen incisivamente.

— Só porque Poppy fez bem em se defender — disse Deb. — Não é verdade, Pops? — Ela esperava ter razão. Porque nada disso se configurava de uma maneira que fizesse sentido para ela. Em particular o fato de que Poppy não se defendia.

— Ele estava sendo um idiota — disse Poppy.

— Não estava, não! — grunhiu Jacob. — Você simplesmente não me deixava *em paz*. Eu *odeio* isso! Me deixe em paz!

Deb teve dificuldades para não revirar os olhos.

— Claramente este menino é muito hostil com a minha filha — observou ela à Dra. Steckman.

— Deb Leventer, você está tentando incriminar meu filho por uma coisa que ele não fez — rebateu Loreen, meio fora de si. — Estou cansada do modo como faz isso! — Ela voltou sua atenção para a Dra. Steckman. — Há mais alguma coisa que precisemos discutir aqui, ou posso levar meu filho para casa?

— Acho que já abordamos tudo.

— Ótimo. — Loreen se levantou apressadamente e chamou o filho para ir com ela.

Deb os observou sair, depois se voltou para a Dra. Steckman.

— É preciso ficar de olho nesse aí — disse ela, colocando o braço em volta da filha, como se esse gesto pudesse protegê-la de todos os Jacobs Murphys que o mundo colocasse em seu caminho. — Espero que vá fazer isso.

A Dra. Steckman, surpreendentemente, não pareceu tão solidária.

— Vamos ficar de olho nos dois — disse ela, depois voltou sua atenção para Poppy. — E não quero você batendo em mais ninguém, jovenzinha, entendeu o que eu disse?

Poppy baixou a cabeça.

— Sim.

— Sim, senhora — corrigiu Deb, enquanto ela mesma já pensaria no que escreveria para o superintendente de educação, queixando-se da incompetência da Dra. Steckman.

Imagine! Culpar uma garotinha por tentar se defender! Que tipo de mensagem esta mulher estava passando?

Enquanto pegava Poppy e saía da sala, Deb pensou em como a atitude da Dra. Steckman podia ter sido diferente se *ela* fosse presidente da APM, como devia ser, em vez de Tiffany Dreyer.

Aí então talvez Deb *e* Poppy tivessem o respeito que mereciam.

Tiffany lavava os pratos depois do jantar, quando Charlie entrou segurando uma folha de papel.

— Mas que diabos é isso? — perguntou ele.

— Não sei. — Ela tirou o guardanapo sujo de Charlie do copo de leite. Odiava quando ele fazia isso.

— É um recibo — disse ele, e o sangue dela gelou. — De uma loja em Las Vegas chamada... — Ele olhou o papel. — Fiona Pims. — Ele a olhou com expectativa.

Agora não era a hora de dizer a ele que era *Finola* e não *Fiona*. Infelizmente, ela não sabia *que hora* seria, uma vez que não conseguia pensar no que dizer.

— Não sei — disse ela. — De quanto é?

— De 5 mil dólares — disse Charlie, sem perder nem um centímetro de sua indignação. — *Cinco mil dólares.*

— Muito bem, alguém gastou 5 mil dólares numa loja em Las Vegas. — Ela colocou um prato no lava-louças e esperou que o tremor nas mãos não fosse perceptível para ele como era para ela. — E daí?

Charlie só a olhava.

— Tiffany, não constranja a nós dois mentindo. Este é o número de seu cartão de crédito no rodapé do recibo.

Tiffany sentiu a cara ficar quente. Ele a pegara mentindo, ele sabia o que ela fizera *e* ele tinha vasculhado sua bolsa. Embora não tivesse uma *grande defesa* no momento, Tiffany decidiu tentar o único ataque que lhe restava.

— Por que andou mexendo na minha bolsa?

— Eu não estava *mexendo na sua bolsa*. Estava procurando uma caneta. E não fuja do assunto. Você gastou 5 mil em roupas. — Ele sacudiu a cabeça. — Foi exatamente por isso que separei nossas finanças.

— Por isso você fez o quê? — Ela parou no meio da lavagem e baixou o prato. — Como assim? — Ela fechou a torneira.

— Tirei meu nome deste cartão e tirei o seu nome do meu. Aliás, não use mais o cartão do Bank of America.

Isso era inacreditável.

— Você andou mudando nossos cartões sem me dizer nada?

Ele deu de ombros.

— Foi só uma manobra de negócios — disse ele, evasivamente —, para minhas contas de despesas e coisas assim. Mas agora sei que fui feliz nisso.

Tiffany não ia engolir aquele absurdo de "manobra de negócios".

— A empresa dá o cartão de crédito para as suas despesas.

Charlie a olhou com dureza.

— Está questionando meus negócios?

— Não, eu...

— Vamos nos prender ao que interessa. Esta é uma dívida imensa, e não me agrada a ideia de que possa sair da minha ren-

* 175 *

da, do meu trabalho. Acho que está na hora de você arrumar um emprego de meio expediente.

Ela ficou chocada.

— Você acha?

Ele assentiu.

— Sim, eu acho.

— Entre cuidar das crianças, manter a casa limpa, fazer o jantar e cuidar de tudo, de sua roupa para lavar a seco a cozinhar para você e seus amigos, você acha que eu devia conseguir um emprego? — Não importava que ela já tivesse um. Ele não sabia e ela não ia deixar que descobrisse. A relação dos dois não estava nada bem, e Tiffany não queria que ele tivesse mais munição contra ela.

Ele assentiu, e quem fosse de fora podia ter pensado que parecia paciente. Ela sabia que, na verdade, ele parecia condescendente.

— Acho que é o melhor. Além disso, abri outra conta bancária e você precisa assinar o cancelamento da conta conjunta que estávamos usando.

— *Como é?*

— Ainda vamos pagar as nossas despesas com essa conta — disse ele, como se a tranquilizasse. — Nada vai mudar. Só quero desvincular nossos passivos. — Ele sorriu, mas não parecia nem um pouco caloroso. — Não se preocupe, no que diz respeito à administração da casa, nada vai mudar. — Enquanto ele se virava para sair, acrescentou: — Como eu disse, são só negócios.

Ah, tá. Negócios uma ova. Charlie estava se preparando para deixá-la, Tiffany percebeu com muita clareza. E ele achava que ela era idiota demais para entender isso. Ele pensava que podia ludibriá-la com esse papo de contas de despesas e passivos.

Todo seu corpo tremia de tanta raiva e dor que estava sentindo. Isso era surreal. E no entanto, ao mesmo tempo, parecia inevitável. Em algum lugar lá dentro ela sabia que seu casamento não estava bem. Só não sabia o que doía mais: o fato de que o homem com quem tinha passado tantos anos, e com quem havia tido dois filhos, queria abandoná-la e aparentemente estava disposto a deixá-la na miséria; ou o fato de que depois de todo esse tempo ele claramente não a conhecesse nem um pouco.

Ela se sentou à mesa da cozinha, tamborilou com os dedos por um minuto, depois se levantou. Onde devia ir? O que devia fazer? Ela precisava de um drinque. O melhor era começar pelo princípio.

Ela abriu o freezer e pegou a garrafa azul e congelada de vodca Skyy. Depois pegou um copo e serviu a vodca. O primeiro gole que tomou queimou sua garganta e a boca do estômago. Que bom. Talvez isso queimasse todos os vestígios de Charlie dentro dela.

O segundo gole desceu mais fácil.

O terceiro a fez pegar o telefone e discar um número que ela já sabia de cor, embora raras vezes o usasse.

— Oi, sou eu. Você pode... Hummm... Dar um pulinho aqui? Estou numa espécie de emergência. Não, não, todo mundo está bem, é só que... — De repente as lágrimas encheram os olhos dela e a voz falhou. — Eu preciso conversar.

Capítulo 13

— Então — disse Sandra, depois de tomar uma dose de vodca por insistência de Tiffany e mordiscar o queijo e os biscoitos que a irmã tinha servido. — Você me falou que Kate detesta as aulas de balé, que Andy quer uma bicicleta, que sua vizinha está matando as azaleias com fertilizante demais... — Ela olhou a irmã, de testa franzida. — É realmente sobre isso que queria conversar?

Tiffany cortou um grande naco de Brie — o que não era nada comum que fizesse — e o colocou na boca.

— Hummmm. — Ela deu de ombros, depois engoliu. — É só que faz algum tempo que não colocamos a vida em dia.

— Tudo bem. — Sandra não engoliu essa. — E o que de fato está acontecendo?

— Como assim?

— Mamãe ou papai estão doentes ou coisa parecida? — Mas isso não fazia sentido. Eles provavelmente teriam contado a Sandra primeiro, sabendo que ela podia lidar com isso melhor do que Tiffany. — Diga logo o que é.

— A mamãe e o papai estão bem — disse Tiffany, depois ficou insegura. — Por quê, *você* sabe de alguma coisa?

— Tiffany! — disse Sandra, exasperada. — Você me ligou dando a impressão de que o mundo estava para acabar, me pediu para vir aqui correndo e até agora tomou três doses de vodca, comeu mais gordura do que já a vi consumir de uma só vez e não me disse absolutamente nada de importante. *O que está havendo?*

— Charlie está tendo um caso.

Sandra abriu a boca para falar, depois a cobriu com a mão. Será que Tiffany realmente tinha dito isso?

— Tem certeza?

Tiffany assentiu solenemente.

— E ele é um babaca. — Lágrimas tomaram seus olhos e rolaram pelo rosto, rápidas e furiosas. — Não sei bem o que é pior.

— As duas coisas andam de mãos dadas. — Sandra sacudiu a cabeça. — Você falou com a mamãe?

— Não! — Tiffany pareceu chocada. — Não pode contar a ela. Prometa.

— Claro, tudo bem, eu prometo. Eu só pensei, sabe como é, que ela podia ter uma sugestão.

— A mamãe vai contar ao papai, e ele *mataria* Charlie primeiro e perguntaria depois.

— É verdade. — Sandra não sabia o que fazer. Tiffany lhe confiara a novidade mais importante de sua vida, mas ela estava totalmente despreparada para lidar com isso. Podia ser a primeira vez que alguém contava plenamente com Sandra. E ela precisava fazer a coisa certa. Mesmo que a coisa certa fosse primeiro se certificar de que o babaca do Charlie não estava levando a culpa por alguma coisa que não tinha feito. — Agora, recapitulando. Conte tudo o que você sabe. Assim podemos pensar no que vamos fazer.

Então Tiffany falou. Contou a Sandra sobre a ligação de Cleveland, que parecia muito mais uma ligação das ilhas do Caribe, contou sobre as noites de atraso e as explicações fajutas e contou sobre a ideia dele de dividir as contas.

— Isso sem dúvida dá a impressão de que ele está aprontando *alguma* — disse Sandra quando Tiffany terminou.

— Eu sei — concordou Tiffany. Ela agora estava pensativa, e não infeliz, como de início. — Tenho certeza que ele está aprontando. Acho que eu sabia antes mesmo de ele me dar todas as provas.

— E o que vai fazer agora? — perguntou Sandra com cautela. Era a primeira vez em que não invejava a vida de Tiffany. Não que ela um dia tivesse cobiçado uma vida com Charlie, longe disso, mas parecia, de fora, que Tiffany era feliz e segura.

Sandra devia ter prestado mais atenção.

— Não sei bem. — Tiffany suspirou. — Sei que não posso ficar com ele. Só não estou certa sobre o que devo fazer. A gente sempre ouve histórias de mulheres que ficaram totalmente ferradas nos divórcios e não quero ser uma delas.

— Então primeiro cubra suas bases financeiras — disse Sandra. — Veja seu histórico de crédito e certifique-se de que ele não tenha colocado seu nome em nada que possa metê-la em problemas. Imóveis, cartões de crédito que você não saiba que existam e assim por diante.

Tiffany ficou grata.

— Boa ideia.

— E tire seu nome de tudo o que puder que tenha o nome dos dois.

Tiffany assentiu.

— Exceto a casa. Isso pode ser complicado.

— Se ficar complicado, contrate um advogado.

Tiffany respirou longamente.

— Não quero que ele perceba que sei de alguma coisa até que eu tenha tudo organizado.

— Bem pensado.

— Vai ser difícil. Tenho medo de que ele veja isso na minha cara.

Sandra balançou a cabeça.

— Ultimamente você anda adquirindo alguma prática em atuar — disse ela com um sorriso. — Só... finja.

Ouviram então o barulho da porta da garagem, e Tiffany disse:

— Ele chegou! — Depois, numa voz despreocupada: — Adorei esses sapatos que está usando!

— Engraçado ter falado nisso — disse Sandra. — Cadê a minha bolsa? — Ela pegou uma bolsa hobo imensa e dela tirou um par de sapatilhas de cetim preto, com solado de couro e palmilha. — São para você. Você sempre disse que não pode usar saltos sem ficar mais alta do que Charlie, então pensei que estas seriam perfeitas. São os modelos Bowen de Carfagni. Tamanho 40.

Tiffany pegou os sapatos.

— Caramba, eles são tão descolados. Como uma coisa que Audrey Hepburn usaria. — Ela tirou os sapatos que estava usando e calçou os novos.

Sandra assentiu.

— E também combinam com quase tudo.

Tiffany deu alguns passos.

— Confortáveis.

— Eu ainda vou converter você à causa. — Sandra sorriu.

— Que causa? — perguntou uma voz grosseira.

Sandra percebeu que Tiffany tinha enrijecido.

— Oi, Charlie — disse ela secamente, antes mesmo de se virar. — Como está passando?

— Ótimo — disse ele. — Ótimo.

Tiffany parecia... Era difícil explicar. Parecia que um sentimento negativo tinha subido até o rosto e ela tentava disfarçar.

— O que está fazendo aqui? Pensei que fosse trabalhar até tarde.

— Hoje tem jogo. Alguns amigos vêm assistir aqui. Prepare uns hambúrgueres, está bem? Dos pequenos?

Andy, que estava brincando em silêncio com seus blocos, levantou-se e andou com seus passinhos vacilantes até Charlie, dizendo "Papá!"

Charlie lhe fez um afago desdenhoso na cabeça.

— Oi, garoto.

— São mini — disse Tiffany, pegando a criança. — Não posso, Charlie. Eu também estou recebendo uma visita.

Ele mal olhou para Sandra.

— É só a sua irmã.

Meu Deus, Sandra queria dar um tabefe naquela cara presunçosa de olhar condescendente.

Mas ela e Tiffany foram criadas para ser educadas.

Daí a resposta de Tiffany.

— Não, vou receber outras pessoas. Talvez eu possa pedir uma pizza ou coisa assim para você e os rapazes. — Andy brincava com o cabelo de Tiffany, puxando, mas ela continuava a falar com Charlie, trabalhar na cozinha *e* segurar o filho sem cometer um erro que fosse.

Será que Charlie sabia que era casado com uma supermulher? Ou não valorizava nada daquilo?

— Bah. — Ele espantou a ideia com a mão. — Tenha dó, garota. Aqueles hambúrgueres não demoram tanto. E desde quando você recebe gente aqui?

O olhar de Tiffany flutuou para Sandra, que de imediato pegou a deixa para deixá-los a sós.

— Sabe de uma coisa, Tif, a gente podia ir para a minha casa, assim Charlie pode curtir o jogo.

— Isso sim é raciocinar. — Charlie apontou para Sandra como se ela fosse a esposa modelo. — Você e suas amigas podem sair daqui depois de você preparar os hambúrgueres.

— Se me derem licença por um minuto, vou tomar um pouco de ar fresco. — Sandra pegou Andy dos braços de Tiffany, olhou a irmã com um ar de quem queria dizer *mande-o para o inferno* e carregou o menino, pensando em como aquela besteirada de Charlie não girava em torno de hambúrgueres, mas de poder.

Ela odiava ver Tiffany se curvar a isso.

Deixando as vozes elevadas de Tiffany e Charlie para trás, ela saiu e colocou Andy no chão.

— Veja se consegue encontrar um dente-de-leão — disse ela ao menino. — Está vendo um? Uma florzinha amarela?

— Dentileão! — Andy correu pelo quintal, procurando plantinhas na luz do crepúsculo.

Sandra, olhando o sobrinho, abriu o celular. Tinha o número de Loreen, mas não o de Abbey, então ligou para Loreen.

— Está a caminho da casa de Tiffany?

— Estou a algumas quadras — disse Loreen. — Por quê?

— Charlie apareceu e ele está sendo... — Ela engoliu um monte de palavrões. — Difícil.

Andy correu para ela e lhe entregou um dente-de-leão, depois disse:

— Eu pego mais!

Loreen hesitou, depois disse:

— Difícil? Isso é um código para *Charlie está sendo um babaca*, não é?

Sandra procurou se conter. Havia uma linha tênue entre trair a família e tentar ajudar conversando com a amiga mais íntima de Tiffany.

— Você já o viu assim?

Loreen soltou uma risada seca e sem humor.

— Toda vez que eu o vejo. Ele trata Tiffany como lixo. Não sei por que ela suporta isso.

Nem Sandra sabia.

No colégio, Tiffany era a garota mais bonita. Havia muitos, *muitos* rapazes ricos e atraentes atrás dela. E isso continuou na faculdade. Filhos de senadores e jogadores de futebol americano, que seriam eles mesmos senadores e jogadores de futebol americano — todos competiam pela atenção dela.

Sandra não conseguia entender como Tiffany tinha acabado com um cara dominador como Charlie.

— Nem eu. — Sandra soltou um suspiro pesado. — E odeio isso.

— Eu também.

— Precisamos ir a outro lugar. Podemos ir ao meu apartamento, mas fica em Adams Morgan, e sei que você está com Jacob e ele precisa dormir. Prefere que seja na sua casa?

— Claro. Sem dúvida. Eu não me importaria nem um pouco. Já falou com Abbey?

Andy voltou, sem fôlego, com outro dente-de-leão.

— Não, não tenho o número dela. Eu esperava que você pudesse... — Sandra parou quando um sedã de cor clara encostou na frente da casa. — Deixa pra lá, acho que ela chegou. Olha, vou mandá-la para a sua casa, e Tiffany e eu logo chegaremos lá, está bem?

— Ótimo — disse Loreen com firmeza. — Vejo vocês daqui a pouco.

Sandra desligou o telefone e andou até o carro de Abbey, de olho em Andy o tempo todo.

Abbey abriu a janela enquanto ela se aproximava, como se já estivesse preparada para problemas.

— O que foi? — perguntou Abbey.

— O marido de Tiffany chegou em casa inesperadamente.

— E ele não quer um bando de mulheres na casa, não é? — Abbey riu.

— Você o conhece.

— Sim, mas mais do que isso, conheço o tipo dele. Muito bem. Então essa reunião está cancelada ou vai acontecer em outro lugar?

— Na casa de Loreen.

— Éééé! — Ouviu-se um grito de criança do banco traseiro de Abbey. — Jacob tem os Transformers *mais legais do mundo*.

Abbey olhou para trás e depois sorriu para Sandra.

— É difícil questionar isso. Loreen já está lá?

— A essa altura, é provável.

— Tudo bem. — Abbey engrenou o carro. — Tire Tiffany daí e nos vemos lá.

Sandra a olhou se afastar e pensou durante um tempo sobre Abbey e Loreen terem entendido rapidamente a mudança de planos sem precisarem de explicações canhestras.

Sandra pegou Andy e voltou à casa para dizer a Tiffany que seus planos tinham mudado e elas iam para a casa de Loreen.

Encontrou-a junto ao fogão, fritando hambúrgueres pequenos e quadrados. Na bancada havia um prato de pão fatiado, com uma tigela de cebola cortada em pequenos pedaços, uma tigela de condimentos, e frascos de ketchup, mostarda e maionese.

Exatamente como Charlie queria, Sandra não tinha dúvidas.

— E a guerra do hambúrguer teve um vencedor – disse Sandra, sentando-se em uma banqueta junto à bancada.

— É mais fácil do que discutir – disse Tiffany. Mas sua cara tinha perdido parte do brilho. Ela parecia estressada.

E, pela primeira vez, Sandra percebeu que ela parecia mais velha.

— Não tem que fazer isso, sabia? – disse Sandra. – Pode parar agora, sair e pedir uma pizza no caminho. Isso pode mandar um sinal poderoso.

Tiffany virou os hambúrgueres na frigideira.

— Só vai levar mais alguns minutos.

— Por que você é tão intimidada por ele? – perguntou Sandra em voz baixa.

— Não sou. – Tiffany olhou Sandra nos olhos. – Só é mais fácil do que discutir.

— Por quê?

— Porque se eu discutir, sempre há uma espécie de desforra, e não estou com humor para isso hoje.

Um arrepio frio percorreu Sandra.

— Que tipo de desforra?

— Silêncios de pedra, grosseria com as crianças. Coisas desagradáveis, grandes e impossíveis de ignorar. Sabe como é, não importa o quanto sua casa seja grande, o temperamento mais forte *sempre* vence. E se eu o irritar — ela tirou o plástico das fatias de queijo — isso vai deixá-lo com um humor terrível. — Ela terminou o que estava fazendo e olhou para Sandra. — E eu simplesmente não quero ter que lidar com isso.

— Entendi. — Estava claro que Tiffany sabia que estava vivendo com um imbecil. Sandra concluiu que agora não tinha sentido martelar com ela sobre a injustiça disso. — Há alguma coisa que eu possa fazer para ajudar?

— Não. — Tiffany sorriu, depois pegou Andy, que tinha vindo puxar sua blusa. Ela deu-lhe um beijo no rosto e disse a Sandra:
— Mas significa muito que tenha perguntado.

Dois dias depois, já quase preparada para passar o resto da vida sozinha no sofá tomando sorvete Ben & Jerry's, Sandra teve outro encontro às escuras. Um homem que ela examinou com a maior atenção possível procurando por sinais de autoritarismo ou dominação, como Charlie. Era difícil dizer por um perfil online, mas ela pelo menos estava atenta a isso.

Pelo que ela sabia, Zach era um macho beta normal, mais sensível do que mandão.

Enquanto dirigia até o restaurante, Sandra se perguntou se era uma má ideia marcar encontros às escuras na hora do jantar já que se sentia tão constrangida por seu excesso de peso. Talvez fosse melhor esperar alguns meses, até que ela emagrecesse um pouco, e *depois* então se dedicar à árdua tarefa de se apresentar ao pequeno mundo de homens disponíveis em Washington.

No momento, só o fato de ter um encontro num restaurante a fazia se sentir envergonhada e na defensiva.

O ponto de terapia auricular – que devia ficar marcado para evitar que comesse demais – não estava fazendo bem nenhum, e o problema com os tabletes homeopáticos para reprimir o apetite, além do fato de que não surtiam efeito, era que tinham um gosto bom.

Fazer dieta a estava deixando maluca, mas não a deixava mais magra.

Mas se ela ia a um encontro, quais eram os outros lugares possíveis? Um boliche? O carrossel do Glen Echo Park? O mercado de Tenley Circle, na frente do queijo processado ou do óleo de motor?

Os restaurantes eram a melhor opção. Eram neutros, públicos e estavam em toda parte.

Além disso, se um homem fosse julgá-la desse jeito, ela estaria melhor sem ele, não é? O que significava que, na verdade, estava melhor sem o monte de rapazes e homens que – em toda sua vida – desprezaram-na por causa de sua aparência.

Aqueles que não a menosprezavam por causa da aparência queriam ser amigos dela.

Já estava ficando batido. Muito, muito batido.

E Sandra não estava ficando mais nova.

Ela foi à Sephora do Montgomery Mall antes da hora marcada, na esperança de conseguir algum creme ou delineador milagroso ou *qualquer coisa* que a deixasse incrivelmente bonita. Ou pelo menos razoavelmente atraente, pois nem essa modesta meta ela parecia estar atingindo.

— Posso ajudar? — Uma garota muito magra, vestida de preto e com uns 19 anos, perguntou quando ela vagava pelo corredor da Stila, admirando-se com os nomes e descrições dos produtos.

— Na verdade — disse ela —, ainda não encontrei nada. Estou procurando por... um produto extraordinário. Algo que talvez ganhe um daqueles prêmios *Allure*. Vocês têm algum produto desse tipo aqui?

A essa altura outra funcionária passou pela conversa e pareceu tão interessada no desafio quanto a primeira.

— Que tal Bad Gal Lash? — disse a número dois (cujo crachá a identificava como Belinda) à número um (cujo crachá dizia Estelle).

— Não preciso de mais rímel — disse Sandra. — Tenho meu Maybelline Great Lash, e ninguém pode me convencer que exista algo melhor. Não, estou precisando é de algum corretor, base ou outra coisa milagrosa.

— Já experimentou Smashbox Photo Finish? — perguntou Estelle. — É só um creme para base ou blush, mas preenche linhas finas e poros grandes. — Ela semicerrou os olhos e examinou mais de perto a pele de Sandra. — Devia experimentar.

O exame físico era, claramente, a kriptonita de Sandra.

— Tem alguma amostra?

Estas pareciam palavras mágicas para Estelle. Ela disse:

— Vá para uma das cadeiras nos fundos. Chegarei lá logo. — E partiu à procura de cada produto milagroso que pudesse vender para a pobre mulher.

E essa pobre mulher queria tanto uma transformação que se dispôs a se atrasar para seu encontro com a promessa de que podia causar um impacto positivo ao conhecer o rapaz.

Uma hora depois, Sandra precisava admitir, ela *parecia*... bom, se não *estonteante*, pelo menos atraente. Estelle e Belinda trabalharam nela, delineando isso, destacando aquilo, até que Sandra mal se reconhecia no pequeno espelho de mão que elas providenciaram.

Ela gostou muito.

É claro que saiu da loja com mais de 200 dólares em novos produtos, que ela podia ou não ser capaz de usar efetivamente em casa. Se continuasse gastando desse jeito, ela mesma ia ter de voltar a ser operadora de disque-sexo, só para suplementar sua renda.

Sandra dirigiu pela Wisconsin Avenue, procurando pelo endereço que seu paquera lhe dera de "uma pizzaria pequena e legal em Bethesda". Ela gostava de um cara que não tinha medo de sugerir pizza para o primeiro encontro em vez de alguma coisa pretensiosa, e estava se sentindo otimista em relação a New2This, também conhecido como Zach Roisin. Além disso, ele não tinha interesse em ventriloquia, mágica nem nenhuma outra arte performática. Sandra tinha sondado essas coisas primeiro. Sutilmente, ela esperava.

Se não fosse o caso, ele devia estar achando que ela "odiava bonecos".

O que, pensando bem, podia dar um bom nome de usuária para ela no Match.com. Assim ela *não teria* de fazer perguntas sobre bonecos, e seria óbvio para os ventríloquos que **deveriam** manter distância.

Ela nem acreditava que estava pensando nisso.

Lorna Rafferty, sua amiga, sócia e a maior viciada em sapatos, ligou quando ela estava parando num sinal.

Depois de um papo de alguns minutos sobre uma cadeia de lojas na Califórnia que ia comprar a linha de outono Carfagni, Lorna perguntou para onde Sandra estava indo.

Sandra contou sobre o encontro online e sua relutância em tentar de novo depois do ventríloquo, e disse que estava indo para uma pizzaria.

— Se eles podem pagar por um aluguel em Bethesda, a comida deve ser decente — disse ela.

— É verdade — Lorna concordou. — Qual é o nome?

— Na verdade, acredite ou não, ele não disse. Ou, se disse, não me lembro. Mas tenho o endereço e é um lugar italiano, então deve ser bom.

— Quer que eu te ligue daqui a uma meia hora para te dar uma desculpa se o encontro for uma droga? — perguntou Lorna.

Sandra pensou nisso por um segundo antes de dizer:

— Não, com a minha sorte, ele vai ouvir o que você disser e saber que estou fingindo. Ou que eu armei a ligação antes. De qualquer forma, não acho que seja boa ideia.

— Tudo bem, mas estou à disposição, se precisar de mim. Só estou sentada aqui olhando a baía de São Francisco, tomando um mojito.

— Metida!

— Você podia ter vindo comigo. Vou para o Novo México e o Arizona daqui a algumas semanas. Por que você não vem?

Era tentador. Se Sandra não odiasse tanto aviões.

— Talvez.

Lorna riu.

— Sei o que quer dizer esse *talvez*. Vamos, será divertido. Diga ao acupunturista para colocar na sua orelha uma coisinha para medo de voar.

Sandra não tinha certeza se era bom ou ruim que a amiga a conhecesse tão bem.

— Vou pensar no assunto. — Ela parou num sinal. — Agora estou no bairro, então é melhor começar a prestar atenção. Deseje-me sorte.

— Boa sorte! E escute, dê uma chance de verdade ao cara. Eles não podem ser *todos* malucos.

— Meu Deus, espero que não. — Ela desligou e olhou o relógio no painel. Estava dez minutos adiantada. Isso lhe daria tempo suficiente para estacionar. Por sorte, ela encontrou uma vaga na frente de uma loja de câmeras na mesma quadra, então encostou, olhou uma última vez a maquiagem e saiu do carro.

Ela andou pelo quarteirão, procurando pelo restaurante. Havia um shopping, ancorado por um Chuck E. Cheese de um lado e um TCBY do outro, mas nenhuma das lojas de rua tinha número. Parecia que ela realmente devia ter pegado o nome do lugar, afinal. O que ela estava *pensando*?

Ela andou na frente do shopping uma vez; depois, quando nada lhe pareceu nem remotamente italiano, percorreu o trecho de novo. Iogurte, material de escritório, loja de molduras, drogaria, loja de brinquedos, Chuck E. Chesse. Nada de restaurante italiano.

Ela ficou desnorteada.

— Sandra?

Ouvindo seu nome, ela se virou e viu um cara baixo — bom, da altura dela —, de cabelo louro fino e aparelho nos dentes. Isto, em si, não era problema, mas ele era tão magro que ela imaginou que devia comprar roupas no departamento infantil, então se sentiu imensa ao lado dele.

— S... Sim?

— Zach Roisin. — Ele estendeu a mão.

— Ah. É um prazer conhecê-lo também, Zach. — Ela apertou a mão dele.

Suas mãos se separaram e Zach disse:

— E então?

— Então... — O quê? — Desculpe se estou atrasada. — E ela *estava* atrasada? — Mas eu não anotei o nome do restaurante. Na verdade, ainda bem que você apareceu, porque não sei o que teria feito. Estou na quadra errada?

— Não. — Ele fez um gesto grandioso para o Chuck E. Cheese.

Sandra assentiu, esperando que ele se explicasse melhor. Depois ela entendeu.

— Esse? O Chuck E. Cheese? Isso é uma *pizzaria*?

— Você sacou! — Ele pareceu emocionado consigo mesmo. — Em geral, quando eu digo às pessoas que quero me encontrar aqui, elas não acham interessante, então comecei a chamar o lugar de pizzaria. Porque eles têm mesmo a pizza mais incrível do mundo.

Espera um minutinho, o que aconteceu com o "New2this"? Ele realmente se encontrava com tanta gente aqui que tinha um sistema para mentir a fim de *atrair* as garotas para cá?

— Nunca fui ao Chuck E. Cheese — disse ela com sinceridade.

— Prepare-se. — Ele a conduziu para a porta. — Ah, a propósito, você tem moedas?

— Moedas? Dinheiro? Não. Tenho cartões de crédito. Por quê?

— Para os jogos. Mas a maioria deles aceita fichas, então você pode comprar com seus cartões de crédito. Não se preocupe.

Ah, tá. *Isso* era mesmo um alívio.

Ele abriu a porta e ela de imediato foi atingida pelo barulho. Crianças gritavam, riam e berravam com a música alta. Havia um rato animatrônico iluminado num palco, dançando e cantando, mas ninguém parecia prestar muita atenção.

— Não é demais? — perguntou Zach, entusiasmado.

— É... — Como é que se diz mesmo? — Grande. — Mas *havia*, inegavelmente, um ar festivo no lugar. Era diferente, isto era certo. E, vamos encarar a realidade, ela não estava particularmente a fim de outro jantar às escuras tranquilo e estranho.

Além disso, era bom que Zach estivesse disposto a partilhar sua criança interior com ela no primeiro encontro. Ele só queria que ficassem logo à vontade, relaxados. Isso fazia sentido. Ela gostou.

— Compre algumas fichas — disse ele, ansioso. — Vamos jogar totó. — Ele tilintou os bolsos, que evidentemente já estavam cheios de fichas. — Vou pegar uma mesa. Me encontre lá.

— Espere, não devemos usar as fichas que você tem?

— Estas são as *minhas* fichas — disse ele, depois abriu um sorriso rápido. — E têm valor de coleção, Sandy, porque logo este lugar vai trocar para cartões recarregáveis, como fizeram no Butch and Blaster's, e estas aqui vão valer alguma coisa.

— Quem são Buster e Blaster?

Ele franziu a testa por um momento.

— Você nunca foi no Butch and Blaster's? O restaurante-fliperama onde a diversão só começou?

Não. Mas ela entendeu, pelo slogan, que não queria ir.

— Ah — disse ela, como se tivesse ouvido mal. — O Butch and Blaster's! O... o *lugar*.

— É. — Ele assentiu. — Corra e compre as fichas antes que outra pessoa pegue nossa mesa.

— Tudo bem. — Ela o observou por um momento. Estava disposta a ser mente aberta com a escolha dele de lugares, mas *era* meio estranho que ele tivesse um monte de fichas que não estava disposto a dividir. Que Zach, na verdade, preferisse guardar uma mesa enquanto ela se atrapalhava com a máquina de fichas, para poder ficar com as fichas que já tinha só para ele.

O telefone de Sandra tocou enquanto ela lutava para conseguir que a máquina de fichas aceitasse seu cartão de crédito. Ela esperava que fosse Lorna, mas era Tiffany.

— Preciso de outra palavra para *pau* — disse ela sem preâmbulos.

— Como? — As moedas chocalharam no distribuidor e Sandra as pegou, segurando o telefone entre o ombro e a orelha.

— O que foi isso?

— Nada. Só uma máquina de moedas. O que estava dizendo?

— Estou cheia de todos aqueles eufemismos tipo *Cartas da Penthouse* para as partes do corpo — disse Tiffany. — Deve haver alguma coisa mais... artística.

— Bom, você pode contornar isso.

— Como?

— Sabe como é, diga coisas como "você está me deixando quente" e "estou tão molhada" e... — Ela parou. Meu Deus, ela estava no Chuck E. Cheese. Não podia falar esse tipo de coisa ali! — Você entendeu a ideia.

— É um trabalho muito complicado.

— Você consegue.

As luzes se reduziram e uma voz berrou de alto-falantes que deviam estar escondidos a cada metro das paredes.

— Ao viiiiivo em nosso incrível salão. Aqui está ele, o *mestre da diversão*, Chuck E. Cheese!

— Sandra? — perguntou Tiffany.

A cara de Sandra ardeu.

— Tenho que ir.

— Onde você está?

— Em um encontro.

— Mas onde? Eu podia jurar que ouvi...

Ela foi interrompida por uma banda invisível tocando uma variação muito alta de "When the Saints Come Marching In".

Tiffany arfou.

— *When Chuck E.'s band comes marching in!* Ah, querida, está num encontro no Chuck E. Cheese?

A humilhação de Sandra baixou em seus ombros como um xale pesado e molhado.

— *Não* conte a *ninguém*.

— Vou me esforçar ao máximo. — Tiffany ria. — Mas quero saber de tudo depois.

Sandra revirou os olhos e desligou o telefone. Ela *não* precisava que Tiffany desse um toque de estranheza a seu encontro com um cara que simplesmente — ela se lembrou do que estava se tornando seu mantra — adorava diversão o bastante para revelar sua criança interior no primeiro encontro.

Infelizmente, por acaso, a criança interior de Zach era um pirralho competitivo que precisava seriamente de disciplina. O fato de que Sandra não era boa nesse tipo de jogo só tornou as coisas mais difíceis, e Zach não tinha muita paciência para pessoas que não conseguiam acompanhá-lo na mesa de totó.

As coisas ficaram ainda piores quando o show recomeçou no palco e luzes estroboscópicas começaram a piscar.

— É só bater a bola para o meu gol! – gritou Zach. Sandra preferia pensar que ele tentava ser ouvido com toda a barulheira, e não que podia realmente estar irritado por ela não ter marcado ponto nenhum.

— Estou tentando! – Ela riu.

Ele não.

— É fácil – disse ele. – Você só bate nelas com as pernas do seu jogador. Assim. – Ele girou um de seus controles e, claro, a bola foi voando para o gol de Sandra.

Ela tentou se apressar e manobrar um dos jogadores para bloqueá-lo, mas era lenta demais.

Sandra não tinha certeza, mas pensou ter ouvido Zach soltar um *merda!* exasperado.

— Talvez a gente deva parar um pouco para comer alguma coisa – sugeriu ela, já planejando comer sem pensar nos Vigilantes do Peso. Ela se preocuparia com isso depois.

— O jogo ainda não acabou. – Zach saltou de volta, batendo na bola. – Volte para sua posição!

Ela tentou, tentou de verdade, mas não era rápida o suficiente.

E então, com um *"Tipo assim!"* alto, Zach girou o controle e mandou a bola voando para fora da mesa, batendo na maçã do rosto de Sandra.

— Aaaai! – Ela levou a mão ao rosto, que já estava pulsando, o sangue subindo para formar o que sem dúvida seria um hematoma feio, grande e preto-azulado.

— Bom, isso não devia acontecer – disse Zach, como se a mesa tivesse criado vida própria e deliberadamente atacado Sandra sozinha. – Por que não se abaixou?

— Por que eu não...?

— Devia ter se abaixado. Sei que é pesada demais para, tipo assim, um jogo de futebol americano, tênis ou coisa assim, mas é de se pensar que você pelo menos teria saído do caminho.

Pesada demais? O Peter Pan aqui estava mesmo insultando seu peso?

Então tá.

— Obrigada pelo jogo, Zach, eu curti muito, mas acho que vou para casa colocar gelo no meu rosto.

— Acho que deve fazer isso mesmo — concordou ele. — Posso ficar com as suas fichas?

— Como?

— As fichas que você comprou. Como não vai usar, posso ficar com elas?

Ela colocou a mão na bolsa e começou a pegar as fichas de 5 dólares que tinha comprado, depois parou.

— Procure por elas no eBay — respondeu, depois se virou e saiu sem olhar para trás.

Principalmente porque doía demais mexer a cabeça ferida.

Capítulo 14

Passava um pouco do meio-dia, Loreen mostrara duas casas naquela manhã e seu cliente tinha ficado seriamente interessado em uma delas. As coisas estavam promissoras.

Assim, foi com muito otimismo que ela se conectou e decidiu receber um ou dois telefonemas antes de Jacob chegar em casa. Ela ia dar uma guinada e ficar boa nisso, como Tiffany e Abbey pareciam ser.

Não demorou muito para o telefone tocar.

— Alô? — Isso foi um erro. Ela modulou a voz e acrescentou: — Aqui é a Mimi. Quem está falando?

— Oi, Mimi, é o homem das cavernas, procurando fogo.

— H-homem das cavernas? — Nem pensar, isso era maluquice. Dois segundos nisso e ela já havia cometido outro erro constrangedor. — Desculpe, eu devo ter ouvido mal.

— *Homem das cavernas* — repetiu ele. — Que foi, eu liguei para minha professora de matemática da quinta série?

— Você estava... Você *queria* falar com sua professora de matemática da quinta série? É essa sua fantasia?

Isso não estava indo nada bem.

— Você está brincando, não é?

Hummm. Claro.

— Como você quiser. Homem das cavernas.

— Ai, cara. Mas que droga. — Ele desligou batendo o telefone de forma dramática.

Ela havia fracassado *de novo*.

E era para ter sido moleza.

Loreen olhou o aparelho que tocava com ceticismo. E se fosse o homem das cavernas de novo, ligando para gritar com ela? Mas, se fosse, ele estava pagando muito caro pelo privilégio, e ouvir isso provavelmente seria mais fácil do que ouvir as fantasias sexuais de alguém que se chamava de homem das cavernas.

O telefone continuava tocando.

Por fim, ela atendeu.

— Aqui é a Mimi... — Ela se arriscou. — Homem das cavernas?

Silêncio.

— Alô? Homem das cavernas? Você está aí?

— Mãe?

Ela largou o telefone e pronunciou uma palavra que, se dita por Jacob, o teria deixado de castigo.

— O que está fazendo aqui? — perguntou ela, sabendo que sua voz era áspera demais e sua cara estava tão vermelha quanto um tomate.

— É meio-dia. — Ele baixou a mochila do Homem-Aranha. — Quem você estava chamando de homem das cavernas?

— Era... Ah... — Ela não teve resposta. Não tinha uma porcaria de resposta que pudesse fazer sentido a *alguém*, que dirá a uma criança. A não ser... Espere aí, *era* com uma criança que ela estava falando. — Era da GEICO — disse ela, referindo-se à empresa de seguros de automóveis que fazia comerciais com personagens de homens das cavernas que sempre divertiam Jacob.

Ele abriu um largo sorriso.

— Legal!

Loreen pigarreou.

— Vá se lavar e desça. Vou preparar alguma coisa para você comer.

— Jack Bryson vem aqui — disse Jacob. — Vamos treinar arremesso.

— Ótimo! — Ela falava sério. Estava completamente despreparada para ter Jacob em casa e precisava de algum tempo para se recuperar do choque de ele aparecer e do horror do que ele *podia* ter ouvido se ela tivesse se saído melhor em seu trabalho.

Seu desempenho fraco era igualmente perturbador. Enquanto discava o número para sair das Happy Housewives, ocorreu a ela que realmente não estava se dedicando o suficiente a esta empreitada. Cada chamada exigia uma provocação sexual imediata, e embora obviamente devesse estar preparada para isso, ela não estava. Precisava de algo equivalente a uma cola de falas, uma lista que podia usar como trampolim para a conversa.

Ela precisava ligar para Sandra.

— Preciso perder peso — disse Sandra ao Dr. Kelvin Lee. — E rápido. Posso fazer acupuntura e terapia auricular?

O Dr. Lee olhou para ela com aquele jeito paciente e calmo. Sandra não sabia se ele só estava acostumado com ela ou se *todas* as suas clientes eram assim tão neuróticas. Provavelmente a maioria das pessoas procurava um acupunturista porque tinha dor física mais do que por necessidades mentais ou emocionais.

Ainda assim, no ano anterior, ele tinha feito maravilhas para livrá-la da ansiedade e da agorafobia, então ela começou a pensar que ele era um milagreiro. Sandra só não acreditava que não tinha pensado em pedir a ele para perder peso antes.

— Certamente — disse ele, conduzindo-a à sala 4, que não tinha janelas. Ela gostava mais da sala 2. — Mas, primeiro, uma raiz de arnica seria útil na cura desse hematoma.

Ela ergueu a mão ao rosto. Aparentemente, sua maquiagem não tinha ficado tão boa quanto ela esperava. Agora o Dr. Lee provavelmente pensava que ela estava em alguma espécie de relação abusiva.

— Fui atingida no rosto por uma bola em um fliperama outro dia — explicou ela. — Na verdade está muito melhor agora. E sobre a terapia auricular para perda de peso?...

Ele assentiu.

— E temos alguns remédios homeopáticos muito eficazes também.

— Vou tentar tudo — disse ela. — Tudo. — E quem não tentaria, depois de ser insultada por um boneco *e* um criança supercompetivivo?

— Muito bem, então. Deite-se.

Ela subiu na mesa, o Dr. Lee foi até a cabeceira e começou a manipular os lóbulos de suas orelhas, procurando pelo ponto a ser marcado.

A essa altura, Sandra sabia como funcionava.

— Quem sabe não pode colocar uma agulha maior ou coisa assim? — perguntou. Ela estava disposta a fazer uma terapia mais intensiva se isso significasse que também ficaria magra. — Tem algum jeito de fazer efeito mais rápido?

— Sandra, você sabe que não é possível. A arte da acupuntura se baseia em estimular as respostas que já existem em seu corpo. Não existe isso de "mais é melhor".

— Não faz mal perguntar. — Ela pulou de leve enquanto ele marcava o ponto em seu lóbulo.

O Dr. Lee só sacudiu a cabeça e riu.

— Não, não faz mal perguntar. Mas minha resposta ainda será a mesma.

— Acho que minha pergunta também — disse Sandra. — Ai! Isso dói! Não doeu da última vez.

— É um meridiano novo. Este talvez precise de mais estimulação. — O Dr. Lee a olhou e, embora nunca tivesse visto uma sombra que fosse de crítica nos olhos dele, Sandra sentiu-se constrangida.

— Meu peso certamente tem sido um problema maior do que minha ansiedade — disse ela, esperando que ele falasse alguma coisa tranquilizadora.

Em vez disso, ele simplesmente assentiu.

— Pode ser por isso. Agora, vire-se e vou completar a acupuntura.

Ultimamente, Sandra ficava menos envergonhada ao se deitar na mesa de calcinha e sutiã enquanto o médico colocava as agulhas de acupuntura. Ela rolou de bruços e fechou os olhos enquanto ele inseria as agulhas que mal eram perceptíveis nos pontos de pressão.

— Relaxe por 15 minutos e voltarei. — O Dr. Lee reduziu as luzes e ligou o sistema de som em uma música suave da flauta de James Galway tocando Debussy.

Era muito relaxante, por mais estranho que parecesse.

Até que seu celular começou a tocar.

Sandra não era de entrar em pânico, então, a primeira coisa que lhe passou pela cabeça era que ela retornaria a ligação depois. Quando a pessoa desligou e ligou de novo, ela ficou meio irritada que o sujeito não entendesse a dica e deixasse um recado.

Mas, na terceira vez que tocou, os nervos de Sandra se retesaram. Talvez fosse uma emergência. Será que alguém tinha se machucado? Ou... pior? Já fazia seis anos desde que alguém que conhecia tinha morrido, e ela havia pensado há algumas semanas que — Deus não permita — alguma coisa ruim podia estar prestes a acontecer.

Com cautela, ela se levantou da mesa, tomando cuidado com as agulhas que se projetavam dela como se fosse um porco-espinho meio careca.

O telefone estava em sua bolsa que, infelizmente, era funda. Como Sandra tinha agulhas nas costas da mão, não podia simplesmente escavar as profundezas da bolsa de couro para encontrá-lo.

Com muito cuidado, ela abriu a aba da bolsa e procurou pela luz do celular.

— Alô? — perguntou com urgência.

— Sandra? É Loreen.

— Loreen? — Isso era uma surpresa. — Está tudo bem?

— Sim. Quer dizer... Bom, está. Mas preciso de uns conselhos. Sobre... Você sabe o quê.

— Sim?...

— Preciso de umas ideias do que dizer. Como começar a conversa. — Ela hesitou. — E continuar nela.

— Ah. Bom, não é assim tão difícil. Você só meio que sonda o sujeito para saber do que ele precisa. Sabe como é, *Por que está me ligando esta noite, Bart?* Esse tipo de coisa. — Sandra começou a se sentar e se lembrou das agulhas de acupuntura bem a tempo.

— E se ele perguntar o que *eu* quero fazer?

— Então diga alguma coisa do tipo *o que você quiser, gostosão, eu só quero fazer você feliz.*

Houve uma batida na porta e a enfermeira colocou a cabeça para dentro.

— Está tudo bem aí?

— Sim. Tudo ótimo. Recebi um telefonema.

A enfermeira saiu, mas Sandra se perguntou quanto da conversa ela havia ouvido.

— Olha, estou no médico agora — disse Sandra, baixando a voz. — Quer que eu dê uma passada aí antes de ir para casa?

— Não quero incomodar...

— Não tem problema nenhum.

— *É sério?* Porque eu gostaria muito.

— Claro. — Sandra olhou o relógio. — Chego aí em uns 45 minutos.

— Estarei esperando. Obrigada!

— Tudo bem. — Sandra desligou o telefone e voltou à mesa. Gostava de Loreen. Seria divertido parar lá e ajudá-la. Certamente muito mais divertido do que ficar sentada em casa, sozinha, vendo *A Roda da Fortuna* e perguntando-se se devia ir a outro encontro às escuras.

Ela chegou à casa de Loreen pouco menos de uma hora depois. Loreen estava preparada, com xícaras de café instantâneo e um prato cheio de biscoitos de bandeirantes. Thin Mints.

Isso seria mesmo um teste para a acupuntura de Sandra.

Loreen contou a história de seu desastre, começando pelo telefonema do homem das cavernas e terminando com um monte de autopunição por ter "fracassado" tanto. Quando terminou, Sandra estava se sentindo culpada por tê-la envolvido nesse negócio.

— Mas eu realmente quero fazer isso — disse Loreen com absoluta sinceridade. — Quero de verdade. Não sou uma puritana. Só sou má atriz na improvisação.

— Tudo bem — disse Sandra, empurrando o prato de biscoitos e recostando-se de novo no sofá. — Então o cara disse *acende meu fogo*, né? Você pode dizer algo como *Tudo bem, meu amor, porque estou ardendo por você.*

— Aaah, essa é boa. — Loreen ficou impressionada. — Mas e se ele só fizer outra observação, tentando fazer com que *eu* comece com as coisas picantes?

— Então você só... — Sandra fez um movimento de girar a raquete de tênis — ... rebata de volta para ele. Diga algo como *Gosto de sua voz, você me deixa com tesão... Me diga o que deixa* você *excitado.* Os homens engolem todas.

— É mesmo?

Sandra assentiu.

— Prenda o interesse dele, faça com que ele ache que está te excitando, mas continue rebatendo para poder falar sobre o que ele quiser.

— Brilhante.

Sandra riu.

— Dá certo. E os mantém na linha por mais tempo. Embora sua conversa com o homem das cavernas não tenha se desenrolado, você ganhou *alguma coisa* só no tempo em que ele levou para dizer que era uma droga.

Loreen assentiu.

— Isso é ótimo, Sandra. E eu acho que daria certo nos encontros também. Os homens adoram falar deles mesmos. Que melhor maneira de deixá-los ligados do que fazê-los pensar que você fica excitada com cada coisinha que eles têm a dizer?

Sandra pensou no assunto.

— Você deve ter razão. É claro que a primeira coisa que preciso fazer é conseguir um encontro decente. Até agora isso não aconteceu.

— Nem mesmo um?

— Nadinha. — Sandra pegou outro Thin Mints. Odiava pensar em seus encontros infelizes. Um pouco de chocolate ajudaria.

Chocolate *sempre* ajudava.

Chocolate e sapatos. Eles nunca a deixavam na mão.

Capítulo 15

Abbey estava lavando os pratos depois do jantar da noite de sábado quando ouviu Brian na porta, falando com alguém.

Pegando um pano de prato para enxugar as mãos, ela foi até a porta e ficou chocada ao ver Damon parado na entrada da casa.

— Querida – disse Brian quando a viu. – Venha cá. Quero que conheça um de nossos novos paroquianos. Este é Lloyd. Lloyd, esta é minha esposa, Abbey.

Lloyd?

— É um prazer – disse Abbey, entredentes.

— Olá, Abbey. – Ele estendeu a mão grande e carnuda. – É um prazer conhecê-la também. Só passei para deixar algumas roupas para a igreja. Minha mulher mandou estas para vocês. – Ele ergueu um saco de lixo cheio de só Deus sabe o quê.

— Que gentileza — disse Abbey, pegando o saco. *Vá embora!*, sua mente gritava. *Vá embora, vá embora, vá embora!*

— Lloyd é novo no bairro — disse Brian.

— Mais ou menos novo — corrigiu Damon. Agora ele olhava Abbey com uma diversão evidente. — Não vou à igreja há algum tempo, mas estou pensando que já é hora de vestir a pele de carneiro de novo.

O recado dele era alto e claro.

— Com licença um minuto — disse Brian, lançando a Abbey um olhar que ela reconheceu como *Sujeito bacana, não?* — Lloyd, vou lhe dar o horário e as informações sobre os grupos bíblicos.

— Que diabos está fazendo aqui? — Abbey perguntou asperamente, quando Brian se afastou.

— Linguagem elegante para a esposa de um pregador.

— Estou falando sério!

— Eu lhe disse que estaria por perto. E aqui estou.

— Só entregando roupas para os pobres, hein? — Ela ergueu o saco. — Tem alguma coisa aqui que vá explodir?

— É melhor torcer para que não.

— Quero que saia da minha casa.

— Ora, isso não é muito cristão de sua parte. E se eu vim aqui pedir ajuda? A senhora trabalha com aconselhamento, Sra. Walsh? — Ele se aproximou um passo de Abbey e a sondou com um olhar tão audacioso, que ela de repente se sentiu nua. — Pelo que sei, às vezes as mulheres de pastores fazem isso.

Abbey recuou um passo.

— Fique longe de mim.

Brian voltou naquele momento.

— Aqui está o horário dos cultos e outros programas que temos. Tem filhos, Lloyd?

— Não, senhor. — Damon sacudiu a cabeça como se realmente lamentasse por isso. — Mas tenho esperanças de adotar uma criança mais velha. — Seus olhos encontraram os de Abbey. — Eu sempre quis ter um filho.

Meu Deus, ele estava ameaçando *Parker*? Damon se rebaixaria a tanto?

É claro que sim.

— Muito obrigada por sua doação — disse ela, passando por trás dele e abrindo a porta da frente para que ele fosse embora. — Não tenho nenhum recibo de doação aqui, mas, se quiser me deixar seu endereço, mandaremos um do escritório da igreja. — Ela o olhou incisivamente.

Ele entendeu. E rebateu a bola.

— Não, está tudo bem. Basta doar, a sensação é boa.

— Nós agradecemos — disse Brian, sem saber de nada.

— Tenho certeza de que sim. — Damon mantinha os olhos fixos em Abbey. — Tenho certeza de que sim.

Assim que ele saiu, ela foi direto ao quarto de Parker, com o saco ainda na mão. Abriu a porta e espiou, só para ter certeza de que Parker ainda estava em segurança na cama. Ele estava.

Abbey levou o saco para o quarto dela e o abriu para ver o que continha. Estava preparada para qualquer coisa. Pequenos animais mortos, antigas fotos dela em posições comprometedoras — ela se preparou para o pior.

Mas só o que encontrou foi um punhado de roupas com etiqueta da Wal-Mart, sem dúvida roubadas a caminho dali.

Damon havia se dado ao trabalho de se asseverar de que ela soubesse que ele tinha como encontrá-la e como identificar seu marido. Esta visita fora um aviso; Abbey não tinha dúvidas disso.

Ela só queria ter o dinheiro para se livrar de Damon.

Charlie estava dormindo. Ele tinha chegado no fim da tarde, de outra viagem de negócios, e, depois de engolir o jantar goela abaixo, fora direto para a cama. Tiffany havia colocado Andy para dormir cerca de uma hora antes, e Kate tinha ido para a cama uma hora depois. Assim, às 8h da noite, Tiffany tinha o primeiro andar só para si.

Ela comemorou levando uma garrafa de chardonnay para o "trabalho". E serviu o vinho na tampa do frasco de Tide.

Depois de dobrar algumas roupas lavadas – sempre tinha roupa lavada para dobrar – ela se conectou e recebeu uma ligação de imediato.

– Meu nome é Mick – disse o cliente de voz áspera assim que ela se apresentou.

– Oi, Mick.

– Sabe como é, como o Mick Jagger – continuou ele. – Eu conheço um monte de gente que mente sobre quem é, mas não tem sentido, a não ser que se tenha vergonha.

– Eu também acho isso, Mick. – É claro que era Crystal falando. – Não há motivo nenhum para vergonha aqui.

– Ainda bem que concorda. Agora, que tipo de calcinha está usando?

– Não estou usando nenhuma. – Ela fingiu rir. – Espero que não se importe.

— Mas é claro que não. — Ele soltou um longo suspiro. — Isso só significa que podemos ir ao que interessa mais rápido. Quero que você se toque.

— Estou fazendo isso desde que ouvi sua voz — mentiu ela, perguntando a si mesma de onde vinha toda aquela audácia.

Claramente, isso agradou a ele.

— Continue se tocando — disse ele.

Ela não estava acostumada a uma conversa tão direta, mas já vira muitos programas de TV de madrugada no Cinemax para estar preparada para situações como esta.

— Aaahhhh. — Ela tentou parecer que estava curtindo, mas saiu mais como um bocejo. — Ah, Mick.

— É bom?

— Tão bom.

Ele continuou com suas instruções: toque isso, toque aquilo, chupe isso, lamba aquilo. Não era a dela, mas Tiffany não precisava realmente fazer nada que ele estava falando. Era só um jogo virtual de Tudo o Que Seu Mestre Mandar.

Então ela gemeu, riu e fez todas as coisas certinhas.

— Isso é *tão* bom — disse ela, depois se lembrou de outra coisa que Sandra tinha falado. Certifique-se de que ele sinta que é pessoal. — Estou fingindo que é você me tocando.

Ele pareceu gostar dessa.

— Continue, garota. — A voz dele ficava mais rouca. — Agora coloque sua mão de novo na boceta.

Seu Mestre Manda que se Masturbe.

— Ooooh — disse Tiffany. Depois se levantou e em silêncio encheu a tampa de Tide com vinho. Não importava mais que o vinho fosse barato e tão doce. Cobria a porcaria que esse sujeito *queria* que ela tivesse na boca.

Ele gemeu.

— Eu adoro ouvir você gemer.

Ah! Gemer! Ela se esqueceu de sustentar essa. Era um dos fundamentos, segundo Sandra.

Então ela começou.

— Você... é... incrível. — Ela acrescentou um guincho, na esperança de que mostrasse sinceridade à sua declaração.

Parece que deu certo.

— Ah, isso.

Ela podia ouvi-lo se tocando ao fundo.

O vinho devia estar batendo, porque isso de certa forma começou a excitá-la.

— Abra as pernas — declarou ele. — Quero ver você verter os sucos do amor.

Sucos do amor? Hummm. Isso foi um balde de água fria.

— Agora estou colocando meu pau na sua boceta — disse ele.

— Ah, você é tão grande. — Os homens adoravam ouvir essas coisas, não é? Todos eles. Por mais patentemente inverídicas que às vezes fossem.

— Estou passando a língua pela sua nuca.

— Aaahhhh. — Tiffany estava se desconcentrando. Não eram coisas fisicamente impossíveis de fazer simultaneamente?

— O que tem na sua geladeira? — perguntou ele de repente.

— O que tem... Como é? Na minha *geladeira*? — Onde isso ia levar? Será que ele queria um lanchinho pós-sexo? Isso sim seria coerente com todo o tema das Happy Housewives.

Aliás, a comida e o comer eram coisas muito sensuais. Talvez essa fosse a marca de Tiffany — bom, de *Crystal*. Ela descreveria a comida em detalhes maravilhosos e sensuais. Ela seria a Nigella Lawson do disque-sexo. Ela até podia...

— O que tem que possa usar como um pau? Pepino? Duas ou três cenouras? — A voz dele ficou mais grave. — Vamos ver quantas você consegue meter aí.

Tiffany estava preparada para fazer muita coisa e *dizer* muitas coisas. Estava ciente do fato de que nem sempre seria divertido. Mas não conseguia se imaginar sentada no porão, ao lado de uma tampa de vinho, dizendo *Eu meti outra cenoura e, meu amor, isso é ótimo.*

— Tenho abobrinha — disse ela, rapidamente, depois acrescentou, num palpite: — Mas é bem grande. Não sei se vai caber.

— Mete — disse ele de pronto. — Mas primeiro coloque uma camisinha nela.

Ela quase riu.

— Tenho preta, vermelha ou verde — disse ela, curtindo a imagem de uma abobrinha vestida. — Qual delas quer que eu use?

— Preta. Coloque a preta.

Ela amassou o papel da lavagem a seco de um dos ternos de Charlie.

— Deite-se de costas e abra as pernas — disse ele. — Vou foder você com esse pepino.

— Ah, meu amor. — Não tinha sentido corrigi-lo e dizer que era uma abobrinha. Mas por que tanta gente confundia as duas coisas? Eram *totalmente* diferentes.

— Vou foder pra valer — dizia Mick.

Tiffany gemeu e tentou calcular quanto esta chamada estava lhe rendendo até agora. Parecia que ela estava ao telefone desde sempre.

— Ah, garota, vou fazer você gozar sem parar — Mike arfou.

— Não tenha pressa — disse Tiffany, fazendo sua voz arrulhar. — Temos a noite toda. *A noite toda.*

Estava sendo fácil, até Mick sugerir que ia colocar o pepino onde normalmente ele teria de sair.

A imagem foi tão inesperada que a resposta de Tiffany foi imediata.

— Ai!
— Que foi?

Ah, não, ela tinha quebrado o feitiço.

— Aaaah — disse ela, tentando incluir um pouco do som do *ai*, assim ele ia pensar que era isso o tempo todo. — Mete. — Nada de abobrinha ensopada para ela num futuro próximo.

— Isso, garota.

Depois, justo quando achou que estava pegando o ritmo, Tiffany ouviu passos no alto. Passos pesados.

Charlie tinha acordado.

E devia estar procurando por ela.

Então ela falou ainda mais obscenidades, sussurrando as coisas mais sujas e provocantes em que pôde pensar, esperando com impaciência por todos os gemidos e grunhidos laboriosos de Mick até que, enfim, graças a Deus, ele terminou.

— Ah, cara, Crystal, você é demais, caralho — disse ele, sem fôlego. — Nunca ouvi uma mulher falar assim. Vou solicitar você da próxima vez.

— Mal posso esperar — sussurrou ela. A porta do porão se abriu.

— Tiffany? — Charlie chamou.

Merda! Merda! Merda! Merda!

— Ligue para mim de novo — disse ela a Mike rapidamente.
— Logo.

Depois ela fechou o celular.

O que mais poderia fazer? Não dava para simplesmente erguer a mão e dizer a Charlie para esperar enquanto dispensava o sujeito.

Era má política terminar uma chamada rapidamente; ela sabia disso. Mas provavelmente era muito pior o cliente ouvir seu marido chamando por você.

A não ser, é claro, que fosse a fantasia dele.

Tiffany afugentou essa ideia. Não podia pensar nisso tudo agora. Só precisava apaziguar Charlie.

— Estou aqui — chamou ela, depois tomou o resto do vinho e repôs a tampa no frasco de Tide.

Ah, Deus. Ah, Deus, ela não podia deixar que ele descobrisse o que estava fazendo.

— O que está fazendo aqui embaixo? — perguntou Charlie, parecendo irritado. — Estou tentando dormir.

O que ela estava fazendo? Estava curtindo com outro homem, mais do que ela um dia havia tido prazer com Charlie, e o outro homem nem estava presente.

Então ela concluiu que a melhor defesa seria um ataque comedido.

— O que a minha presença aqui embaixo tem a ver com você tentar dormir? — perguntou ela, chutando a porta da secadora para dar a impressão de que estava cuidando da roupa.

— Eu não sabia onde você estava — disse ele, como se fosse o mesmo de não ter um cobertor, ou talvez, oxigênio.

— Bem, eu estou aqui.

— Acho que devia subir.

— Ainda tenho o que fazer aqui embaixo — disse ela. — Depois eu subo. Vá para a cama.

— O que está fazendo?

Será que ele nunca ia dar uma trégua?

— Coloquei algumas roupas na secadora e queria dobrá-las para não ter que passar a ferro de manhã, é só isso. — Não, isso não levava tanto tempo assim. — E tenho que colocar algumas coisas no alvejante.

Sua culpa era imensa. Ela não estava tendo um caso no porão de sua casa, e de forma alguma ele desconfiava de que ela fazia disque-sexo, mas Tiffany ainda sentia um tremor de medo de que ele descobrisse e se enfurecesse.

Ela ligou a máquina de lavar, colocou um pouco de alvejante e uma fronha que estava dobrada em cima da secadora.

Jamais em sua vida ela havia preferido trabalhar em alguma coisa a relaxar na cama. Devia ser mau sinal que preferisse agora.

Capítulo 16

— E quem você pegou ontem à noite? — perguntou Loreen a Abbey. As histórias de Abbey estavam se tornando lendárias por suas aberrações sem fim.

Loreen e Abbey estavam com Tiffany na calçada em frente à escola, perto do ponto de ônibus, esperando que as crianças saíssem. Tinham dez minutos antes de a sineta tocar.

— Bom, teve o Carl, que queria fingir que estávamos numa ilha tropical *sendo observados por canibais famintos*. E também Boo... sim, *Boo*... que queria que eu mergulhasse a cabeça dele numa privada. — Abbey ergueu uma sobrancelha. — Não é o que *eu* chamaria de excitante.

Tiffany sacudiu a cabeça.

— Simplesmente não acredito. Você pega todos os malucos.

— Quer dizer que pega gente normal?

Tiffany assentiu.

— Tão normal quanto pode ser um cara disposto a pagar tanto por minuto para fazer sexo por telefone.

Abbey pensou no assunto.

— Talvez seja alguma coisa na imagem que coloquei para Brandee. Talvez *ela* seja um ímã para malucos, e não eu.

— É bom se lembrar disso — disse Tiffany com um sorriso.

— Vou me lembrar. — Abbey suspirou. — Toda vez que vestir meu traje de Mulher Maravilha.

— Epa — disse Tiffany de repente, quando Deb Leventer se aproximou. — Mudando de assunto. — Ela elevou a voz. — Pensando bem agora, foi uma das viagens mais memoráveis que fizemos.

— Olá, senhoras — disse Deb, destilando condescendência mesmo naquelas duas palavrinhas. — O que estamos tagarelando com tanto segredo?

— Da viagem a Las Vegas — disse Loreen, parecendo despreocupada. — Foi muito divertida, não foi?

Deb demonstrou dúvida.

— Hummmm. Da última vez em que vi uma de vocês lá, parecia que estava a ponto de ter uma dor de cabeça daquelas. — Ela soltou uma risada aguda. — Estou escrevendo à associação da banda da escola para dizer que Las Vegas é uma opção horrível para o concurso. No ano que vem eles deviam escolher um lugar mais saudável.

— Acho que as crianças se divertiram muito — disse Tiffany. Ela era boa nisso. Sua cara não traía nenhum dos problemas em que as adultas se meteram.

— Elas teriam se divertido muito em Salt Lake City — rebateu Deb. — Ou, quem sabe, em Washington. Pense em toda a história que está bem perto de nós.

— Las Vegas tem muita história — disse Loreen, sabendo que Deb *jamais* concordaria. — Frank Sinatra, Dean Martin, Bugsy... Qual era o sobrenome mesmo? Warren Beatty fez o papel dele naquele filme em que conheceu a Annette Bening.

Deb a ignorou.

— Com licença, acho que vi Hannah Brooks ali.

Loreen ficou feliz por elas terem se safado com tanta facilidade. Quanto menos tempo passassem falando com Deb, menos provável seria que ela percebesse que havia acontecido alguma coisa com os fundos da APM. E, dado o fato de que Deb era de escrever cartas e reclamar, era melhor que ela nunca, jamais descobrisse o que tinha acontecido ou o que Loreen, Tiffany e Abbey estavam fazendo para resolver o problema.

Mais tarde, Loreen deixou Jacob no trabalho de Robert, porque o escritório estava de mudanças e Robert decidira que era uma boa oportunidade de "contratar" a ajuda de Jacob, instilando assim alguma boa ética de trabalho nele numa idade precoce.

Também era bom para o ego do filho sentir que o pai precisava dele para ajudar no trabalho másculo de mover as coisas pesadas.

Loreen, por outro lado, foi para casa para fazer o trabalho feminino de levar o lixo para fora, enxugar uns 150 litros de água com sabão de onde a lavadora tinha transbordado (uma meia que ela nem sabia qual era bloqueara o tubo de escoamento da máquina) e aquecer um jantar de baixa caloria que tinha o gosto do papelão que embrulhava o que devia ser uma lasanha.

Loreen tinha trabalho a fazer em alguns imóveis, mas o mercado estava muito parado, então ela terminara lá pelas 6h30 e se lembrou de como a grana estava curta.

Ela pensou na hora. Robert ia levar Jacob para jantar depois do trabalho. Eles só voltariam lá pelas 8h. Isso lhe dava 1h30 para se conectar nas Happy Housewives.

O telefone tocou quase de imediato.

— Aqui é a Mimi — disse ela, na melhor imitação de Marilyn Monroe. Que, na realidade, não era muito boa, mas pelo menos era coerente. — Quem é você?

Houve uma longa pausa, depois:

— Me chame de Dawg.

— *Dog?*

— Da*w*-g.

— Dawg. — Ela tentou, depois, num momento de impulsividade: — Pode uivar para mim?

— Não é esse tipo de *dog* — rebateu ele numa voz menos grave do que a que usara de início.

— O que quer fazer, *Dawg?* — perguntou ela. Loreen aprendera, pelo menos, a não se prender a detalhes idiotas que não tinham importância. — Está excitado?

— É óbvio. Foi por isso que liguei.

Ela se perguntou como ele ficaria se ela o chamasse de babaca.

— O que quer fazer a respeito disso? — ela sussurrou.

— Que diabos acha que quero fazer? — perguntou ele, aparentemente satisfeito em gastar uma quantia exorbitante só para discutir. — Me excite.

— Que tal se eu tirar minha calcinha vermelha, Dawg? — perguntou ela. — Quer ver?

— Lógico. — Era triste que a única coisa que deixava esse cara menos imbecil era ela parar de pensar e se transformar apenas num objeto sexual.

Mas era para isso que ela era paga.

— Agora, estou tirando meu sutiã vermelho — disse ela lentamente. — Pode abrir o fecho para mim?

— Eu rasgo — grunhiu ele. — Vou arrancar o sutiã.

— Isso!

Aparentemente, ele arrancou. Pelo menos, ela supôs que era isso o som agudo e entrecortado que tinha ouvido.

Depois houve outro som. Que ela não esperava.

Robert e Jacob entrando na casa!

Por que sua família continuava aparecendo quando não devia? É claro que ela devia saber o horário em que Jacob iria chegar no outro dia, mas Loreen tinha certeza absoluta de que Robert dissera que eles iam demorar mais uma hora.

— Abaixa aqui — ladrou Dawg. — Agora! Mete meu pau na sua boca.

Ah, meu Deus, quer devessem estar ali ou não, Jacob e Robert subiam a escada. Ela ouviu Robert dizer a Jacob para pegar alguma coisa em seu quarto; depois Robert bateu na porta.

— Mete o meu pau — repetiu o cliente.

— Já meti — disse ela, tentando suavizar a voz, mas parecendo ainda toda formal para que Robert não ouvisse e deduzisse o que estava acontecendo. — Hummmm.

Robert bateu de novo, mais alto.

— Loreen?

Isso era um problema. Não era possível ficar longe o suficiente da porta para que o cliente não ouvisse, e de jeito nenhum queria que alguém soubesse seu nome verdadeiro.

Assim, sem alternativa nenhuma, ela abriu a porta para Robert e ergueu o indicador. *Negócios*, ela lembrou a si mesma. *Pareça profissional.*

— Você tem um patrimônio muito bom. — Ela colocou a mão em concha no fone e sussurrou para Robert: — Ligação de negócios. Vou descer logo.

— Chupa meu caralho — disse Dawg.

Ela acendeu a luz e disse a ele, meio alto demais:

— É de primeira. De primeiríssima. — Deus, ela *não* podia deixar que Robert descobrisse o que fazia. Se descobrisse, ele podia pensar que ela era uma mãe relapsa e entrar numa batalha pela custódia de Jacob...

— Isso — gemeu Dawg. — E não tenha medo de usar os dentes. Eu aguento.

— Tudo bem — disse ela.

Robert olhou para ela com alguma estranheza, depois assentiu e virou-se para se retirar pelo corredor.

— Agora quero que chupe os dedos dos meus pés — disse Dawg.

— O quê? — Isso foi tão inesperado, que ela não pôde reprimir o sobressalto.

Robert parou e se virou.

— Ah, claro — disse ela ao telefone, acenando com um sorriso para Robert ir, como se ela tivesse visto uma aranha ou coisa assim. — Isso sem dúvida é interessante — improvisou ela, sabendo que Robert ainda podia ouvi-la se estivesse prestando atenção. — Abaixando. E abaixando mais. — Ela olhou Robert virar no canto e descer a escada; depois fechou a porta e se sentou na beira da cama, o coração aos saltos. — É tão bom ficar com você — disse ela ao telefone, mas sabia que não parecia nada sincera.

Felizmente, ela foi convincente o bastante para que a essa altura Dawg não desse a mínima. Cinco minutos depois, a chamada foi encerrada e Loreen pôde se endireitar o suficiente para descer e enfrentar Jacob e Robert.

— Eu ganhei *vinte dólares*, mãe! — Jacob ergueu uma nota novinha. — A secretária do papai disse que eu era o homem mais forte de lá!

— Aposto que era mesmo. — Loreen se curvou e afagou seu cabelo com a mão recém-lavada. — Desculpe — disse ela a Robert. — Um de meus clientes precisava que eu desse uma ajuda com a parte financeira. Expliquei repetidas vezes, mas ele parecia não entender.

— Acho que a essa altura ele entendeu — disse Robert, abrindo um sorriso torto que a fez se perguntar o quanto ele havia ouvido.

— Jacob — disse ela, sem tirar os olhos de Robert. — Vá vestir o pijama, está bem?

— *Tenho* que vestir?

— Tem! — disseram Robert e Loreen simultaneamente.

— Amanhã tem aula — acrescentou Loreen.

Jacob revirou os olhos teatralmente e disse:

— *Tudo bem.* — Seus olhos se iluminaram. — Posso tomar sorvete?

— Você já comeu a sobremesa no restaurante — disse Robert. — Agora vá. Vista o pijama.

Jacob saiu da sala dramaticamente. Quando ele se foi, Loreen soltou um suspiro de alívio.

Por um momento.

— Então — disse Robert, recostando-se no sofá e cruzando as mãos diante do corpo. — O que você estava fazendo quando chegamos aqui?

— Eu já lhe disse. — Ela engoliu e lambeu os lábios secos. — Eu estava num telefonema de negócios.

— Então receio ter de perguntar que negócios eram aqueles.

Ela sentiu a cara ficar vermelha.

— Como assim?

Robert baixou o queixo e olhou para Loreen de um jeito que ela sabia que significava *chega dessa bobagem*.

— O quanto você ouviu? — perguntou ela, murchando. Já sabia a resposta; o suficiente para humilhá-la.

— Não é da minha conta — disse Robert. — Eu nem devia ter ouvido...

— Você ouviu?

Desta vez Robert corou.

— Não posso mentir para você, Lor. Não consegui me desligar. De início pensei que nem era você — continuou ele. — Nós nunca... Sabe como é, nunca falamos desse jeito um com o outro.

Talvez eles devessem ter feito isso.

— Eu sei — concordou ela.

— Então...

Loreen sabia que ele queria perguntar se havia outro homem. E ela queria tranquilizá-lo. Não que devesse fidelidade a ele nem mais nada, mas seria meio difícil para ela se soubesse que Robert estava dormindo com outra — e talvez estivesse, quem poderia dizer? —, assim, seu instinto era dizer que não era nada disso.

Mas seria melhor dizer que ela era operadora de disque-sexo?

O que seria mais difícil para ele aceitar?

Ela olhou em seus olhos azul-claro. Eles sempre tinham esse jeito de filhotinho, como os de Jacob, então isso não devia incomodá-la, mas havia ali uma mágoa profunda que a fez decidir que tinha de contar a verdade a ele.

— Não é o que está pensando — começou ela.

Ele ergueu uma sobrancelha.

— Não?

Ela estremeceu.

— Ah, Robert, isso não é fácil de explicar.

— Não me deve explicação nenhuma.

— Eu sei. Mas você quer, não é?

Ele riu.

— Mais do que pode imaginar.

Ela engoliu em seco.

— Tudo bem. Então o que aconteceu foi o seguinte. Você sabe que levamos as crianças a Las Vegas para o negócio da banda, não é?

Ele assentiu.

— Bom, algumas de nós apostaram um pouco. Um pouco demais. Na verdade... Houve *muita* aposta. E eu fui a mais boba de todas.

Robert estava cético.

— V*ocê* jogou?

— Nem faz ideia. — Ela deu de ombros, lembrando-se da noite. — Eu era uma pessoa diferente.

— Nem a imagino fazendo isso. — Ele não disse isso de um jeito crítico. Só parecia... interessado. — Parece que estou aprendendo um monte de coisas sobre você.

Ela soltou uma risada seca.

— Fique feliz por ter aproveitado as coisas boas e por eu ter guardado as ruins para *depois* de nossa separação.

— Por que faz isso?

— Faço o quê?

— Se depreciar. Não há nada de errado em apostar. Não há nada de errado em perder também — acrescentou ele antes que ela dissesse isso.

Loreen o olhou nos olhos.

— Mesmo quando você faz isso com o dinheiro da Associação de Pais e Mestres? — ela o desafiou.

Ele tombou a cabeça.

— Estou perdido.

— Eu estava bebendo — começou ela, depois ergueu a mão. — Sim, eu estava bêbada. Vou te contar, foi um fim de semana esquisito. De qualquer forma, fiquei confusa no cassino e por acidente saquei dinheiro no cartão de crédito da APM em vez do meu.

Robert soltou uma gargalhada.

— Isso não é nada bom.

— Bem, eles *são* do mesmo banco. — Ela hesitou. Não tinha sentido tentar se defender. — Não, foi idiotice. De qualquer forma, eu fiquei com milhares de dólares em dívida no cartão da APM. Porque sou a tesoureira, sabe como é. — Ela sorriu. A ironia... É que era tudo ridículo demais.

— Não quero me intrometer, mas de onde vai tirar o dinheiro para pagar isso? O mercado de imóveis não está lá muito aquecido. — Ele riu. — Apesar da sua ligação.

Ela estalou a língua nos dentes e respirou fundo.

— Engraçado você falar no assunto, porque é o que estou fazendo para suplementar minha renda.

— Arrumando um namorado? — Ele estava confuso.

— Não. — Ela sacudiu a cabeça e sustentou seu olhar. — Disque-sexo. — Depois, para ficar tudo muito claro: — Sou operadora de disque-sexo. Homens solitários ligam para 900-HOUSEWIVES e digo a eles o que querem ouvir pelo tempo que eles podem pagar. Ou melhor, *Mimi* diz.

— Mimi?

Ela assentiu.

— Meu nome de guerra.

O choque no rosto dele era completo.

— Você está... de sacanagem comigo?

— Não. Mas bem que poderia. Na verdade, por 2,95 dólares por minuto, eu poderia ficar de sacanagem com você pelo tempo que quisesse.

— Está brincando, não é?

Ela sacudiu a cabeça.

— Bem que eu gostaria.

— Está fazendo sexo por telefone com estranhos por dinheiro.

— É exatamente isso.

Ele se levantou e andou diante dela.

— Quando éramos casados, você não tinha tempo nem energia para segurar a minha mão. Agora está trepando com estranhos ao telefone?

— Eu *não queria* — disse ela, olhando para baixo. — Mas é a única maneira de pagar a dívida rapidamente.

— Então, se eu *pagasse* para você...

— Não continue — ela interrompeu. — Não é assim.

— Sabe quanto tempo esperei que você ficasse comigo de novo? Depois que Jacob nasceu, entendi que levaria algum tempo, mas não *anos*. Se tivesse me procurado em qualquer momento, se tivesse tentado recuperar a intimidade do nosso casamento, nós podíamos não estar onde estamos. Mas só o que você fez foi me rejeitar, e agora... – Ele lançou as mãos no ar. – Eu não acredito nisso.

Loreen viu, pela primeira vez desde que eles haviam se separado, que Robert não estava *criticando* o tempo que ela dedicou a Jacob, ele sentia falta do tempo dela com *ele*.

Como pôde ter sido tão cega?

– Não era que eu não *quisesse*... ficar com você. – Engraçado como era difícil encontrar as palavras quando ela não estava ao telefone. – Na época, especialmente, com Jacob tão novo, eu só tinha dificuldades de encontrar tempo.

Ele pareceu duvidar.

E talvez, de certo modo, tivesse razão.

– Eu não me sentia bem comigo mesma – disse ela com franqueza.

Robert pareceu assustado.

– Como é? Do que está falando?

– Depois de ter tido Jacob. – Ela gesticulou para a área dos quadris e da barriga. – Nunca consegui recuperar minha antiga forma. Eu não sentia... *não sinto*... que sou eu mesma.

– Mas você *é* você. Acha que eu estava te criticando?

Ela pensou nisso por um momento.

– Talvez. Não sei. Talvez eu estivesse me criticando tanto que nem conseguia imaginar que você não estivesse. Em especial porque você estava vendo todas as mudanças – ela deu de ombros – tão intimamente. – As lágrimas encheram seus olhos. Ela estava constrangida de dizer isso em voz alta, e constrangida por ser verdade. Em seu breve tempo com Rod, tirando a parte em que teve de pagar a conta, ela se sentiu "segura" porque sabia que nunca mais o veria. Não teria de encará-lo pela manhã e se perguntar se ele estava pensando que sua bunda era molenga se comparada com a de outra.

Robert parecia não compreender.

— Mas eu te amava. E qualquer mudança em seu corpo, não que elas fossem nem de longe tão importantes quanto você pensa, acontecia porque você engravidou e deu à luz nosso filho. Seu corpo é lindo, robusto e perfeito exatamente como é.

As lágrimas desceram pelo rosto e ela fungou de um jeito nada sedutor.

— É gentileza sua dizer isso...

Ele a segurou pelos braços.

— Loreen, estou *falando sério*.

Ela engoliu em seco.

— Mesmo que seja assim, isso não me deixa menos constrangida.

Teria sido fácil dizer, *então por que não fez uma dieta?* Mas Robert a conhecia muito bem.

— Então você transa por telefone e tem a aparência que quiser.

Ela pensou por um momento, depois assentiu.

— Não que esteja sendo excitante. — A conversa estava deixando Loreen desconfortável. — Está tarde, Robert. Preciso dormir.

Ele olhou o relógio.

— São 7h30.

— Está brincando. — Parecia meia-noite. — Devo estar ficando doente.

Robert pareceu preocupado.

— Pode ser estresse.

Ela riu secamente.

— Isso com toda certeza.

— Quer que eu fique e coloque Jacob para dormir?

Ela queria. Mas não podia.

— Eu vou fazer isso — disse ela. — Mas obrigada.

Ele se aproximou dela e se curvou para lhe dar um beijo no rosto. Ele cheirava à loção pós-barba de sempre e a sabonete. Robert sempre tinha um cheiro bom.

Ele saiu e Loreen voltou ao sofá para se sentar por um minuto e descansar.

Acordou horas depois. A sala estava escura, ela estava desorientada e a única luz na casa parecia vir do quarto de Jacob, junto com os sons muito altos e extremamente irritantes de *LEGO Star Wars II* no PlayStation.

Loreen subiu e abriu a porta de Jacob. Protegeu os olhos da luz.

— Que horas são? — perguntou ela.

Jacob olhou para ela, depois voltou para o jogo e deu de ombros.

— O papai ainda está aqui?

— Seu pai foi embora. — Os olhos de Loreen caíram no relógio. — Há mais de duas horas. São 10h, Jacob, o que ainda está fazendo acordado?

Ele deu de ombros.

— Ninguém me colocou na cama.

— Bom, você tem 10 anos. Não pode ir para a cama sozinho quando fica tarde?

— Só pensei que você ia aparecer, como sempre.

— Tudo bem, agora estou aqui. Desligue o jogo, escove os dentes e vá para a cama.

— Mas...

— *Agora!* — Era tarde demais para discutir sobre isso.

Jacob colocou o jogo em modo de espera, não desligou a TV e foi ao banheiro, onde Loreen desconfiou de que ele manteve a escova elétrica ligada perto da porta por um minuto ou dois antes de voltar.

— Tudo bem? — perguntou ele, abrindo os braços sarcasticamente.

Ele era novo demais para esse tipo de sarcasmo. Ela não tinha nem tentado algo assim antes de fazer 13 anos, e precisou de mais três para aperfeiçoar a arte.

— Cama — ordenou ela. — Neste minuto.

— Mas deixa eu terminar o jogo!

— Jacob Henry Murphy, você já passou da hora de dormir por *horas*. Acha realmente que deve pedir para ficar mais tempo acordado para jogar videogame?

Dito desta forma, ele pareceu entender e baixou a cabeça.

— Não. Acho que não.

— Dormir. Entendeu?

— Entendi.

— Que bom. — Loreen foi para o quarto, sabendo que teria de se levantar alguns minutos depois para ter certeza de que Jacob não tinha religado o jogo.

Felizmente o cochilo tinha feito bem a Loreen e ela teve energia para cuidar do trabalho administrativo que precisava colocar em dia. Agora elas tinham cinco funcionárias externas — ou "atrizes" — no plantão e quando ela foi ao site verificar as estatísticas, viu que elas se conectavam por muitas horas.

Loreen foi à planilha que tinha criado e anotou o que deviam. Ela havia agendado o pagamento semanalmente, às sextas-feiras, por uma conta PayPal que tinha aberto para isso.

Receber chamadas era difícil, mas era incrivelmente fácil ser a madame virtual de *outras* atrizes.

E como era lucrativo.

Ela mudou de tela e verificou o anúncio no Gregslist. Ela *pretendia* retirá-lo, para manter a operação pequena, mas concluiu que podia lidar com uma equipe de talvez mais cinco funcionárias. O dinheiro era atraente certamente.

Ela manteve o anúncio.

E seria uma madame por só mais um *tempinho*. Afinal, era a melhor contribuição que poderia dar ao grupo.

Capítulo 17

Abbey tinha meditado muito desde que voltara de Las Vegas, mas não conseguia decidir se ela pensava que esbarrar em Damon era uma coincidência ou um castigo por seus pecados do passado.

Mas isso não importava. No final, o resultado era o mesmo: ela precisava pagar ou correria o risco de vê-lo expor seu passado. Ficar indignada com essa injustiça não ia mudar a realidade, e todas as suas fantasias de mandar Damon para o inferno não passavam disso: fantasias.

Se ele fosse para o inferno, tinha deixado claro que a levaria.

Felizmente, Loreen contara que todo o negócio estava indo melhor do que elas pensavam. Elas fizeram alguma publicidade com seus limitados recursos e, anunciando a estudantes em jornais universitários, Loreen havia conseguido acrescentar aos cofres mais operadoras de meio expediente. Ainda assim, elas pagavam às funcionárias metade dos ganhos, então ainda era mais lucrativo que Loreen, Abbey e Tiffany fizessem seu trabalho.

Na realidade, era o que ela estava fazendo aquela noite, pois Brian disse que só chegaria em casa depois das 20h. Ainda eram 19h15. Abbey tinha servido um jantar saudável a Parker e o colocara na frente da TV, depois subiu para o quarto principal, onde podia fechar a porta para o corredor *e* a porta do quarto.

Com a dupla camada de proteção e uma voz baixa que com sorte seria interpretada como ardente, ela se preparou.

E estava no meio do terceiro telefonema da noite quando o telefone da casa tocou. Como é que ela tinha se esquecido de desligar o toque do telefone do quarto?

— Ei, isso é um telefone tocando? — perguntou seu cliente, que obviamente tinha saído do momento matador em que estava.

— Mas é claro, meu amor — disse Abbey, pensando rápido enquanto descia ao porão, onde ele não seria mais capaz de ouvir o telefone. — Sou uma pessoa de verdade numa casa de verdade e alguém está ligando. Não quer conversar com uma operadora impessoal numa grande sala de um lugar qualquer, não é?

Sua manobra deu certo.

— Não. Gosto disso. Você está em casa?

— Sim, estou.

— Onde você mora?

— Perto do campus da Universidade de Maryland, em Baltimore — mentiu ela rapidamente.

— Ooooh, você é universitária? — Ele parecia querer que a resposta fosse sim.

Então assim seria.

— Sim — disse ela. — Mas por favor, não conte a ninguém que eu lhe disse isso. Devíamos ser mais velhas.

— Está tudo bem, garota. — Ele entrou no papo. Não era de surpreender. — Não precisa ser uma dona de casa cozinhando uma carne assada para mim. Desde que saiba o que fazer com uma salsicha, vamos nos dar muito bem.

O telefone tocou de novo; ela podia ouvir o toque agudo e distante no segundo andar.

Abbey parou. Talvez fosse uma emergência.

Se fosse, porém, era para Brian, e ela não podia ajudar, a não ser pegando recado, e o aparelho já estava fazendo isso.

— Sou ótima com salsichas — disse ela, e continuou falando enquanto arrumava as roupas de inverno no depósito.

Quando a chamada terminou, Abbey tinha cronometrado impressionantes 35 minutos. Em geral os homens não demoravam tanto. Ou eles ficavam excitados demais para continuar, ou tinham dinheiro de menos para ficar tanto tempo. De vez em quando ela ouvia o bipe revelador do telefonema sendo gravado e sabia que o sujeito ouviria isso em vez de voltar a ligar.

O que ela podia fazer? Não ia censurar os homens por serem econômicos. Afinal, elas deviam ser as Happy Housewives, ou seja, as Donas de Casa Felizes, e não as Mamães Más.

Por falar nisso, ela não via Parker há mais de meia hora. Provavelmente estava na hora de desgrudá-lo do jogo de *Star Wars* que Brian lhe dera e colocá-lo na cama, onde a atividade das ondas cerebrais agitadas provavelmente o manteria acordado por horas.

— Por que o telefone continua tocando? — perguntou ele, fazendo o cara vermelho na tela atingir o cara marrom com uma espada.

— Não sei. Não consegui atender. Eu estava arrumando lá embaixo. Vou ver os recados. — Ela pegou o joystick da mão dele e desligou a TV. — Vá se aprontar para ir para a cama.

— Não estou cansado! São só 20h30!

Oito e meia. Ela olhou o relógio com um estranho nó no estômago. Mas por quê? O que havia de errado em ser 20h30?

— A regra — disse ela, embora já tivesse dito o mesmo umas cem vezes — é que você deve começar a se preparar para dormir entre 20h15 e 20h30. Você precisa estar *na* cama, *no* escuro, às 21h. Pelos meus cálculos, o horário está acabando exatamente agora.

— Mas...

— Ah, francamente, Parker, tem que discutir por tudo? Vá se preparar para dormir, entendeu? — Ela foi à cozinha, pegou uma uva no cesto de frutas da bancada, colocou na boca e ligou para a central de recados.

"Aqui é do Hospital Adventista Shady Grove, poderia por favor ligar para 301-279-32..."

Abbey engoliu a uva meio mastigada e anotou o número com a mão trêmula.

Ah, meu Deus.

Ela discou o número.

— *Emergência.*

Abbey se atrapalhou com as palavras.

— Estou ligando para... Eu preciso... Atendimento a pacientes.

— Nome, por favor.

— Meu nome é Abbey Walsh. — Ela não queria dizer a parte seguinte, não queria encarar a realidade dando seu nome e o do marido. — Meu marido é Brian Walsh. Ele devia estar em casa há meia hora e ainda não chegou, então espero que esteja tudo bem. — Ela estava falando de forma confusa, a voz ficando cada vez mais alta, como um balão de hélio. — Mas ele ainda não chegou. — Ela baixou a cabeça na mão livre e esperou que a mulher do outro lado da linha falasse.

— Um momento, por favor.

A espera pareceu interminável. Não havia música de espera. Presumivelmente eles não queriam que um parente próximo tivesse de ouvir "Love Will Keep Us Together" enquanto esperavam para saber se seus entes queridos estavam vivos ou mortos.

— Sra. Walsh? — Era uma voz de homem.

— Sim? — Ela não sabia que voz estava usando. Certamente não parecia a dela.

— Sra. Walsh, aqui é o Dr. Fram. Sou o médico que atendeu seu marido.

— O médico que atendeu meu marido? — Ela agarrou o fone com força. — Por quê? Que houve? Não sei o que está acontecendo.

— Tudo bem, calma...

— Me diga o que está havendo! — Ela ignorou as chamadas do hospital porque fazia sexo por telefone com um estranho maluco, enquanto o marido estava no hospital, talvez morrendo.

Talvez morto.

— Seu marido sofreu um acidente de carro...

Ela se encostou na parede atrás e deslizou para baixo.

— Ah, meu Deus. — *Damon*. Abbey devia saber que ele não ia dar um tempo.

— ...ele foi trazido às 20h10. Precisamos fazer uma cirurgia, Sra. Walsh, está me entendendo? Precisamos de sua permissão para fazer a cirurgia.

— Que cirurgia? — Ela não estava preparada para dizer sim ou não.

— Ele tem hemorragia interna. Seu baço se rompeu. Precisamos retirá-lo assim que possível.

Abbey tinha de ser uma tola, ou uma cientologista, para dizer não a qualquer cirurgia que um médico da emergência achasse necessária.

— Faça.

— Pode vir até aqui, Sra. Walsh?

Ela limpou as lágrimas dos olhos e do rosto.

— Sim, é claro. Precisa da minha assinatura?

— Sim, mas não há tempo. Terei de prosseguir com seu consentimento verbal.

Ela assentiu convulsivamente.

— Sra. Walsh?

— Faça — disse ela de novo, tentando engolir o bolo na garganta. — Faça o que for necessário. Já chegarei aí. — Ela não esperou por uma resposta. Talvez devesse, mas estava cheia de adrenalina e seus instintos não funcionavam muito bem.

— Parker! — Ela correu ao banheiro, onde ele escovava os dentes em câmera lenta. Em outras noites, ela o teria corrigido.

Naquela noite, ela tirou a escova de dentes da mão dele e a jogou na bancada.

— Temos uma emergência — disse ela, depois tentou suavizar. — Há uma coisa que tenho que fazer rapidamente, então você vai para a casa da Sra. Dreyer, está bem? — Ela ainda nem tinha pedido permissão a Tiffany, é claro. Esse instinto potencialmente falho que ela seguia lhe dizia para levar Parker para a casa de Tiffany e perguntar depois.

Ela o vestiu, pegando roupas para o dia seguinte, só por garantia, e seu Game Boy para tirar de sua mente o fato de que a mãe e o pai estavam desaparecidos, e entrou no carro.

Era o auge do crepúsculo, a hora mais bonita de um dia de verão, pensou Abbey. Ou pelo menos costumava ser assim. No momento, ela queria que estivesse escuro, para cobrir tudo – todas as coisas em volta que trouxessem lembranças – e só poder ver os 3 metros à frente dos faróis.

Ela precisava ir até Brian.

Tiffany morava a algumas quadras e a viagem de carro tinha durado apenas minutos, mas para Abbey pareceram horas. Quando finalmente chegou, ela parou o carro de repente na entrada.

As luzes estavam acesas, fazendo da casa um farol no manto crepuscular que ali caía.

Abbey bateu à porta, um ruído seco no crepúsculo tranquilo.

Tiffany atendeu e sua expressão foi de simples curiosidade à grave preocupação numa fração de segundo.

Pela primeira vez desde que tinha recebido o telefonema, Abbey sentia sua força lhe faltar.

– É uma emergência. – Sua voz falhou. – Ligaram do hospital. – Ela sussurrou isso. – Brian sofreu um acidente.

Tiffany não precisava de mais explicações. Recuou um passo, abrindo a porta, conduzindo Parker para dentro com eficácia.

– Oi, Parker. Pode ficar aqui um instantinho?

– O que está acontecendo? – perguntou Parker. Ele havia feito a mesma pergunta sem parar desde que Abbey o colocara no carro.

– Eu... – O peito de Abbey endureceu. Não havia nada a dizer. O que diabos poderia falar que fosse verdade? Que ela estava morta de medo? Que o pai dele estava ferido e podia não sobreviver àquela noite? Que na verdade podia não viver o suficiente para que Abbey chegasse lá?

Isso dificilmente faria com que Parker se sentisse melhor.

Tiffany deve ter visto o pânico em seu rosto, porque ela disse, suave e tranquilamente:

— Sua mãe perguntou se você podia ficar aqui um tempo enquanto ela resolve umas coisas. Eu estava esperando vocês.

Parker olhou para Abbey, procurado confirmação.

— Fique aqui e brinque com Kate, está bem? — Ela disparou um olhar grato a Tiffany que, com o mais leve dos acenos de cabeça, fez com que Abbey sentisse que tudo ia ficar bem.

— Volto assim que puder.

— Vou esperar — disse Tiffany em voz baixa. — Não tenha pressa. Por mais que demore.

As lágrimas arderam nos olhos de Abbey. Ela jamais tivera uma amiga como esta na vida. Mesmo quando era bem mais nova e tinha amigas com quem saía e se divertia todo fim de semana, jamais na vida teve o tipo de amizade que esperaria por ela a noite toda sem saber por quanto tempo.

Mas ela precisava disso aquela noite.

— Obrigada — murmurou, depois beijou o alto da cabeça de Parker e disse: — Seja bonzinho com a Sra. Dreyer, está bem? Porque ela vai me contar se você não for.

— Eu vou ser bonzinho — Parker garantiu. Depois perguntou a Tiffany: — Cadê a Kate?

Neste momento, Abbey adoraria ter o conforto de seu pequeno abraço, mas não ia exigir isso dele e deixá-lo em pânico sobre o que realmente estava acontecendo.

Por que ele devia se preocupar antes que todos tivessem *certeza* de que havia motivos para preocupação?

Com a segurança de que Tiffany colocaria as crianças para dormir e de que ficaria com Parker o tempo necessário, Abbey foi de carro para o hospital. Embora o percurso fosse de apenas 15 minutos, pareceu durar horas, e sempre que ela se aproximava de um sinal vermelho, sua perna tremia tanto que quase não conseguia apertar o freio.

Quando finalmente chegou ao sinal da Shady Grove Road na entrada do hospital, pareceu que ele ia ficar vermelho para sempre. Não havia trânsito por pelo menos um 400 metros, pelo que Abbey conseguia ver.

Por fim, sem se preocupar com a lei, ela acelerou o motor e ultrapassou o sinal.

Ao inferno com quem a tentasse deter.

Mas ninguém tentou e Ela estacionou sentindo-se tonta e correu para a emergência.

— Re-recebi um telefonema — gaguejou ela, colocando as palmas das mãos no balcão frio. — Meu marido está aqui. É aqui mesmo que devo procurar?

Provavelmente não. O cavalheiro mais velho sentado ali parecia muito gentil, mas completamente sem noção.

— Qual é o nome do seu marido? — perguntou ele, colocando os óculos em meia-lua na ponte do nariz.

— Brian Walsh. — Ela batia os dedos no balcão, mais rápido, cada vez mais rápido.

O homem clicou alguma coisa no teclado e olhou a tela diante dele.

— Um momento. — O homem a fitou com os simpáticos olhos azul-claros. — Preciso ligar para alguém.

— Ligar para alguém? — repetiu ela, a voz se aproximando da histeria. — O que quer dizer com precisa *ligar para alguém*? Ele está morto? Você não tem permissão para me dizer que ele morreu?

— Hummm. — Ele recolocou os óculos, só que desta vez com a mão trêmula. — Sou apenas um voluntário.

O cardigã bege devia ter dito isso a ela. As pessoas que trabalhavam num ambiente tão estressante como esse em tempo integral não tinham otimismo para vestir uma coisa como um suéter Mr. Roger bege.

Ela esperou pelo que pareceram horas, tentando reprimir o vômito, enquanto ele pegava o telefone e falava em tom baixo por um momento. Ela entendeu as palavras *Brian Walsh*, *esposa* e *muito perturbada*.

Depois ele recolocou o fone no gancho e disse a Abbey.

— A Sra. Duncan logo a receberá.

Abbey engoliu uma resposta sarcástica sobre a rapidez com que a Sra. Duncan podia se mexer, porque o coitado não merecia isso. Ninguém ali merecia. Ela só estava descontando em alguém porque era a única coisa que podia fazer, além de chorar.

E ela não podia chorar agora, porque, se começasse, sabia que não conseguiria parar.

Outra eternidade se passou antes que uma mulher de cabelos escuros e um terno azul bem cortado aparecesse num canto.

— Sra. Walsh?

Abbey assentiu, muda.

A mulher estendeu a mão.

— Meu nome é Ida Duncan, sou responsável pelo atendimento a pacientes. Se me acompanhar, podemos falar com privacidade em minha sala.

Abbey a seguiu. Estava entorpecida. Estariam indo a alguma sala à prova de som, onde Ida lhe daria a má notícia?

O que Abbey diria a Parker? Como ia explicar que ele não tinha mais pai? Como ia criá-lo sem um pai?

E se Damon aparecesse de novo?

Ela o mataria, era isso. Ela já desistira de sua religiosidade. Por mais que tentasse, aparentemente nada era bom o bastante para Deus, então ela não ia mais fazer nenhum favor a Ele.

A vingança pertence ao Senhor uma ova.

Ela devia saber que isto ia acontecer. Mas que droga, droga, droga, era tudo culpa dela. Ela sabia que Damon podia ser impiedoso. Será que imaginou que uma década na prisão o *suavizaria*? É claro que não. Ela havia arrastado Brian para sua espiral de carma negro, e agora era ele quem estava pagando por isso. E Parker.

E sim, ela também. Mas não era justo que houvesse outras baixas.

Só por causa de um colar idiota roubado que um imbecil lhe pediu que guardasse há mil anos.

Um imbecil que ela nunca pensou que voltaria a ver.

— Sra. Walsh?

Abbey só entreouviu o próprio nome, depois percebeu que Ida Duncan falava com ela.

— Sim. Desculpe.

— Seu marido está na cirurgia.

Cirurgia. Eles não operariam um morto.

Havia esperanças.

— Qual é a gravidade?

Ida olhou o que pareciam ser anotações sobre o caso de Brian em seu computador.

— Só saberemos de alguma coisa quando os médicos saírem.

Abbey afundou na cadeira e ergueu uma mão trêmula para tirar o cabelo do rosto.

— Sabe o que aconteceu? Quero dizer, eu sei que houve um acidente, mas não sei onde, não sei como, não sei de nada.

— O acidente aconteceu na Glen Road. Ninguém mais esteve envolvido.

Glen Road. Abbey odiava aquela rua sinuosa e íngreme, com todas as curvas fechadas e cegas.

— A polícia está tentando entender o que houve, mas parece que ele perdeu o controle do carro enquanto fazia uma curva.

— Mas ele dirige com cuidado — disse Abbey, mais para si mesma do que para Ida Duncan.

No entanto, foi Ida que respondeu.

— Às vezes os acidentes acontecem, mesmo com os motoristas mais cautelosos.

Não aconteciam, não. Não com Brian.

Ele só foi apanhado no fogo cruzado da guerra que ela travava com Deus.

— Pode aguardar na sala de espera agora — disse Ida, levantando-se.

Mais uma vez, Abbey seguiu a mulher magra pelos corredores estéreis do hospital, até chegarem a uma sala de espera com cadeiras de madeira desconfortáveis e vários televisores que exibiam uma imagem indistinta da CNN com o volume baixo.

Um casal jovem estava sentado em um lado da sala, parecendo preocupado, assim Abbey procurou se sentar do outro lado para que eles tivessem privacidade em sua angústia.

— Posso lhe trazer alguma coisa? — perguntou Ida. — Um café ou um chá?

Abbey recusou com a cabeça e agradeceu.

— Obrigada.

Ida parecia querer dizer mais alguma coisa, mas apenas sorriu e assentiu uma única vez.

— Os médicos sairão logo.

Eram 2 horas da manhã quando Abbey, depois de horas de espera, sem conseguir prestar muita atenção à CNN e tomando um copo atrás de outro de café ruim, finalmente saiu do hospital, com a certeza de que Brian passava por um pós-operatório estável.

Ele teve ruptura do baço e um pulmão perfurado, além de várias costelas e dentes quebrados. O médico lhe dissera que, embora Brian parecesse péssimo, eram excelentes suas chances de uma recuperação plena.

Ela teve permissão para vê-lo, embora só por um momento, porque ele estava se recuperando na unidade de terapia intensiva.

De início, ela nem reconheceu o rosto inchado e roxo cheio de hematomas como sendo o do marido.

— Desculpe... Eu... estou atrasado. — Ele falava com dificuldade e abriu um sorriso fraco.

Foi quando Abbey finalmente se descontrolou. A experiência na sala de espera tinha sido muito parecida com seu ritual num avião, concentrando toda a sua energia para que tudo desse certo. Ela não se sentia exatamente *forte*, mas havia ficado firme.

Agora tinha acabado.

Ela pegou as mãos dele e baixou a cabeça.

— Não tente falar.

— Está tudo bem.

— Não está. Você precisa se poupar para ficar bem.

— Só queria... uns... uns dias de folga.

Ela riu em meio às lágrimas.

— Já ouviu falar do Caribe?

— Óbvio... demais.

— Ah, Brian. — Ela fechou os olhos para reprimir a nova onda de lágrimas e as sentiu cair dos cílios.

— Vá para casa — disse ele, e levantou a mão para tentar lhe afagar o cabelo. Mas o tubo intravenoso atrapalhou e ele estava fraco, então baixou a mão. — Durma.

— Não quero deixar você — disse ela.

— Eu vou... dormir. — Ele olhou para ela por entre as pálpebras semiabertas. — Vá.

— Eu não...

— Vá. — A voz dele era fraca, mas exigente. — Eu... é sério. Vá. Parker.

Ela o conhecia muito bem para saber que ele falava sério. E que ela não faria nenhum bem pairando por ali a noite toda.

— Voltarei de manhã bem cedo — disse ela. — Antes até que você acorde.

— Não... se atreva... a me acordar. — Ele piscava cada vez mais longamente.

Ela sabia que ele precisava dormir.

— Boa-noite — sussurrou ela, e se curvou para beijar seu rosto inchado com a maior leveza que pôde. — Eu te amo.

Ela estava sendo mais sincera do que conseguiria expressar.

Capítulo 18

Tiffany estava totalmente desperta.

Felizmente, Parker tinha dormido horas antes. Depois de ficarem acordados por uma hora e meia além do horário de Kate ir para a cama, correndo pela casa como animais num zoológico — para irritação de Charlie —, Kate e Parker finalmente tinham desabado na beliche do quarto dela. Pela primeira vez, Tiffany não se importou de Kate dormir tão tarde. Algumas coisas eram mais importantes do que um horário rígido de dormir.

— Quanto tempo esse menino vai ficar aqui? — Charlie queria saber. Ele tinha passado a noite toda em sua "toca", um quarto à prova de som no último andar, com TV de alta definição de 50 polegadas, um aparelho de som que custava mais do que alguns carros e algumas poltronas reclináveis. Até parece que tinha sido dureza para ele ficar lá em cima.

— Vai ficar até a mãe dele voltar — disse ela, rispidamente.

— Talvez mais tempo do que isso. O pai dele sofreu um acidente.

— Ah. — Ela esperava que isso calasse a boa de Charlie. Mas não. — Eles não têm família em algum lugar?

Desde sua conversa sobre finanças, Tiffany começara a ver Charlie sob uma nova ótica. Ou talvez fosse a mesma ótica, mas *parecia* nova. Alguma coisa dentro dela definhara mas, com a liberdade recém-descoberta com seu trabalho, ela percebeu que não precisava ficar em um casamento que a fazia se sentir tão mal o tempo todo. Era capaz de se virar sozinha, se precisasse.

E ela realmente começava a pensar que precisava.

— Eles têm *amigos*, Charlie. *Eu*. E vou cuidar do menino, e ajudar a mãe dele, até que não precisem mais de mim.

— Tudo bem, tudo bem. — Ele ergueu as mãos, rendendo-se, mas o gesto era mínimo e chegou tarde demais. — Não precisa me matar por isso. Só estava perguntando.

— Não estava, não. Você estava *dizendo*. Estava me dizendo que esta emergência de outra pessoa atrapalhou o seu mundinho e você não gostou. Não só não gostou, como *me* culpa por isso. E acho isso um nojo, Charlie, sinceramente.

Ele revirou os olhos e bufou impacientemente.

— Eu só fiz uma perguntinha. Dá um tempo, tá legal?

Ela olhou o homem com quem se casara há mais de uma década e percebeu, com uma clareza nauseante, que mal o conhecia.

Mais importante, ela não *gostava* realmente dele.

— A propósito — disse ela, surpresa por não se importar —, quando eu estava lavando a roupa outro dia, encontrei uma bermuda de praia em suas coisas. Do que se trata?

— Não sei do que está falando.

— É claro que sabe. Estava bem em cima da pilha de roupa lavada que levei para o quarto.

Ele deu de ombros.

— Não faço ideia.

Ela não estava preparada para a completa negação. Mentiras, sim. Aparentar estar confuso, claro. Mas fingir que a sunga nem existia?

Tiffany não sabia o que dizer.

— Pare de tentar mudar de assunto — disse Charlie, claramente partindo para a ofensiva. — Um homem tem o direito à privacidade em sua própria casa.

— Ao que parece, ele acha que tem direito a isso em seu casamento também.

— Que diabos *isso* significa?

— Contas bancárias separadas, cartões de crédito separados, vidas separadas, Charlie.

— Eu lhe disse que era por causa dos negócios.

Ela pensou em responder, mas por quê? Não haveria vencedor nessa discussão. E ela nem queria o prêmio.

— Me deixe em paz — disse ela.

— Com prazer. — Ele se afastou, anos e quilos deixando pesado o que antigamente era um andar esbelto, e que agora exprimia raiva.

Ela o observou ir e lhe ocorreu que não se importava nem um pouco que ele continuasse andando para sempre.

Alguma coisa dentro dela estava mudando, e não era só esta noite, nem a bermuda misteriosa, ou o acidente, nem a extraordinária falta de solidariedade de Charlie.

Era tudo.

Um ano antes, ela não teria pensado que precisar de dinheiro e se tornar operadora de disque-sexo seria *bom* para ela, mas, para sua surpresa, Tiffany se viu preocupando-se menos com cada detalhezinho. Só o fato de perceber como sua vida podia ser imprevisível, e como as coisas pareciam dar certo de maneiras inesperadas, era estranhamente tranquilizador.

E libertador.

Assim, naquele momento, quando normalmente estaria imaginando todo tipo de consequências terríveis para Brian Walsh, Tiffany tinha certeza de que Abbey ia voltar e dizer que ele ficaria bem.

Enquanto esperava por isso, Tiffany viu os programas de entrevistas da madrugada, até aqueles que normalmente não suportava. Por fim, à 1h45, decidiu preparar um Cosmopolitan. Na verdade, decidiu preparar uma jarra, para o caso de Abbey precisar quando – e se – voltasse naquela mesma noite.

Quinze minutos depois, os faróis do carro de Abbey iluminaram a janela da frente e Tiffany saiu para recebê-la.

– Brian está bem?

Abbey fungou. Pelo visto ela andava fazendo muito isso.

– Parece que sim.

Os ombros de Tiffany relaxaram pela primeira vez a noite toda.

– Ah, graças a Deus. Eu estava tão preocupada.

– Desculpe – disse Abbey de imediato. – Eu devia ter telefonado e lhe dado a notícia antes. – Ela franziu a testa como se fosse um detalhe importante. – Não sei por que não fiz isso.

– Talvez porque seu marido está no hospital. – Tiffany pôs o braço em volta de Abbey. – Vamos entrar. Quer uma bebida? – Ela não se importava que Abbey fosse mulher de um pastor; era amiga dela, e ia lhe oferecer uma bebida sem se preocupar se era certo ou errado.

— Eu adoraria — disse Abbey, abrindo um sorriso amarelo.
— Dose dupla.

— Cosmopolitan está bom?

— A essa altura, Moonshine estaria bom, Listerine, qualquer coisa.

Tiffany abraçou Abbey — algo que nunca tinha feito antes — e disse:

— Então, entre. Você teve uma noite horrorosa. É hora de relaxar um pouco, se puder.

Passou-se algum tempo antes que a fachada fria de Abbey se rompesse. Tiffany a levara ao solário dos fundos, onde poderiam ter total privacidade, e serviu três doses de vodca antes que Abbey finalmente dissesse alguma coisa significativa em vez de ser só educada.

— A culpa é minha.

— Como? — Tiffany não estava preparada para isso. Abbey era sempre tão forte e tão tranquila.

— Desculpe. — Ela acenou levemente, depois cobriu os olhos com as mãos.

— Abbey. — Tiffany não sabia o que fazer. Servir mais uma dose de bebida? Oferecer café? Perguntar mais? Distraí-la para que ela não ficasse perturbada demais? — Não se culpe.

— A culpa é minha — insistiu Abbey, quase com raiva. — É minha culpa. — Ela olhou nos olhos de Tiffany com um desafio inconfundível. — Tudo isso foi por minha causa.

— Do que está falando? — perguntou Tiffany.

Abbey fechou os olhos.

— Não posso dizer.

— Pode me contar, Abbey. É óbvio que você precisa tirar um peso do peito.

Abbey sacudiu a cabeça, sem dizer nada.

Tiffany pegou a mão de Abbey.

— Pode falar comigo. — Ela era sincera. Nunca tinha visto alguém com tanta dor como Abbey e queria fazer alguma coisa para ajudar. E no momento parecia que a amiga precisava desabafar ou ia explodir.

— Posso? — Abbey olhou para ela com os olhos avermelhados. Suas pupilas estavam pequenas, dando-lhe uma aparência quase hostil.

Mas Tiffany manteve-se firme.

— Pode.

— E acha que pode se limitar a ouvir e guardar segredo? — desafiou Abbey, como uma criança que tentava obter uma resposta mas temia outra.

Tiffany assentiu.

— Sim.

E então Abbey falou tudo.

Não conseguia se lembrar de uma época em sua vida em que chorara tanto e tão intensamente. Os soluços saíam em ondas silenciosas, as lágrimas quentes e aparentemente intermináveis.

Mais tarde, provavelmente, ela ficaria constrangida. Mas agora parecia que ia explodir se não se abrisse.

— Eu me casei com Brian pelos motivos errados — disse ela com a respiração entrecortada. — Ele merece alguém melhor.

— O que quer dizer? — Tiffany a consolava. — Por que se casou com ele?

Abbey respirou longa e lentamente. E mais uma vez. Tentativas débeis de domar a histeria que borbulhava sob a superfície.

Ela precisava desabafar.
Tinha de contar a verdade.
Finalmente.
— Eu me casei com ele para me salvar.
— Para se salvar? — Tiffany ficou confusa. — Para se salvar de quê?
Abbey engoliu em seco.
— Da danação eterna.

Eram 3h30 da manhã, e Loreen não conseguia dormir. Estivera cansada o dia todo, e mal tinha sido capaz de manter os olhos abertos, então era um mistério ter acordado de repente no meio da noite.

Depois de revirar na cama de 3h01 às 3h30, ela se conectou como Mimi e esperou que o telefone tocasse.

Não demorou muito. Loreen não tinha certeza de por que isso a surpreendeu, mas quase de imediato recebeu uma ligação de um cara que parecia *quase* jovem o bastante para estar ligando com o dinheiro dos pais enquanto eles estavam fora da cidade.

Mais dez minutos se passaram no quarto escuro e o telefone tocou de novo.

— Aqui é Mimi — disse ela, experimentando uma nova voz para Mimi. Era mais do tipo Betty Boop.

— Mimi?
— Sim.
— Aqui é o Anônimo.

Depois de semanas fazendo isso, ela estava preparada para quase qualquer coisa.

— Oi, Anônimo. O que posso fazer por você?

— Tentei ligar mais cedo, mas você não estava trabalhando.

— Pode ligar para qualquer uma das Happy Housewives — disse ela. A voz de Betty Boop tinha sido um erro. Ia ser difícil continuar falando assim. — Todas ficamos felizes em conversar com você.

— Nada disso. — A voz dele começava a parecer familiar. — Tentaram me passar para outra pessoa, mas eu queria falar com *você*.

Ela continuou, apesar da sensação desconcertante de que podia conhecê-lo.

— Muito bem, Anônimo, do que quer falar?

— Da minha mulher.

Espera um minuto.

Loreen se remexeu na cama.

— Da sua mulher?

— É isso mesmo.

Era Robert.

— Talvez deva ligar para sua mulher no telefone dela em vez de pagar três pratas por minuto para falar com ela — disse Loreen.

— Não, não. Tem de ser assim.

Ela largou a inflexão de Mimi.

— Não se você tiver um filho indo para a faculdade daqui a alguns anos.

— Posso arcar com isso — disse Robert. — É por uma boa causa. Entendo que algumas donas de casa felizes se meteram em confusão em Las Vegas.

Loreen sorriu para si mesma.

— Tudo bem, então, Anônimo, o que você quer?

— Bom, como eu disse, quero falar sobre a minha mulher. Isto é, a minha em breve ex-mulher.

Esse *ex*. Sempre a incomodava. Parecia tão... hostil.

— O que tem ela?

— Bom... — ele soltou um suspiro — ... ela provavelmente não entenderia se eu falasse com ela primeiro, então pensei em passar por você. Talvez você possa me dar uns conselhos.

— O que é? — Será que ele ia dizer que tinha conhecido alguém? Que ia se casar? Será que tinha tanto medo de que ela pirasse que queria pagar a APM só para acalmá-la?

Ela se preparou para a resposta dele, tentando endurecer o coração, embora eles estivessem prestes a se divorciar e ela não devesse sentir mais *nada* disso.

— Bom... Minha em breve ex-mulher... vou chamá-la de Lor... etta.

— Como em Loretta Lynn?

— Exatamente. Ela *adora* música country.

Loreen revirou os olhos. Ela *odiava* música country.

— O que tem Loretta, a rainha da música country?

Ele estalou a língua nos dentes.

— O caso é que acho que ainda estou apaixonado por ela.

O estômago de Loreen se estreitou.

— *Como é?*

— Eu sei, eu mesmo quase não acredito nisso.

— É... verdade?

Ela podia imaginar Robert assentindo.

— Acho que sim.

— Puxa vida. Então... O que quer que a *Loretta* faça com essa informação?

— Eu queria que ela pensasse nisso como de fato é: a verdade. Eu disse a ela que achava que era uma maníaca controladora e que se concentrava demais em nosso filho e pouco em mim, mas recentemente aprendi que há mais por trás disso.

Loreen engoliu em seco.

— E como você se sentiu com isso?

— Como um imbecil, por não ter deduzido antes o que estava acontecendo com ela. Em vez disso fiquei irritado por me afetar tanto. — Ele suspirou. — Talvez devêssemos ter feito terapia de casal.

As lágrimas encheram os olhos de Loreen.

— Ela devia ter se importado mais com você — reconheceu ela. — Se tivesse feito isso, talvez vocês ainda estivessem casados.

— Nós *ainda* estamos casados — disse Robert.

— Tecnicamente.

— Não precisa ser assim. — Ele respirou longamente. — Eu a amo. Quero envelhecer com ela.

Ela riu, porque parecia melhor do que chorar.

— As mulheres não gostam de pensar em envelhecimento.

— Mas, se tivermos sorte, vamos chegar lá. E quero fazer isso com minha melhor amiga. E é isso que ela é. Ela é a melhor amiga que já tive na vida.

Ela engoliu em seco, mas sua garganta estava tão apertada, que doía.

— Há muito a ser dito sobre se casar com sua melhor amiga.

Robert hesitou. Uma hesitação cara, considerando o quanto ele estava pagando por minuto.

— Então, o que acha de se divorciar da melhor amiga?

Ela respirou.

— Não gosto disso, mas acho que, se duas pessoas começam alguma coisa assim, talvez suas razões sejam sólidas.

— Tudo bem, mas pense numa coisa. — Era o Robert diplomata falando. — E se você estiver errada?

Não havia nenhuma Loreen diplomata. Só a Loreen reativa.

— Não quero cometer um erro por me deixar levar pela paixão do momento.

— *Este* não é um momento de paixão. Este é um momento de *sinceridade*. — Robert soltou um suspiro exasperado. — Estamos encarando a possibilidade de jogar fora toda a nossa vida, cada um de nós sozinho, porque temos medo de nos magoar de novo.

Loreen balançou a cabeça no escuro, incapaz de aceitar essa possibilidade.

— Não posso fazer isso agora, Robert.

— Anônimo.

— Robert.

— Tudo bem, Loretta.

Ela teve que rir.

— *Quando* pode fazer isso? — perguntou ele. — Precisamos conversar. Isto é, a não ser que saiba, sem a menor sombra de dúvida, que sua resposta é não. — Ele esperou um segundo. — É isso?

Ela sacudiu a cabeça, mas o bolo na garganta evitou que falasse.

— Loreen, eu ouvi o tecido farfalhando. Isso quer dizer que você está assentindo ou sacudindo a cabeça?

— Sacudindo a cabeça — disse ela. — Vamos conversar sobre isso depois.

— Promete?

Ela engoliu em seco.

— Prometo.

— Tudo bem, então. Nós nos falaremos logo, Loreen. Muito em breve.

Ela desligou o telefone e o segurou no peito, pesando as possibilidades. Será que *podia* voltar com Robert? Era realmente o que ela queria?

Só Deus sabia que ela pensava nele com muita frequência. Ela adorava estar casada com ele. Na verdade, até o fim, quando eles batiam cabeça repetidas vezes sobre o fato de ela ter se desligado do casamento, ela adorava tudo em estar com ele, até adorava ir ao supermercado com ele.

E, na verdade, ela sentia falta até de ir às compras com ele.

Loreen sentia muita saudade dele.

Além disso, havia toda a questão do contato físico. Antigamente, eles eram ótimos na cama e desde que se separaram ela não tinha ficado com ninguém – exceto Rod, e Deus sabia que ela tentava não pensar *nele*.

Mas não era só o sexo. Era a intimidade despreocupada de cruzar as pernas sobre ele quando se sentavam no sofá para ver TV juntos. Era deitar-se na cama ao lado dele enquanto liam, antes de dar um beijo de boa-noite e apagar as luzes.

Era a intimidade espacial que só se podia ter com alguém a quem se estivesse romanticamente ligado.

Ela sentia falta disso.

Sentia falta *dele*.

Mas será que ela estava preparada? E ainda havia Jacob. Ela não podia deixar de pensar em como ele se sentiria se tentassem novamente e descobrissem que não ia dar certo.

Ela fechou os olhos tentando esquecer. Era demais pensar nisso aquela hora da madrugada. Só queria poder relaxar um pouco e voltar a dormir.

Precisava do que os clientes da madrugada tinham: uma boa xícara quente de orgasmo.

O telefone tocou.

Droga. Ela devia ter desligado. Não estava com foco.

O telefone tocou de novo.

Ela tentou se recompor. Tinha de atender. Ela precisava do dinheiro.

Isso a convenceu a abrir o celular.

— Aqui é Mimi.

— Mimi, é o Anônimo.

Ela riu. Meu Deus, estava feliz que fosse ele.

— Anônimo! Há quanto tempo!

— Tempo demais.

— E o que posso fazer por você?

— Na verdade — disse ele, baixando a voz — é o que *eu* posso fazer por você.

Ela franziu a testa. Ele não ia pressioná-la com aquela coisa de voltar, não é? Robert devia conhecê-la bem o bastante para saber que não daria certo.

— E o que é? — perguntou ela com cautela.

— Bom, você presta esse serviço para os homens o tempo todo, mas alguém já se importou em retribuir?

Que interessante.

— Não — disse ela. — Na realidade, ninguém fez isso.

— Foi exatamente o que eu pensei. Então esta noite não quero que faça nada. Não erga um dedo... — ele parou. — ... a não ser que queira. — Ele riu. Era um som agradável.

Era na realidade um som sensual.

Mas ela ia mesmo ceder?

— Humm. O que está vestindo? Não, espere... Não me diga. Nesta época do ano, provavelmente é a camisola do Bisonho ou aquela coisa verde e cor-de-rosa com botões que você comprou na Target há uns cem anos.

— Errado. — Ela deu a do Bisonho, erguendo a xícara de café à blusa que na realidade usava, uma desculpa silenciosa por negar isso a ele. — Estou com a camisola de cetim preto, liga e meia arrastão. Sabe como é, minhas roupas de trabalho de sempre.

— Estou soltando essas ligas agora. E tirando a meia de sua perna direita. — Ele hesitou. — E agora da perna esquerda. E estou passando a mão, subindo lentamente para suas coxas. As duas mãos, as duas coxas. Você não está de calcinha...

— Não — sussurrou ela.

— Que bom. Por que perder tempo? Quero sentir seu gosto. Já faz muito tempo e quero sentir seu gosto agora.

Ela respirou bruscamente.

— Pode sentir? Você se lembra?

— Lembro. — A voz de Loreen oscilou.

— Eu também. — Aquela voz. Ela adorava a voz dele. — Lembra do que eu fazia com a minha mão agora?

Ela fechou os olhos e imaginou.

— Lembro. — Ela ia ceder. Precisava disso.

Precisava disso há muito tempo.

Capítulo 19

Sandra entrou e encontrou Tiffany fritando uma batata rosti. Era irritante que alguém tão magro como Tiffany pudesse comer *batata rosti* no café da manhã, enquanto o corpo de Sandra parecia se expandir com apenas um shake Slim-Fast pequeno.

— Oi — disse Tiffany quando viu Sandra. — Espero que esteja com fome.

— *Agora* estou. — Sandra se sentou em uma das banquetas diante da bancada. — Trouxe mais sapatos para você — disse ela, cantarolando. — Os novíssimos e recém-lançados Lorna, de Phillipe Carfagni. — Ela sacou um par de sapatos plataforma de bico redondo em couro de bode avermelhado, com um arco como as colinas da Itália, onde tinha sido feito. Ela o adorava e imaginou que Tiffany também gostaria, especialmente porque a fariam ficar bem mais alta que Charlie. — Não são incríveis?

Tiffany baixou a espátula.

— São lindos. Estou louca para experimentar. — Ela pegou um, examinou o salto e olhou maliciosamente para Sandra. — Gostei de verdade.

— Que bom. Agora não me faça ficar e comer isso que está preparando.

— *Papas fritas* — disse Tiffany, baixando o sapato e pegando a espátula novamente. Depois, no que Sandra sempre brincava que era sua *voz de cardápio*, ela acrescentou: — Um ninho de batatas rosti, coberto por ovo pochê, molho de pimenta, creme de leite e queijo. — Ela ergueu a sobrancelha e voltou a sua voz normal. — E você *tem que* ficar.

Sandra queria. Céus, ela queria muito.

— Não acho que isso esteja no cardápio dos Vigilantes do Peso.

— Ah, tenha dó, não pode se preocupar com isso o tempo todo. — Tiffany colocou uma xícara na frente de Sandra sem fazer perguntas e serviu café até a metade. Depois foi à geladeira, pegou o creme e completou, como Sandra gostava.

Tiffany era a anfitriã perfeita.

— Bom, eu me preocupo. — Sandra tomou um gole do café perfeito e cremoso. — Então, é o carro de Abbey que está lá fora?

— É. — Tiffany baixou a espátula e olhou para Sandra. — Agora está tudo bem, mas o marido dela sofreu um acidente de carro ontem à noite, então ela trouxe o filho para cá enquanto ia ao hospital. — Tiffany estremeceu. — Eu fiquei muito assustada.

— Que horror. *Abbey* está bem?

Tiffany deu de ombros.

— Parece que sim. — Tiffany pegou a espátula de novo e gesticulou para Sandra. — E tenho certeza de que ela vai ficar feliz em ver você, então *não pode* ir embora.

— Tá legal, tudo bem. Então, Brian vai mesmo ficar bem? — Sandra queria confirmação. — Eles têm certeza?

Tiffany assentiu.

— E na verdade, de um jeito estranho, acho que a experiência fez bem a Abbey.

— *Fez bem* a ela?

— É, tivemos uma boa conversa ontem à noite quando ela voltou. Ela se abriu um pouco sobre coisas que a incomodavam há muito tempo, e acho que agora está se sentindo melhor.

Sandra não perguntou sobre que tipo de coisas Abbey falou. Ela sabia que Tiffany jamais trairia a confiança da amiga. Isso sempre tinha sido conveniente para Sandra, quando era o segredo *dela* que Tiffany precisava guardar, mas era de enlouquecer em outras ocasiões, quando Tiffany parecia ter informações sigilosas sobre alguém e não contava quem. Ou o quê.

Tiffany levantou a cabeça e olhou por trás de Sandra.

— E por falar no... — ela se interrompeu. — Oi, Abbey. Como está se sentindo agora?

Sandra se virou.

— Soube que a noite foi difícil.

— Foi mesmo — disse Abbey, passando a mão pelos braços como se quisesse aquecê-los. — Mas acho que agora vai ficar tudo bem. E na verdade, foi o melhor sono que tive há tempos. Quem diria, hein?

— Às vezes, quando sua vida vira de pernas para o ar, você descobre que na verdade está na posição correta — disse Sandra. — Se isso fizer algum sentido.

— Faz. — Tiffany olhou para ela pensativamente. — Na verdade, faz muito sentido. — Ela colocou um pouco de manteiga na frigideira.

Charlie entrou na cozinha nessa hora.

– O bebê está chorando – disse ele a Tiffany, pegando uma xícara e servindo-se de café.

Tiffany olhou para ele, boquiaberta.

– Por que não foi pegá-lo?

– Não sabia o que você queria fazer.

– Quero que vá pegá-lo.

– Estou saindo para jogar golfe.

– Eu pego Andy – disse Sandra, obviamente tentando neutralizar uma situação que ninguém, em especial Abbey, precisava testemunhar agora.

– Obrigada. Coloque-o no quarto para brincar com as outras crianças, está bem? – Tiffany pegou uma caneca para viagem e passou o café de Charlie para ela, e depois entregou a ele. – Não vai querer se atrasar.

Ele a olhou rapidamente, depois voltou sua atenção a Abbey.

– Foi seu marido que sofreu um acidente?

– Sim – disse ela. – Foi.

– É melhor tirar fotos do carro – disse ele, pegando um pedaço de pão ao passar pela bancada. – As seguradoras sempre esperam demais para fazer isso.

– Ah, sim. – Abbey franziu a testa. – Obrigada.

Ele assentiu.

– Vou me atrasar – disse ele a Tiffany.

Ela ergueu a mão, sem interesse.

– Tudo bem.

Ele saiu justo quando Sandra voltava à cozinha.

– Agora tenho certeza de que Charlie tem um caso – disse Tiffany, olhando o lugar em que ele estava antes.

– Ah, Tiffany... – disse Sandra.

Tiffany quase ficou surpresa com as próprias palavras.

— Desculpe. Não sei por que levantei esse assunto, não é nada importante perto da saúde e do bem-estar de Brian agora.

— Brian vai ficar bem — disse Abbey numa voz suave. — Eu adoraria falar sobre outra coisa. Conte sobre Charlie.

— Bom, para começar — disse Tiffany —, ele separou todas as nossas contas bancárias há algumas semanas. E depois, saiu para jogar golfe sem levar os tacos. — Ela gesticulou para o canto da lavanderia, onde os tacos de golfe estavam desde o sábado anterior.

— Você precisa contratar um detetive — disse Sandra.

— Concordo — disse Abbey. — Precisa de provas *agora*. Ao que parece, ele acha que você não percebeu nada, então não deve ser difícil.

— Eu conheço alguém — disse Sandra, pegando o celular.

— Conhece um detetive particular? — perguntou Tiffany.

— Uma amiga minha contratou os serviços dele no ano passado — disse ela. — Ele tem uma queda por mulheres legais que são traídas pelos maridos. Vou pegar o número e você vai ligar *hoje*.

Naquela tarde, depois que o detetive particular Gerald Parks foi contratado e enviado atrás do marido traidor de Tiffany, Abbey foi ao depósito para onde o carro de Brian tinha sido rebocado. Tiffany e Sandra se ofereceram para acompanhá-la, mas ela recusou, temerosa de sua própria reação. Em vez disso, pediu-lhes para ficarem com Parker para ela poder tirar fotos, como Charlie tinha sugerido.

E ela *ia* tirar fotos. Podia muito bem fazer isso, para o caso de precisarem delas para a seguradora, mas não era o verdadeiro motivo. Ela ia até lá porque tinha de ver por si mesma, de algum modo convencer-se de que fora um caso comum de perda de controle do carro, e não a possibilidade muito mais sinistra de que Damon estivesse envolvido.

Como ia provar isso para si mesma, não fazia ideia. Mas ia começar examinando a traseira do carro em busca de quaisquer arranhões, amassados ou outro sinal de que Brian fora atingido por trás.

Ela parou no escritório e um cara desgrenhado com uma barba de dois dias procurou o carro numa lista, dizendo a Abbey onde encontrá-lo.

Ela foi andando até a vaga, vendo os para-brisas amassados por choques de cabeça. Por que as pessoas não usavam cinto de segurança? A prova era tão conclusiva que...

Seus pensamentos pararam. E seu coração também, por um momento. Lá estava o carro de Brian. Ou melhor, o que restava do carro de Brian. Parecia um acordeão de brinquedo. Quando Abbey viu o banco do motorista, de onde eles retiraram Brian, o metal retorcido e de aparência incrivelmente fina, ela irrompeu em lágrimas.

Tinha chegado assim tão perto de perdê-lo?

Que diabos teria feito sem ele?

Ela nem suportava pensar nisso, no entanto, olhando o carro, não lhe passava outra coisa pela cabeça.

Mas precisava agir. Viera ver se o acidente era obra de Damon e precisava levar isso até o fim. Ela examinou o para-choque, a placa, as lanternas traseiras, o eixo das rodas, tudo na parte de trás do carro, mas estava brilhando como se fossem novos. Então passou à lateral do carro. O lado do carona também estava em boas condições, mas ela o examinou primeiro, pois foi o lado do motorista que atingiu a árvore, e fazia sentido que ele tivesse feito isso porque evitava alguma coisa no lado do carona.

Mas não havia nada ali também.

Ela passou ao lado do motorista. Morria de medo disso, por causa do air bag e do banco manchados de sangue, e quando os viu teve de reprimir o desespero. Sim, foi um acidente terrível, e sim, ela podia ter perdido Brian, mas ela *não o perdeu* e precisava se concentrar nisso.

Ela desviou à força os olhos do emaranhado ensanguentado que era o banco do motorista e examinou a lateral do carro.

Era tão pequeno que de início ela não viu. Mas ali, entre duas dobras de metal que tinham sido a porta do motorista, ela viu, arranhada firmemente na pintura, a pista que procurava.

10M.

A quantia que Damon insistia que Abbey devia a ele.

Ele *estava mesmo* por trás disso.

Ela não ficou surpresa, é claro. Era o que desconfiava. Era o motivo para ter ido ali, e no entanto, ao ver, parte dela não conseguia acreditar que fosse verdade. Antes de Las Vegas, ela não pensava em Damon havia anos. Agora, de repente, ele estava lançando uma sombra sobre toda sua vida. Enquanto durante anos ele pareceu não existir, agora tinha o poder de mudar – de *arruinar* – sua vida.

Ela precisava detê-lo.

Ela ia ligar para o detetive particular Gerald Parks. Abbey queria – não, *precisava* – encontrar Damon Zucker antes que ele a encontrasse de novo.

— Estes são Michelle, eu trouxe um par para cada uma de vocês. Só prometam que usarão em toda parte e dirão a todo mundo que são Carfagni. — Ela sorriu e entregou as caixas com os calçados Michelle, uma sapatilha cor-de-rosa metálico de bico fino com solado de couro escovado. — Nem vão acreditar em como são confortáveis.

— Vou usar — disse Loreen. — Tenho usado aqueles Helenes quase sempre. Nunca soube como os sapatos *bons* eram diferentes das porcarias que tenho comprado.

— Eu sei. — Sandra assentiu, categoricamente. — É uma lição que todas aprendemos, cedo ou tarde. Se tivermos sorte.

— Eu aprendi com toda certeza — disse Tiffany. — Sinceramente, eu costumava pensar que você era meio biruta com todos os seus sapatos, mas quando coloquei aqueles de salto alto que trouxe para mim, juro que senti que estava andando em botas de sete léguas. Eles me deixam *poderosa.*

— Você *é* poderosa — disse Sandra. — Mas fico feliz que tenha gostado dos sapatos.

Era estranho; Sandra pensou o quanto o negócio de disque-sexo tinha mudado Tiffany. Ou talvez fosse só a independência, ganhar dinheiro — um bom dinheiro — e descobrir que não precisava de Charlie para sustentar os filhos. Tiffany era uma pessoa inteiramente diferente.

E ela parecia estar gostando de tudo aquilo. Era como se passasse por sua própria revolução sexual.

O que quer que fosse, Tiffany tinha ficado mais relaxada, mais divertida. Deixava as crianças brincarem sem vigiá-las obsessivamente, e Sandra até a vira colocar um ou dois pedaços de queijo na boca quando elas se encontravam na casa de Loreen, onde a comida sempre era incrível e calórica.

Era bom ter a irmã de volta. Ou ter a irmã pela primeira vez. Ela não sabia dizer qual das duas opções era a certa. E gostaria de ter Abbey e Loreen como amigas também.

— Então, quando será o próximo encontro? — Tiffany perguntou a Sandra. — Acho que o terceiro vai ser um sucesso.

— Antigamente eu teria concordado com isso — disse Sandra. — Mas considerando os dois primeiros, minha confiança está seriamente abalada.

— Nem todo mundo é esquisito — disse Loreen.

— Não tenho tanta certeza — disse Abbey. Depois sorriu. — Mas a probabilidade de conhecer outro maluco sem ter saído com alguém remotamente normal antes é muito pequena.

— Meu Deus, espero que tenha razão. — Sandra ainda estava cansada de ficar sozinha. Ainda queria companhia, alguém com quem curtir as pequenas coisas da vida. Mas também estava cansada da humilhação.

— Qual é o nome dele? — perguntou Tiffany.

— DLadd — disse Sandra, tentando ver o lado positivo. — Não é PuppetMaster, nem FunkyChicken, nada estranho. Só DLadd, de Douglas Ladd.

— O que ele faz? — perguntou Loreen.

— É arquiteto.

— Parece normal — propôs Tiffany. — Aonde vocês vão?

— Vamos nos encontrar no Normandie Farm para tomar um irish coffee. — Mesmo que o encontro fosse um fracasso, ela adorava o restaurante e não ia lá há anos.

— Ah, eu tinha me esquecido desse lugar. — Tiffany suspirou. — A mamãe e o papai nos levaram lá quando nos formamos no colégio.

— Eu sei. Eu tinha esperanças de que nossa história com ele desse sorte. — Sandra pensou. — Mas não sei se preciso de sorte. Temos tantos interesses em comum.

— Como o quê? — perguntou Loreen.

— Vejamos... Uma ligação eterna com a banda Pixies, uma preferência por gatos a cachorros. O que mais? Ele mora em McLean Gardens, a uns 5 quilômetros de mim. Ele não gosta de bonecos nem de fliperama. Eu perguntei. — Ela sorriu. — E, pela foto, ele parece bem bonitinho.

— Tenho um bom pressentimento com relação a esse – disse Loreen. — É sério. E de vez em quando meus pressentimentos se transformam em premonições. Quero dizer, de vez em quando mesmo. Mas ainda assim...

Sandra assentiu.

— Eu também tenho, eu acho. Criei coragem para contar a ele a verdade sobre minha batalha com o peso, e ele quer me conhecer mesmo assim. Isso é bom, não é?

— Você devia poder esperar isso de um sujeito decente – disse Tiffany com amargura.

— É, mas os sujeitos decentes nem sempre *agem* de forma tão correta no início. — Loreen voltou sua atenção a Sandra e assentiu. — Acho que isso é um bom sinal.

— Em especial porque ele pode estar imaginando alguém com um problema de peso *muito* mais óbvio do que o seu – acrescentou Abbey. — Aposto que ele vai ficar impressionado ao ver como você é bonita.

— Deus te ouça – disse Sandra.

— Não conte com isso. — Abbey deu uma gargalhada. — Mas depois fala para a gente como foi.

Sandra ainda sustentava a teoria de que era melhor ser a primeira a chegar, e desta vez deu certo. Ela se sentou no lounge do Normandie Farm, satisfeita ao ver que a iluminação era baixa, e ouviu a melodia suave do violão do músico no outro salão.

Doug chegou às 20h em ponto e a recepcionista lhe mostrou a pequena mesa em que Sandra estava sentada.

— Sandra?

Ela estava tão perdida em pensamentos que nem percebeu que ele tinha chegado. Sobressaltada, ela olhou para um dos rostos mais bonitos que vira na vida. Ele não era só *bonitinho*; era lindo.

Assim, a razão lhe disse que ele tinha de ser o gerente ou coisa assim vindo dizer a ela que seu companheiro cancelara o encontro.

— S-sim?

Ele sorriu e a cara ficou ainda melhor. Pele bronzeada, olhos claros, cabelo louro.

— Eu sou Doug Ladd.

Ele era Doug Ladd.

E ela ficou sem fala.

— Posso... me sentar? — perguntou ele, meio desconcertado com o silêncio dela.

— Ah! Mas é claro! Desculpe, eu... — Ela o quê? Não havia um final razoável para essa frase. — Por favor, sente-se.

Ele se sentou e sinalizou para a recepcionista eufórica esperar um momento.

— Quer um irish coffee? — perguntou ele a Sandra.

— Claro. — Ela assentiu. — Sim.

— Dois — disse ele à recepcionista. — Pode dizer à nossa garçonete?

— Aham. — A recepcionista assentiu e custou a desgrudar os olhos de Doug, olhando inquisitivamente para Sandra por um momento, e então se afastou.

— Desculpe, eu detesto começar a conversar e ser interrompido dois minutos depois só para fazer o pedido — disse Doug quando a recepcionista saiu.

— Eu também — disse Sandra, e ela estava impressionada que ele pensasse nisso. Facilitava a vida para todos.

Três irish coffees depois, Doug ainda não tinha dado um passo em falso e Sandra, que mudou para o descafeinado depois do primeiro, viu-se realmente relaxando no ritmo da conversa.

Era fácil.

Fácil *demais*.

E algo disse a Sandra que ela sabia o motivo.

— Então, Doug, eu sei que gosta dos Pixies, mas o que mais gosta de ouvir?

— Todo tipo de coisas. Um pouco de tudo, na verdade. De country a musicais, eu acho.

— Musicais?

— Claro.

— Tipo Judy Garland?

— Isso aí. — Ele parou. — Na juventude dela.

Hummm.

— E Christina Aguilera? É um grande fã de Christina Aguilera?

— Ela tem boa voz — disse ele, olhando com curiosidade para Sandra. — Eu acho. Mas não é minha preferida.

— O que acha de Rupert Everett?

— O quê?

— Deixa para lá.

— Você é... — Ele parecia meio perdido. — ... uma grande fã de música?

— Mais ou menos. — Ela assentiu.

— Já foi no *open mike* do Outta the Way Cafe, em Derwood? Eles têm uns músicos muito bons por lá.

— *Open mike*? É tipo um show de drag queen?

Ele ficou desconcertado.

— Não. É só música comum. Diversão boa e gratuita. — Ele baixou a bebida. — Desculpe, parece que está tentando chegar a algum lugar com essa conversa, mas não entendo o que é.

— Eu? Não, não estou tentando chegar a lugar algum. — Ela tentou sorrir e não dar importância ao assunto, mas não estava se saindo bem. — É que nunca fui num *open mike*. Não sabia bem o que era.

— E o que você gosta de fazer?

— Eu ia ao Nine Thirty Club, quando era mais nova, mas não faço isso há séculos. Ultimamente, sei lá. Não tenho saído muito nem feito nada interessante. — Ela tomou um gole da bebida e rebateu a bola. — E há quanto tempo está cadastrado no Match?

Ele abriu os braços.

— Você é a primeira.

— É mesmo? — Ela baixou o copo. — Sério?

Ele deu de ombros.

— Eu fiquei numa relação por muito tempo e, quando terminou, mergulhei no trabalho e me esqueci de entrar em contato com as pessoas.

— Arquitetura.

Ele assentiu.

— É isso mesmo.

— Fez alguma coisa que eu possa ter visto?

— Provavelmente não. Atualmente tenho feito interiores de casas. Reformas, acréscimos, esse tipo de coisa.

— Tipo decoração?

Ele sorriu.

— Há certa arte nisso.

Ah, cara. Era como Sandra desconfiava. As peças estavam se encaixando.

Sandra olhou o homem lindo, educado e bem-sucedido sentado diante dela e não conseguia pensar em duas razões para ele querer fazer alguma coisa com ela.

Ela só podia pensar em uma.

Ele procurava um álibi, uma mulher para sair de vez em quando para provar que não era gay.

Coisa que ele era totalmente.

— Acho que você precisa estar em contato com seu lado feminino para isso.

Ele franziu a testa.

— Acho que... sim. — Houve um silêncio desagradável. — Sandra, por que está me fazendo todas essas perguntas de repente? — perguntou ele, remexendo-se pouco à vontade na cadeira. — Nunca na minha vida achei que meu trabalho ou minhas preferências musicais fossem motivo para uma acusação.

Sandra soltou um longo suspiro.

— Acho que nós dois sabemos do que se trata.

— Nós sabemos?

— Claro que sim. — Ela assentiu, tentando ser gentil. — Já vi isso antes. Você é gay e não deseja que ninguém saiba, então quer uma mulher para sair de vez em quando e ir a eventos onde realmente precisa parecer hétero.

* 275 *

Ele recuou.

— Como é?

— Está tudo bem, Doug. Eu entendo. O caso é que não quero ser essa mulher, está bem?

— Que gozado, porque eu não quero ser esse cara.

Ela assentiu.

— Eu entendo, só queria que você fosse você mesmo e mandasse o resto do mundo para o inferno, mas se está procurando por um disfarce, não conte comigo. — Ela pegou a bolsa e tirou uma nota de 20 dólares, que achou que era mais do que suficiente para pagar por sua parte na conta. — Desculpe — disse ela, baixando a nota na mesa.

— Está falando sério? — perguntou Doug, parecendo sinceramente surpreso, embora ela não soubesse o motivo.

— Foi uma longa noite — explicou ela. — Na verdade, um longo mês. Eu não vou fazer isso, mas desejo-lhe sorte. Você é um ótimo sujeito.

Doug, que tinha se levantado e feito um movimento para impedir sua saída, sentou-se e deixou que ela fosse embora.

— Obrigado, Sandra. Desejo o mesmo a você. Tenha uma boa noite.

— Obrigada — disse ela, sem ser sincera. Estava tão decepcionada com o modo como as coisas correram, que podia chorar. Tinha começado o encontro com uma sensação ruim e a cada minuto que passava se sentia ainda pior.

Cada um desses encontros idiotas, inúteis e ofensivos parecia empurrá-la para ainda mais longe da companhia — e da família — que ela sempre achou que um dia teria.

E a droga era que ela ainda queria isso.

Ela queria filhos. Manhãs de Natal, caçadas a ovos de Páscoa, fantasias de Halloween que tinham cheiro de cola e desmontavam na metade da noite do Dia das Bruxas.

Em outras palavras, apenas uma vida *normal*. E não um normal imperfeito; mas normal pelos padrões da *maioria* das pessoas.

Mas não para a maioria das pessoas que ela conheceu pelo Match.com.

Era péssimo que Doug não fosse hétero. E que ela não fosse uma modelo. Porque eles teriam se divertido muito juntos.

Capítulo 20

— Você o acusou de ser gay — repetiu Tiffany, incrédula. — Ah, meu Deus, Sandra, não me diga que fez isso.

— Eu sei, pensando bem, parece uma burrice tão grande. — Sandra cobriu o rosto com as mãos e gemeu. — Eu sou *tão idiota*.

Abbey olhou para Tiffany, depois para Loreen, sentindo que todas reprimiam o impulso de concordar.

Mas Tiffany foi a única que fez isso.

— Tá brincando! Coitado do cara.

— Ele fez *alguma coisa* para que você pensasse assim? — perguntou Abbey.

— Fez. — Sandra a olhou nos olhos. — Ele teve a ousadia de ser bonito e dar a impressão de estar interessado em mim.

— Então o bobo estava pedindo por isso. — Loreen riu e se inclinou com um braço em volta de Sandra. — Não esquenta, querida. Foi um erro... É só isso. Que veio dessa insegurança profunda e estranha dentro de você que ele não poderia entender.

— Talvez Mike Lemmington pudesse explicar a ele — sugeriu Tiffany.

— Mike terminaria dando uma cantada nele — Sandra fungou, depois endireitou as costas. — Não, esta foi uma lição dura de aprender, mas muito importante. Preciso ter mais confiança. Isto é, depois de parar de me odiar por esse erro colossal de tão idiota.

— Pode telefonar para ele — sugeriu Abbey. — Pelo menos para se desculpar.

— Eu devia — concordou Sandra. — Mas não posso. Simplesmente não posso. Não posso falar com ele de novo, mesmo que seja por telefone. Só vou parar de ir a encontros. Esta será uma espécie de desculpa universal minha a ele.

— Não pode parar com os encontros — disse Loreen.

— Não, não posso *continuar* com os encontros — corrigiu Sandra. — Foi aí que os problemas começaram. Eu sou uma idiota.

— Você só teve má sorte — disse Abbey. — Acontece com todo mundo, acredite. Só vai perder se desistir.

— É verdade — disse Tiffany, assentindo com entusiasmo. — É sério.

— Não preciso de papinho motivacional — disse Sandra. — Preciso é de um hábito de freira.

— Besteira — disse Loreen. — Você precisa de um bom encontro. Tente mais uma vez. Garanto que as coisas vão ficar melhores se você tentar só mais uma vez.

Sandra olhou para ela com ceticismo.

— Você é paranormal?

— Claro — disse Loreen. — Se isso a fizer acreditar em mim, porque eu *tenho razão*.

— Concordo — disse Abbey.

— Eu também — disse Tiffany. — Então, agora você *tem* que tentar de novo.

Sandra riu.

— Porque o comitê assim decidiu?

Tiffany concordou com a cabeça.

— Sim.

Abbey se lamentou por Sandra. Ela sabia que tinha sorte por nunca ter tido essa insegurança em particular com os homens, e certamente nunca teve esse azar cômico nos encontros, mas um movimento do lado de fora atraiu sua atenção.

Alguém estava perto do seu carro. Um homem.

Damon.

— Tudo bem — disse Sandra. — Vou fazer isso, mas francamente, só para provar que vocês estão erradas, assim me deixarão em paz.

— Posso conviver com isso — disse Tiffany.

O coração de Abbey se acelerou com os olhos grudados na janela, e ela tentava decidir o que fazer.

— Eu também — disse Loreen. — Abbey?

— Hummm — Abbey balbuciou. — É claro. Eu também... Acho que deixei o celular no carro... Podem me dar licença por um minuto? — Ela não esperou por uma resposta, só correu para fora, falando por sobre ombro: — Volto logo.

Ela voou para o sol quente de meio-dia, procurando por Damon, pronta para matá-lo com as próprias mãos, se necessário. Já estava farta de esperar e se perguntar, de se preocupar. A essa altura, já estava disposta a atacá-lo em razão da perseguição silenciosa e habilidosa que ele fazia.

— Damon! — gritou ela com ferocidade. — Onde você está? Eu o vi. Sei que está aqui!

As palavras dela caíram sem vida na quadra ensolarada e silenciosa.

— *Damon*!

Nada.

Depois Abbey percebeu uma marca na lateral do carro: *10M*.

De novo.

Precisava acabar com isso, de uma vez por todas.

De algum jeito.

Ela voltou para dentro e ficou aliviada ao encontrar todas onde as havia deixado. Ao que parecia, elas não tinham ouvido nem testemunhado seu lapso momentâneo de juízo.

— Conseguiu pegá-lo? — perguntou Tiffany.

— O quê?

— O telefone. Porque pensei ter ouvido sua bolsa tocando enquanto você estava lá fora, mas não tenho certeza.

— Ah. Isso explicaria por que não o encontrei. — Abbey soltou uma risada falsa e vasculhou a bolsa até pegar o celular. — Aqui está. Vai entender. — Ela olhou o identificador de chamadas. — É do consultório do dentista. E então, o que eu perdi?

— Na verdade — disse Loreen com um sorriso —, eu estava a ponto de dizer que este mês ganhamos dinheiro suficiente para pagar quase três quartos da dívida. Dá para acreditar?

Sandra bateu palmas.

— Caramba, vocês andam mesmo ocupadas, meninas. Estou tão orgulhosa!

— Graças a você — disse Abbey. Ela se perguntou por quanto tempo teria de trabalhar naquilo até ter dinheiro suficiente para pagar a Damon. — Se não tivesse aparecido com a ideia e nos explicado como fazer, não sei *o que* teria acontecido.

— Acho que agora eu estaria na cadeia. — A expressão de Loreen ficou séria. — Não sei como lhe agradecer. — Enquanto ela falava, seus olhos brilharam de lágrimas. — A *todas* vocês.

— Não tem sido tão ruim como eu esperava — disse Tiffany. — E isto — ela gesticulou para todas — de nos reunirmos toda semana tem sido ótimo.

— O que vamos fazer quando pagarmos tudo? — perguntou Loreen. — Vamos precisar de uma nova desculpa para as reuniões.

— Hummmm. — Sandra ficou pensativa. — O que vocês acham de sapatos?

O dinheiro continuava entrando. Loreen verificou o valor duas ou três vezes porque não conseguia acreditar que esse negócio fosse tão lucrativo. E não eram só Loreen, Abbey e Tiffany que estavam se beneficiando do sucesso do empreendimento das Happy Housewives. Elas haviam decidido, desde o início, que também iam destinar uma porcentagem dos ganhos aos programas da Associação de Pais e Mestres.

Já estavam fazendo planos para pagar a Nick Nicholas, um educador infantil renomado em todo o país, conhecido como o Mago da Matemática, para dar um workshop para as crianças da Tuckerman.

Normalmente, esse tipo de programa especial era domínio exclusivo das escolas particulares mais caras, mas a APM do Colégio Tuckerman de repente se sentia muito otimista com suas finanças.

No entanto, nem todos partilhavam deste otimismo. Deb Leventer e seu grupo de amigas começavam a questionar os motivos e meios das atuais dirigentes da APM. Ainda amargurada por ter perdido a eleição para presidente, sempre que havia uma oportunidade, Deb lançava dúvidas sobre a competência de Tiffany.

— De onde vem o dinheiro? Não seria mais prudente economizar, para o caso de uma emergência?

Para que emergência da APM Deb pensava que elas precisavam economizar, era um mistério. Era difícil pensar em Deb imaginando alguma coisa como, digamos, uma das dirigentes usando os fundos da escola para pagar por um michê.

E Deb não tinha a menor noção do que estava acontecendo, porque, se tivesse, ela teria destruído Loreen, e sua reputação, há muito tempo.

— Ainda temos que levantar um pouco mais de mil dólares — disse Loreen a Tiffany enquanto lanchavam pizza e cerveja naquela noite, depois de fazer o balancete.

Elas estavam na Bambinos Pizza, a algumas quadras da escola, onde as crianças tinham ficado até tarde para ensaiar a cerimônia de formatura da quinta série.

— Mil? — Tiffany baixou a Heineken e olhou Loreen, admirada. — É isso *mesmo*?

— É. Dá para acreditar?

— Eu quase não acredito — admitiu Tiffany. — Parece fácil demais.

— Não sei se diria que foi fácil — disse Loreen.

— Não?

Ela sacudiu a cabeça.

— Não sei se tive alguma chamada bem-sucedida até agora. Sei que não tive nenhum cliente repetido.

— Mas é você que cuida da pilha de papelada dos nossos negócios.

Loreen deu de ombros.

— E depois você fez anúncios e conseguiu essas trabalhadoras em meio período para nós, como Sandra costumava fazer para a Touch of Class. Colocar um cartaz no departamento de teatro da Montgomery College? Uma ideia brilhante. Isso vale ainda mais!

— Espero que esteja sendo sincera.

— Estou.

Loreen levou a cerveja à boca, mas o gosto era repulsivo e ela a baixou.

Tiffany percebeu.

— Qual é o problema?

Loreen revirou os olhos.

— São meus problemas hormonais idiotas. Estou com todos aqueles sintomas falsos de gravidez.

— Ai. É mesmo?

— É. — Loreen pegou uma fatia fina de pizza. — Parece que a química do meu corpo está mudando, e de repente meus sintomas pré-menstruais são iguais aos do início da gravidez.

— Que sorte a sua! Tudo isso *e* a menstruação também!

Loreen deu outra mordida e assentiu.

— Virá a qualquer momento. — Ela hesitou. Parecia que há um bom tempo ela pensava que sua menstruação ia começar "a qualquer momento".

Ah, bom, era assim ultimamente. Seu ciclo era menos previsível. De repente, era como se ela estivesse na sétima série de novo, sem jamais saber quando ficaria menstruada e isso a matasse de vergonha com um aparecimento público.

— Vou te contar — dizia Tiffany —, estou pensando em tomar minhas pílulas por três meses seguidos para não menstruar com tanta frequência. Dizem que agora se pode fazer isso, sabia? — ela bebericou a cerveja. — Parece que ela sempre vem na pior época. No mês passado foi enquanto estávamos em Las Vegas e este mês foi no fim de semana do Memorial Day, quando, é claro, Kate queria passar o fim de semana todo na piscina.

No fim de semana anterior tinha sido o Memorial Day. Então Tiffany havia ficado menstruada *duas vezes* desde Las Vegas, e Loreen não tinha menstruado desde... Quando foi mesmo? Antes de Las Vegas. Algumas semanas.

— Qual é o problema? — perguntou Tiffany.

Loreen baixou a pizza. Estava perdendo o apetite.

— Acho que pulei um mês.

— Como assim?

— Minha menstruação. Acho que não veio por um mês inteiro, e, com tudo o que está acontecendo, nem percebi.

— Está preocupada? Quero dizer, não é que esteja grávida, nem nada.

Loreen não respondeu.

Só ficou sentada ali, sentindo a pele toda formigar.

— Loreen. — Tiffany agora estava preocupada. — Qual é o problema? Você parece um fantasma.

— E se eu *estiver* grávida?

— Você disse que não fez nada desde que você e Robert se separaram. — Ela baixou a voz a um sussurro. — Então, como poderia *engravidar*?

— Ah, meu Deus. — Loreen empurrou o prato de pizza. Depois tirou o guardanapo e o retorceu no colo. — Não vai querer saber. Não posso contar a você.

— Que foi? Tem alguma coisa a ver com Robert?

Robert. Não. Isso parecia pior a cada segundo. Ela engoliu, mas a boca estava seca feito algodão.

— Sim. Bom, estivemos conversando sobre voltar, mas não tem nada certo. — Se seu pressentimento se confirmasse, ele não ia ficar ansioso demais para retomar a relação agora.

— Loreen Murphy, nem acredito que está escondendo isso de mim! — Tiffany ergueu a garrafa de cerveja num brinde fingido. — Eu não fazia ideia de que vocês estavam voltando. E de que *tinham voltado mesmo*. Puxa vida, dá para imaginar se você estiver grávida, depois de tudo que os dois passaram? Seria uma grande ironia do destino.

— Seria impressionante mesmo.

— Então, por que não está mais feliz? — Tiffany abria um largo sorriso. — É o destino!

— Tenho que sair daqui — disse Loreen. Ela sentiu a onda de adrenalina percorrer suas veias como água gelada. — Tenho que fazer um teste. Preciso saber.

— Tudo bem, tudo bem, calma. Olha, vá à drogaria aqui ao lado e compre um teste. Eu pago a conta e encontro você no carro.

Loreen assentiu convulsivamente. Não conseguia falar.

Andar pelos corredores da drogaria era como estar num sonho. Ou melhor, num *pesadelo*.

Um horrível pesadelo

As luzes fluorescentes do teto eram brilhantes demais, conferindo uma perturbadora qualidade hipnótica aos cinco minutos que ela levou para encontrar os testes de gravidez (ao lado das camisinhas, que agora ela olhava com ceticismo), pagar e andar na direção de um carro que se aproximava no estacionamento.

O carro parou antes de bater nela e ela quase achou isso ruim.

Tiffany viu tudo e veio correndo.

— Olha, Loreen, você está me assustando. Num minuto estávamos lanchando tranquilamente... Depois, todo o sangue some de seu rosto e te encontro andando feito um zumbi, carregando um teste de gravidez num saco plástico. *Por que* isso está deixando você tão nervosa?

— Porque alguma coisa me diz que eu *estou* grávida.

— Tudo bem. Mas é assim tão ruim? Você já engravidou antes. — Elas pararam diante da minivan de Tiffany. — Você queria tanto isso, lembra? E sabe que não ficará sozinha. Sabe que tem Robert, e tem a mim, e Abbey e Sandra.

Loreen fechou os olhos contra o pavor disso.

— Mas... Robert não seria o pai.

Fez-se silêncio e Loreen abriu os olhos para ver Tiffany encarando-a, pasma.

— Está falando *sério?*

Loreen assentiu.

— Infelizmente.

— E quem seria? — perguntou Tiffany. Estava claro que ela tentava não parecer chocada, mas dava a impressão de ter engolido um inseto. — Você não me contou que conheceu alguém.

— Ah, eu conheci alguém. Vamos entrar. — Loreen abriu a porta do carona e entrou no carro.

Tiffany fez o mesmo.

— Tudo bem, quem? E *onde?* E como diabos eu deixei passar isso?

Loreen respirou fundo.

— Basta dizer que acho que o que acontece em Las Vegas não necessariamente *fica* em Las Vegas.

— Hein?

Loreen sacudiu a cabeça.

— Não quero fazer mistério com isso, mas podemos voltar para sua casa para eu poder fazer o teste antes de ficar maluca? Não consigo me concentrar sem saber o que está havendo. — Ela tentou evitar que a voz oscilasse, mas o medo se apoderava de seu esôfago.

— Claro. — Tiffany girou a chave na ignição e arrancou com o carro.

Loreen sabia que a curiosidade estava matando Tiffany, mas não podia contar toda a verdade horrorosa a não ser que tivesse certeza de que seria necessário. Se não fosse, bem, ela inventaria alguma coisa.

Elas chegaram à casa de Tiffany em uns sete minutos, e, enquanto Loreen se aproximava da porta da frente, o cheiro de Bounce, vindo do duto da secadora sob a janela da frente, quase a derrubou.

Normalmente, ela *adorava* o cheiro de Bounce.

Isso não era bom sinal.

— Por que não vai ao banheiro do meu quarto? — sugeriu Tiffany. — Vou preparar um chá de ervas. Está bem para você?

— Tem alguma água tônica?

— Sempre. — Tiffany assentiu. — Nunca se sabe quando alguém vai vomitar. Vou te servir um copo.

Loreen subiu para o banheiro da suíte e tirou as varetas de teste da embalagem. Depois se sentou na privada com as duas e teve o pensamento disparatado de que queria ter uma banheira só para ela também.

Ela também queria ter um casamento estável, um lar, e sua menstruação.

Mas quando urinou nas varetas – nas duas – as coisas não ficaram lá muito mais claras.

– O que deu? – perguntou Tiffany, levando o copo de água tônica a Loreen. Sua expressão mudou quando ela se aproximou.

– Positivo?

Loreen sacudiu a cabeça negativamente.

Tiffany baixou o copo e puxou Loreen num abraço forte e reconfortante.

– Ah, querida. Era o que você queria, não era?

– Era. – Loreen fungou. – Claro que era, mas uma parte de mim... – Ela sacudiu a cabeça. Não conseguia terminar.

– Eu sei. – Tiffany a tranquilizou. – É realmente incrível quando o resultado é positivo. Saber, naquele momento, que são dois, e não uma só. É uma alegria, mesmo que você não saiba o que fazer depois. – Tiffany a guiou a um lugar no sofá no quarto e se sentou ao lado dela, pegando sua mão. – Quer conversar sobre o que a levou a isso?

Loreen olhou para Tiffany, tão franca, tão desprovida de crítica, e toda a história verteu dela. Conhecer Rod, como se sentiu quando ele deu uma atenção especial a ela, como foi incrível mandar o cuidado para o espaço e ficar com alguém, pela primeira vez em sua vida, e como foi completamente humilhante quando do ele lhe deu a conta no final.

– Foi assim que aconteceu – disse Loreen. Ela chorava. Sua voz agora soava fina de vergonha. – Peguei todo aquele dinheiro no que *pensei* que fosse meu cartão numa tentativa ridícula e irreprimível de recuperar as perdas.

– Eu entendo – disse Tiffany, para surpresa da amiga.

Loreen soltou uma risada sem humor nenhum.
— Tenha dó. Você é perfeita demais para isso.
— *Não* sou perfeita. — disse Tiffany. — *Muito* longe disso. E entendo muito bem como isso aconteceu. Você não estava só tentando recuperar suas finanças, estava tentando recuperar sua autoestima. Dar a si mesma algo para se sentir bem no fim de uma noite em que tinha se sentido péssima consigo mesma.

Loreen fechou os olhos tentando impedir uma nova enxurrada de lágrimas, mas não adiantou nada. Elas verteram por seus cílios e arderam no rosto de qualquer forma.
— É isso mesmo. — Ela assentiu e pôs as mãos no rosto.
Tiffany pegou as mãos de Loreen, olhando bem nos olhos dela.
— Por mais doido que pareça, podia ter acontecido a *qualquer uma*. A esquisitice não foi *sua*; foi *dele*. Você é uma mulher normal que achou que estava conversando num bar com um homem normal.
— Mas eu disse a ele para falar para as outras mulheres que estava "ocupado". Pensando bem, isso foi, sei lá, um código para *ligue o taxímetro agora*.
— Bom — Tiffany teve de rir. — Você se expressou mal mesmo.
Loreen riu com ela.
— Sabe de uma coisa, eu podia até ter feito piada, *quanto você cobra?*
Tiffany riu ainda mais.
— Ah, não, você disse isso?
— Bem que poderia... Não me lembro mais! — O riso de Loreen borbulhava em histeria.
Agora as lágrimas fluíam dos olhos de Tiffany.

— Ah, meu Deus, e ele teria dito mil dólares... E você... — Tiffany estava tendo dificuldade para recuperar o fôlego — ... sem dúvida teria dito...

— Está contratado! — As duas falaram ao mesmo tempo, e se desmancharam em gargalhadas.

— Podia ter sido eu — Tiffany garantiu a ela, recuperando a sobriedade. — Quero dizer, se eu não fosse casada.

— Acha mesmo? — Loreen queria acreditar nisso. — Me diga a verdade.

— Estou dizendo! Olha, se eu estivesse com você, não teria desconfiado da conversa. Você teria ido com ele, e eu teria pensado *"vai fundo"*.

— Mas você não teria dito isso no guichê de saque no cartão.

— *Só* porque eu estava ocupada demais comprando milhares de dólares em roupas nada práticas que não pude devolver.

— Ela tombou a cabeça e olhou com franqueza nos olhos de Loreen. — Sinceramente, não sei quem Deb Leventer julgaria mais severamente nessa situação, você ou eu.

— Eu — disse Loreen, categoricamente. — E se eu estivesse grávida de um garoto de programa de Las Vegas que nunca mais vou ver? Imagine as complicações. Histórico de saúde, o direito da criança de saber sua história biológica... Teria sido uma confusão. Mas agora, sabendo que não estou... — A voz de Loreen falhou. — É bem pior.

Tiffany assentiu.

— Eu entendo. Teria sido um bebê.

— Não, não é isso. — As lágrimas fluíam, e Loreen mal tinha Kleenex para estancá-las.

Tiffany ficou surpresa.

— Não?

Loreen sacudiu a cabeça.

— As flutuações hormonais, o peito dolorido, a menstruação atrasada... Isso deve significar que já estou entrando na... — As lágrimas ficaram piores. — ... *menopausa!*

Agora que Loreen concluíra que o tempo passara, que isto devia ser perimenopausa e ela estava a um suspiro da morte, decidiu que era hora de parar de guardar segredos como uma criança. As coisas estavam melhorando com Robert, e ela esperava que os dois se reconciliassem. Agora que ela encarava a sinuca da velhice, decidiu que ia pôr tudo a limpo, as cartas na mesa, por assim dizer, e deixar que as fichas caíssem onde pudessem.

Assim Loreen contou a verdade a Robert, apesar de somente o essencial. E contou que conheceu um homem, achou ele uma graça, embora soubesse que aquilo não levaria a nada, bebeu champanhe e, sentindo-se solitária, foi ao quarto de hotel do cara. Bom, e então uma coisa levou a outra...

Robert ficou em silêncio.

E ficou assim por muito, muito tempo.

— Diga alguma coisa, por favor — pediu Loreen. — Diga que sou uma idiota, diga que nunca mais vai querer me ver, que está tudo acabado e que vou ter de lidar sozinha com isso, mas por favor, não me olhe desse jeito.

— Não sei o que dizer — Robert por fim conseguiu falar. Sua voz era a de alguém que tinha sido atingido na cabeça com um taco de beisebol e estava tonto.

— Diga *alguma coisa.*

Ele puxou os lábios numa linha apertada e parecia pensar por um momento antes de sacudir a cabeça.

– Desculpe, Loreen. Mas até então eu só tinha de lidar com o fato de achar que nosso casamento havia acabado porque você não tinha tempo para nada, só para Jacob, e agora tenho de entender como você conseguiu deixá-lo com uma desconhecida num quarto de hotel em Las Vegas para transar com um estranho.

Ela estremeceu, repetidas vezes, com as palavras dele. Mas não conseguia questionar nenhuma delas.

– Na verdade... – Ele se levantou e enfiou as mãos nos bolsos do jeans. – ... acho que vou embora. Preciso pensar.

– Pode deixar que eu pego o Jacob na casa dos Dreyer – disse Loreen.

Tiffany tinha levado Jacob para Loreen e Robert poderem ter essa conversa, embora originalmente o plano fosse Robert buscá-lo depois.

Robert pareceu grato por não precisar mais fazer isso agora. Ou pelo menos o mais grato que podia, uma vez seu rosto ainda estava entregue ao choque e ao horror.

Ele saiu e Loreen esperou até que seu carro desaparecesse pela rua antes de se permitir um choro longo e bom.

Então ela ia ter de desistir da ideia de voltar com Robert, e ela nem havia percebido que se permitira pensar que isso poderia acontecer. E ela precisava aceitar que era a consequência natural para o que fizera.

Havia um preço para tudo, e neste caso custava até mais do que 5 mil dólares.

Capítulo 21

— Aqui é a Crystal.
— Abre as coxas — disse o cliente de Tiffany sem preâmbulos. — Vou meter o dedo na sua xota.

— Isso — disse ela, apagando a luz do quarto e recostando-se na cama para relaxar. Charlie tinha saído de novo e — de novo — ela não se importava. Principalmente, porque o detetive particular Gerald Parks o estava seguindo. — Mete com força, meu amor.

— Me chame pelo nome — grunhiu ele. — A essa altura já deve saber. É o Mick.

— Mick. — Ela deixou a palavra rolar pela língua como caramelo quente. — É bom te ouvir de novo, Mick. — Era um cliente assíduo! Esta era a terceira ligação dele. Era um sinal muito bom de que ela era um sucesso.

— Quero arrancar sua calcinha com os dentes e morder seu clitóris até você gritar de êxtase.

Não parecia algo que ia induzi-la a todo esse êxtase, mas Tiffany ficou surpresa por sentir algum formigamento assim mesmo.

— Estou esperando por você — disse ela. — Fiquei o dia todo esperando por você.

— Quantos dedos posso enfiar? Quantos você aguenta?

Como diabos devia responder a isso?

— Vamos experimentar... — Era a resposta mais diplomática em que pôde pensar. — Eu adoro suas mãos. Seus dedos fortes e longos. — Ela se viu imaginando Jude Law. Ele devia ter mãos bonitas. Ela adorava mãos.

A ligação continuou por, talvez, uns 15 minutos, durante os quais Tiffany participou cada vez mais da conversa. Esqueceu-se do fato de que estava sendo paga e mergulhou na excitação que tudo aquilo proporcionava.

Mick, se esse era mesmo o nome dele, era diferente de qualquer homem por quem ela se sentiria atraída na vida real. Ele era grosseiro, sua atitude com relação às mulheres era eduardiana, mas alguma coisa no anonimato excitava Tiffany.

Tanto que ela só ouviu Kate quando ela estava do lado de fora da porta.

— Mamãe? Está falando com o papai?

Tiffany saiu da cama e puxou as roupas amarfanhadas. Os cabelos da nuca pareciam um ninho de rato por causa do movimento no travesseiro, mas ela não podia dar um jeito nisso, terminar a chamada *e* distrair Kate ao mesmo tempo.

— Mick! Tenho que ir. Meu marido chegou!

— Sua safadinha — disse ele, parecendo deliciado por estar transando com a mulher de outro homem, mesmo que só na imaginação. Tiffany tinha certeza absoluta de que ele se sentia assim.

— Me liga de novo...?

— Sabe que sim.

Ela fechou o celular exatamente quando Kate tentou abrir a porta.

— Mamãe, por que a porta está trancada?

— Está? — Tiffany tentou parecer surpresa, mas a culpa e a irritação da interrupção mesclaram-se em sua voz. Por que as crianças sempre saíam da cama na pior hora possível? Tiffany chegou à porta e a abriu, destrancando-a num movimento suave. — Não estava trancada.

— Estava, sim — insistiu Kate.

— Não, só estava emperrada. Agora, por que está fora da cama?

Kate deu de ombros.

— Eu não consigo dormir.

— Não? — Tiffany passou a mão no cabelo longo e macio da filha. — E por que não? Teve um pesadelo?

Kate sacudiu a cabeça.

— Tive uma briga com a Poppy Leventer e a Lucy Titus hoje. Elas disseram que você não é realmente presidente da APM.

Tiffany revirou os olhos.

— Isso é um absurdo.

— Elas disseram que se você fosse uma boa presidente da APM, teria colocado o troféu grande da banda num display.

— Hummm. Pense bem. O que é melhor para todas as crianças da escola? Ver seu troféu num display grande e caro sempre que entrarem, ou participar de atividades de aprendizagem, divertidas como quando você teve o café da manhã espanhol?

— Eu adorei o café da manhã!

— E eu adoro o troféu, mas não é uma coisa que teve a participação de *todos* os alunos, então acho que é melhor concentrar os fundos da APM em coisas que todos possam curtir. Não pensa assim?

Kate assentiu solenemente.

— Sim. Eu penso.

Tiffany sorriu diante da maturidade da filha.

— Isso me deixa orgulhosa de você.

— Eu também tenho orgulho de você, mamãe. — Kate passou os braços em volta de Tiffany e a apertou. — Você é a melhor presidente da APM que podia existir. Muito melhor do que a bruxa má da Sra. Leventer. — Ela depois fez uma careta de desdém, com a qual Tiffany concordou inteiramente.

Mas não era hora de ser condescendente com esse tipo de atitude.

— Respeite os mais velhos — Tiffany lembrou à filha. Depois acrescentou em silêncio, *mesmo quando eles não merecem.*

A conversa com Tiffany na noite do acidente de Brian tinha feito um bem incrível a Abbey. Depois que finalmente contou sua história a outro ser humano, ela se sentiu melhor, e desde então suas decisões ficaram mais leves.

É claro que também era reconfortante que Tiffany *não* pensasse que Abbey era o monstro que sentia ser.

Mas, na verdade, o melhor de tudo era que, depois de ter desabafado todos os detalhes sórdidos, ela sentia que tinham tirado um peso de seu peito.

Assim, ela se acomodou por alguns dias, sabendo que tinha ainda de pensar no plano certo para se livrar de Damon. Recentemente, ela percebera que só havia uma maneira de confrontar Damon, e a saída era eliminar o poder da ameaça que ele lhe fazia: contar a Brian a verdade.

Então ela ia tirar esse poder dele. Era um risco que assumia, porque só ia confrontá-lo uma vez e, se ele não aceitasse o que ela ia dizer, Abbey teria de ligar para a polícia, envolver-se num processo judicial e tudo o mais.

Mas a essa altura ela havia concluído que não tinha alternativa. Não podia viver sob as ameaças dele por mais tempo.

— Ele está te chantageando por 10 mil dólares? — perguntou Tiffany quando Abbey finalmente se abriu com ela. Abbey decidira que devia fazer isso, só para o caso de as coisas darem errado, alguém saber quem era o culpado. — Depois ele vai te deixar em paz?

Abbey assentiu, com a certeza de que Damon era imbecil o bastante para que isso fosse verdade.

— É o que ele diz. E acho que já deve ter descoberto pesquisando no Google que não sou nenhuma magnata. Ele não poderá espremer milhões de mim.

— Mas você deu o colar à caridade.

Abbey assentiu de novo.

— Foi assim que eu e Brian nos conhecemos. Ele tinha ido ao hospital quando sofri o acidente e me dado seu cartão, e então, quando precisei de uma instituição de caridade para doar o colar, ele foi o primeiro em quem pensei. Ele achou que era valioso demais para que eu abrisse mão dele. Na época, acho que Brian pensou que era uma vingança pessoal contra algum homem, em vez de, bom, sabe como é. Penitência.

Tiffany concordou de imediato, parecendo *realmente* entender. Como se fosse normal.

— Mas não me agrada a ideia de você dar o dinheiro a ele — disse ela.

— Mas é a parte dele — argumentou Abbey. — De certa maneira, Damon está certo. Ele me deu o colar para guardar e eu não o guardei. Isso me torna um pouco responsável, não acha?

— A não ser que você tenha feito um seguro, acho que não.

A inclinação de Abbey era concordar com isso, mas alguma coisa nela lhe dizia que tinha uma dívida.

Depois de contar a Tiffany, elas bolaram uma solução que Abbey achava boa.

A primeira coisa que precisava fazer era localizar Damon. Depois que resolvesse isso, ela contaria toda a verdade a Brian.

Assim, ela entrou em contato com Gerald Parks, como todas sugeriam, e Parks conseguiu localizar Damon em menos de uma hora apenas pela verificação dos registros da condicional.

Damon morava em Bethesda, Maryland, seu antigo território. Antigo território *dela* também. Por algum motivo, Abbey esperava que ele fosse morador de Las Vegas e que levasse a vida tentando ludibriar as pessoas de lá, mas realmente tinha sido uma total falta de sorte esbarrar com ele lá.

Ele morava a 30 quilômetros dela.

Bom, tudo bem. Ela havia ido ao inferno e voltado — ou pelo menos ao purgatório — e se recusava terminantemente a deixar que Damon estragasse o resto de sua vida, chantageando-a por um colar idiota que nem valia aquele dinheirão, quando se pensava bem no assunto. Fala sério, 10 mil? Não era nada perto do que Damon era capaz.

Abbey pediu a Tiffany para pegar Parker depois da aula, e então dirigiu até o endereço que Gerald lhe dera. Era um prédio velho e arruinado na Arlington Road, uma fila de apartamentos que mais parecia um velho hotel abandonado do que qualquer outra coisa.

Ela criou coragem, subiu até sua porta e bateu, esperando que ele não estivesse lá.

Assim, vendo que estava, ela ficou atordoada por um momento. E ele também.

— Conseguiu meu dinheiro? — perguntou ele assim que se recuperou da aparente surpresa por vê-la. Se estava curioso para saber como Abbey o encontrara, e tinha de estar, ele resistiu ao impulso de perguntar.

Abbey ergueu o queixo e a sobrancelha esquerda.

— Oito mil dólares — disse ela, estendendo um envelope a ele.

— Eu disse dez... Talvez nove. Jamais oito.

— Várias vezes. Mas concluí que você não valia os juros. — Ela sacudiu o envelope diante dele. — É pegar ou largar.

Ele pegou.

— Está muito fino — disse ele. — Espero que seja um cheque ao portador.

Ela não disse nada, mas ficou ali, parada, observando, enquanto ele abria o envelope, tirava o conteúdo e olhava, confuso.

— Mas que porra é essa? — perguntou ele.

— O que diz aí?

Ele lhe lançou um olhar hostil e leu: "*Um donativo foi feito em seu nome à Arthritis Foundation.*"

Abbey assentiu.

— Oito mil dólares. Exatamente o que você disse que o colar valia. Nada mais, nada menos.

— Você deu a porra do meu dinheiro para uma merda de instituição de caridade?

Ela não se deixou abalar pela raiva dele.

— Dei. Imaginei que, depois de todos os ossos que você quebrou, a Arthritis Foundation faria sentido.
— É melhor que seja gozação.
— Ah, não, Damon, não é gozação. — Ela disparou as palavras para ele como uma flecha, sibilando em direção ao alvo. Abbey não tinha medo de nada que ele pudesse fazer com ela agora. Ele não tinha poder sobre ela. — Dei o colar para a caridade anos atrás, mas quando você voltou para exigir remuneração... — Ela viu o olhar confuso dele — ... ou melhor, exigindo *reembolso*, você conseguiu me deixar nervosa por algumas semanas.
— Devia ficar mesmo.
Ela deu de ombros brevemente.
— Nisso vou concordar com você: fiquei mesmo. E entendi que, de certa forma, o colar era seu, e então *de certa forma*, era direito seu levar o crédito por ele. O resultado está em suas mãos.
— Ela não disse que doou apenas 5 mil, mas isso foi o que tinham lhe oferecido pelo colar anos arás. Nessas circunstâncias, não importava quanto uma coisa valia no varejo. Só importava quanto o mercado negro daria por ela.

As feições de Damon formaram uma tempestade sombria de fúria.
— Você vai se lamentar por isso.
— Acho que não. — Abbey parecia blasé. — Não pode fazer nada comigo. Na realidade, você tem sorte por eu ter doado o dinheiro em seu nome, porque pode ser sua única chance de não ser visto como uma pessoa completamente ruim em toda a sua vida.

Ele soltou uma risada falsa.
— O que será que seu marido vai pensar disso?
Pouco importava que não fizesse sentido. Abbey entendeu o que ele disse e respondeu com uma risada.

— Meu marido não dá a mínima para você. E sabe essa grande verdade que acha que pode contar a ele sobre mim? A verdade que vai mudar tudo e arruinar minha vida por causa da porcaria do colar que você roubou? — Ela sacudiu a cabeça. — Ele já sabe de tudo. Você não pode me atingir.

Estritamente falando, não era verdade. Brian ainda não sabia a verdade. Fazia mais sentido para ela cuidar do problema Damon antes de falar com ele, assim poderia colocar *todas* as cartas na mesa de uma só vez. Mas Damon não precisava saber disso. Ele não ia poder alcançar Brian antes de Abbey e tentar colocá-lo contra ela.

— Eu tenho um recibo — ela continuou. — Assim, não importa como você decida abordar isso... Se for idiota o bastante para abordar isso de novo... Não haverá nenhum sinal de que eu um dia tive esse colar e de que fiz essa doação em dinheiro.

— Mas você *teve* o colar.

— Prove.

A cara dele ficou pálida enquanto ele explodia.

— Mas você *teve*.

— E você vai fazer o quê? Procurar a polícia e contar que eu não lhe devolvi o colar roubado?

As manchas deixaram seu rosto, restando só a palidez.

— Sabe muito bem que não posso fazer isso.

Ela assentiu.

— Na verdade, se entrar em contato com a polícia para dizer *qualquer* coisa sobre este assunto, o que você vai conseguir é levar seu traseiro de volta à cadeia para outros dez anos. Talvez mais. Não acho que tenham descoberto seu envolvimento naquele grande roubo, não é? Mas, no entanto eu — ela sacudiu a cabeça — posso provar que você roubou. E, acima de tudo, chantagem é crime federal. Não tenho certeza se seu oficial da condicional, William Minor, ficaria satisfeito em saber o que você andou aprontando.

— Você é uma vaca de merda.

Ela ficou tão feliz em ouvir isso, porque significava que Damon definitivamente sabia que estava sem poder e agora ia se refugiar nas sombras como um daqueles imensos ratos de Washington.

Aquilo tudo tinha chegado ao fim. Pelo menos no que dizia respeito a Damon.

Agora ela só precisava contar a verdade a Brian. Apesar do desenrolar dos acontecimentos — e ela esperava em Deus que tudo corresse bem —, esse era o último grande fardo para Abbey. A última coisa que evitava que seu passado se reconciliasse plenamente com seu presente e seu futuro.

O senso de oportunidade era tudo.

Infelizmente, Abbey não podia se dar ao luxo de esperar pela melhor oportunidade. Não importa qual teria sido. Assim, na primeira noite de Brian em casa depois de receber alta do hospital, e depois de ela ter colocado Parker na cama, ela puxou a conversa que precisava ter há uma década.

— Como está se sentindo? — A beira da cama guinchou quando ela se sentou ao lado dele.

— Para falar a verdade, não muito mal — disse Brian. — É como se eu estivesse me recuperando de uma gripe monstruosa.

— Precisa de alguma coisa?

Ele estendeu a mão para ela.

— Só você.

Ela sorriu, mas puxou a mão delicadamente.

— Preciso falar com você por alguns minutos... Tudo bem?

Brian notou logo que sua mulher tinha alguma coisa séria em mente.

— Qual é o problema? — Ele pareceu preocupado.

Um homem casado com uma mulher parecida como Abbey sempre ficava vagamente preocupado.

— É algo sobre mim — disse ela, rapidamente, tentando atenuar o medo que via nos olhos dele. — Do meu passado. Preciso lhe contar sobre isso e sei que não é a melhor hora, mas as circunstâncias não me permitem esperar por um momento melhor.

Brian assentiu com paciência.

— Estou ouvindo, querida. Conte-me o que quiser. Vou amá-la de qualquer maneira, sabe disso. — Ele abriu um sorriso fraco.

Alguma coisa dentro de Abbey se dilacerou. Ela queria tanto passar a vida com este homem. Sabia disso agora. Não tinha começado assim, mas no último mês vinha descobrindo, um pouco mais a cada dia, a sorte que tinha por tê-lo.

Só o que restava era ter esperanças de que não fosse tarde demais, mas saber que podia ser.

— Eu te amo também — disse ela. — Sinceramente. De todo coração. Você e Parker significam tudo para mim, e o fato de que eu tenho de lhe contar uma história terrível do meu passado não afeta isso em nada.

— Você não vai embora — disse ele como uma afirmação, mas era uma pergunta.

— Não. — Ela fechou os olhos e sacudiu a cabeça. — A não ser que você queira.

— Nunca.

Era hora de desabafar.

— Eu não me casei com você porque o amava, Brian — disse ela, chocada com a sinceridade de suas palavras. — Casei-me com você porque tinha medo. Estava apavorada.

Ele ficou surpreso.

— Você se casou comigo porque... tinha medo? Do quê?

— Eu tinha medo de ser condenada. — Era literalmente o que ela pretendia falar, mas soou idiota quando disse em voz alta. — Quando eu era mais nova, antes de te conhecer, não tinha exatamente o que você chamaria de uma vida exemplar. Eu me meti com drogas, álcool, homens... — Ela respirou de forma entrecortada. — ... tudo isso. Deus... o seu Deus, *qualquer* Deus... nunca fez parte da minha vida. Acho que a verdade é que eu desprezava gente como você.

Ele assentiu.

— Você não era a única. O que a fez mudar de ideia?

Essa foi difícil. Ela não queria falar.

— Eu fui responsável pela morte de minha melhor amiga. — Ela hesitou por um momento, antes de acrescentar: — E pela minha.

Fez-se silêncio. Ele não perguntou o que ela quis dizer, só esperou que continuasse quando pudesse.

E assim ela fez.

— Alguns meses antes de conhecer você, eu estava péssima. Péssima de verdade. Como uma pessoa com quem você jamais gostaria de ver seu filho, muito menos que ele ficasse como eu. Experimentei de tudo, sem me preocupar com o que era ou o que podia fazer comigo.

— Por quê? — Ele parecia genuinamente curioso. Não estava crítico, só curioso. — Sua infância não foi assim tão ruim, foi?

— Não. — Ela sacudiu a cabeça e fechou os olhos contra a imagem da expressão rigorosa dos pais na primeira vez em que foi presa na escola por posse de maconha. — Eu tornei a vida de meus pais um inferno e não tenho desculpa nenhuma para isso. Não posso consertar isso agora. — Eles eram ótimos pais. Não eram particularmente afetuosos, talvez. Mas mantiveram os filhos vestidos e alimentados e cuidaram para que fossem instruídos, pelo menos por todo o período escolar. Eles certamente nunca fizeram nada para provocar rebeldia.

— Consertar? Pensei que seus pais estivessem mortos.

Abbey sacudiu a cabeça.

— Meu pai morreu há anos, mas minha mãe ainda está viva.

Brian ficou surpreso.

— Não foi o que você me disse.

— Não, eu... É complicado demais. É muito tenebroso.

— Sem dúvida não é tarde demais — disse Brian, e ela sabia, pelo tom, que ele pensava, como qualquer um pensaria, que sua mãe a receberia de volta à família, independentemente do que tivesse acontecido no passado.

Ela balançou a cabeça.

— Minha mãe finge que eu não existo. Tentei falar com ela uma vez, recentemente, mas ela fugiu de mim. Deixou claro que não existo para ela.

— Isso é impensável.

Abbey deu de ombros.

— Não posso culpá-la. Eu fui egoísta. Hedonista. Imprudente, até, porque me lembro de pensar que não me importava se eu ia viver ou morrer. Eu só queria viver o momento. Até que eu bati o Honda de minha melhor amiga contra uma BMW estacionada na rua. – Abbey encontrou os olhos de Brian com uma tristeza sincera. – Ela morreu no local. Desconfio que uma parte dos pais dela também. Eles eram tão ligados. – A dor que martelava surda no peito de Abbey por todos esses anos agora esmurrava, ameaçando abrir-lhe um buraco.

– Tenho certeza de que não foi culpa sua – começou Brian.

– Ah, a culpa foi inteiramente minha. – Ela pegou as mãos dele e o olhou nos olhos. – Não se engane com isso, a culpa foi minha. Eu tinha bebido pelo menos uma garrafa de champanhe, além de ter cheirado três ou quatro carreiras de cocaína. Sim – disse ela, em resposta a uma expressão que ela esperava, mas não veio –, eu também usava cocaína.

– Você não foi a única a fazer isso.

– Eu fui a única que fiz isso no carro naquela noite. A culpa foi toda minha. Eu nem sabia que Paulina estava morta quando a ambulância chegou. Eu *ainda* estava doidona. Lembro de partes da viagem de ambulância, e então só me recordo de acordar no Washington Hospital Center dois dias depois, quando me disseram que eu havia morrido na mesa de cirurgia. – Ela soltou uma risada sem humor. – Me falaram da *sorte* que eu tinha por estar viva.

– E teve sorte mesmo.

Abbey olhou nos olhos dele e esperou um momento antes de dizer:

– Quer me perguntar?

– Perguntar o quê?

– O que eu vi. *Quem* eu vi. – Ela tentou eliminar a amargura da voz. – Que bichinhos de minha infância vieram saltando pela campina verde para me receber? *Todo mundo* quer saber essas coisas.

— Tudo bem — disse Brian, lentamente. — Então me conte. O quê e quem você viu?

— Nada. — Ela o olhou nos olhos. — Absolutamente nada. Nenhum ente querido, nem luz, nem campina, nem anjos, nem a droga dos cães. — Ela se deteve e disse: — Desculpe.

— Não me peça desculpas numa hora dessas, por favor.

— Tenho que pedir, Brian, não entende? Eu não vi o paraíso, porque eu não ia para o paraíso. *Todo mundo* tem histórias sobre a luz branca e a sensação de paz. Você nunca, jamais ouviu alguém dizer que morreu na mesa de cirurgia, ou num acidente, ou o que fosse, e voltou sem lembrança nenhuma. Sem demônios, nem anjos, nada para indicar que eu estive em algum tipo de vida após a morte. — As lágrimas ardiam em seus olhos. — Só a escuridão. Só o... nada.

— E daí? — perguntou Brian. — Talvez isso só queira dizer que não era a sua hora. Ou aconteceu e você não se lembra.

— Ou talvez queira dizer que eu estava condenada o tempo todo. E talvez queira dizer, quando eu conheci o pastor da igreja local, que eu podia me salvar ligando-me a ele, casando-me com ele, tendo um filho dele... — Ela agora chorava, embora a última coisa no mundo que quisesse era a compaixão de Brian. — Talvez, depois de uma vida inteira de pecados, eu estivesse fazendo o esforço calculado de pegar a saída mais fácil casando-me com um homem de Deus. — Ela tentou recuperar o fôlego. — Talvez isso, mais do que qualquer outra coisa, tenha me condenado.

Brian a olhou por um longo tempo, embora ela não soubesse o que havia por trás de sua expressão. Era quase como se ele estivesse examinado um novo espécime de golfinho ou coisa assim, olhando para ela com curiosidade, mas sem sentimentos.

— Se é assim, também estou condenado.

Ela o olhou, incrédula.
— Por quê?
— Porque quando a conheci, eu queria salvar você.
— Você quer salvar todo mundo. — Ela não entendeu as implicações dele.
— Eu queria salvar *você* — disse Brian. — E não acho que isso fizesse parte de meu trabalho.
Ela o olhou.
— Eu também tenho alguns segredos — continuou Brian. — Sei de seu acidente. Eu estava no hospital por outros motivos naquela noite e eles procuravam por um padre, mas não conseguiam encontrar nenhum, então acho que eu era melhor do que nada. Me contaram o que tinha acontecido e me chamaram a seu leito para rezar por você. Eles não achavam que você conseguiria se recuperar. Mas, assim que a vi, eu sabia que se recuperaria.
— Ele soltou um suspiro com dificuldade. — Devia ter contado isso há muito tempo, mas, como deve saber, o assunto nunca veio à tona. Teria tanto peso se eu trouxesse isso a troco de nada, como se você estivesse mentindo para mim...
— Eu *estava*!
— Não, não estava. Eu sei quem você é. Eu sabia quem você era quando nos casamos. O que você fez dois meses ou duas décadas antes não era relevante.
Ela franziu a testa.
— Mas ainda assim...
— Ainda assim — disse, de forma definitiva. Como se nada mais importasse.
Mas importava.
— Então, minha vida antes...

— Não tinha importância — declarou Brian. — *Não tem* importância. Fico feliz por ouvir qualquer coisa que queira me contar, mas não quero que me conte nada por culpa ou por uma crença equivocada de que precisa confessar e fazer algum tipo de penitência antes que eu possa aceitá-la. — Ele passou o braço por seu ombro e a puxou para mais perto. — Eu a aceito, eu a *amo*, apesar de qualquer coisa.

— Mesmo que eu tenha me casado com você por uma espécie de boia salva-vidas para minha alma?

Ele riu, depois estremeceu, uma vez que ainda sentia dor.

— Eu a teria aceitado em quaisquer circunstâncias. Mas não sou idiota, Abigail. Sei que temos um ótimo casamento. Assim, não me importa como começou.

Ele tinha razão. Eles tinham um ótimo casamento. Mesmo no início, tinha sido um bom casamento. Ela não fez um sacrifício imenso ficando com ele a fim de se salvar. Certamente não se casara por amor, mas também não se casara tapando o nariz e engolindo a repulsa.

Brian era bonito, inteligente, gentil e a amava. Foi fácil casar-se com ele.

E foi fácil se apaixonar por ele.

E era por isso que ela precisava se certificar de que ele soubesse de toda a verdade agora. Então ela lhe contou sobre Damon, sobre encontrá-lo em Las Vegas, onde ele tentou chantageá-la, dizendo que ela lhe devia dinheiro, e que ela teve que se juntar a uma empresa de disque-sexo — ela não disse de quem — a fim de pagar a dívida.

Quando terminou, Brian estava — ela quase nem acreditava nisso — rindo.

Ela não sabia o que fazer com o riso dele, então se reprimiu para não rir também.

— É inacreditável — disse Brian. — Isso é ótimo. — Ele abriu os braços, depois a puxou novamente. — Tiro o chapéu para você. Não é muita gente que tem coragem de fazer isso.

— Acha mesmo? — Ela ficou tão estimulada por suas palavras, que quase não conseguia acreditar nelas. — É verdade?

Ele riu de novo, com sinceridade.

— Sim. Ora essa, Abbey, você sabe que não sou tão puritano com as coisas.

— Bom, não, não quando elas envolvem outras coisas que não sua mulher.

— Eu amo a minha mulher — disse ele, incisivamente. — Não se engane. Não sou tão idiota para viver com alguém por 11 anos e não saber quem ela é. — Ele a olhou bem fundo nos olhos. — Sei quem você é — disse ele, numa voz cheia de autoridade. — Eu devia ter dito alguma coisa há muito tempo. Se alguém é culpado dessa confusão, sou eu.

— Não, Brian. — Isso não era verdade. — Não.

— Sabe de uma coisa? — perguntou ele. — Não me importa de quem é a culpa. Estou casado com a mulher mais linda e mais maravilhosa do mundo, e sou feliz com ela. — Ele a olhou. — Você é feliz comigo?

Ela pensou por um momento, antes de responder com as mesmas palavras que teria dito automaticamente.

— Sim. Mais feliz do que jamais sonhei que seria.

— Então, esqueça o passado. Esqueça o negócio de morrer na mesa de cirurgia. Sabe de uma coisa, em minhas atividades, gostamos de pregar que isto é significativo, mas a verdade científica é que é só um *truque* da mente. Então, esqueça. Você não morreu. Você voltou. Não faz ideia do que é *realmente* morrer. – Ele colocou as mãos em concha em seu rosto e falou enfaticamente. – Mas tenho certeza de que, quando um dia isso acontecer, lá pelos seus 120 anos, espero, você verá todas as luzes, entes queridos e cachorrinhos que quiser. Mas sinceramente, nem tenho certeza de como isso acontece. É difícil aceitar a palavra dos vivos sobre como é morrer.

– Então não importa a você que eu tenha vivido daquele jeito, que eu tenha ficado com Damon e que tenha terminado fazendo sexo por telefone para pagar uma dívida a Damon? – Ela o desafiava, colocando as coisas da pior forma possível para que ele quase não tivesse escolha a não ser largá-la.

Quase não tivesse escolha.

– Não. – Brian pareceu pensativo por um momento, depois sacudiu a cabeça pela segunda vez. – Não, não me importa. Não fico perturbado com isso. – Ele tombou a cabeça e baixou o queixo. – Não estou interrompendo alguma confissão grande e importante, estou? Você já me contou o pior? Não tem um monte de cadáveres enterrados no nosso porão?

Ela riu, finalmente.

– Não, eu lhe contei o pior. Não tem mais segredos na nossa casa. A não ser que sejam seus.

– Meus? Mas você sabe que sou praticamente um santo. – Havia humor em seus olhos e em sua voz, apesar do fato de ambos terem se ferido no acidente.

Ela se rendeu à piada, não aos hematomas.

– Não se eu chantagear você sobre algumas coisas que me contou esta noite.

– Está vendo? É esta mulher ousada e atrevida que conheço e amo.

Eles passaram a hora seguinte sentados ali na cama, fazendo piada e rindo de coisas que nenhum dos dois pensou que o outro entenderia. No final, Abbey sentiu-se leve como uma nuvem, flutuando pela conversa sem nada com que se preocupar. Enfim – *enfim* – o peso lhe foi retirado.

Até que Brian, perto do final da noite, fez um último pedido.

– Estou pensando – disse ele – que talvez você deva parar com esse negócio de disque-sexo.

– Bom, eu já imaginava isso. Não é exatamente uma coisa que você aprovaria.

– Não é porque não aprove. – Ele deu um sorriso malicioso. – A verdade é que eu quero você só para mim.

Capítulo 22

Loreen tinha acabado de colocar Jacob para dormir na noite de quinta-feira, depois de ele tentar umas vinte táticas evasivas para não ir para a cama, que foram de "Mais um copinho d'água" a "Não consigo encontrar meu Darth Vader da LEGO". Ela estava sentada no sofá, vendo um resumo deprimente dos acontecimentos do dia na MSNBC, quando ouviu uma leve batida na porta.

Ela olhou o relógio. Eram 10h15. Sempre cautelosa, ela pegou o telefone entre as almofadas do sofá — já programara o número da emergência, só por segurança — e foi à porta da frente ver pelo olho mágico.

Era Robert.

Ela abriu a porta com um suspiro de alívio.

— Que foi, seu celular não está funcionando? Podia ter me avisado que vinha aqui... Quase me matou de susto.

— Eu tentei ligar. O telefone está fora do gancho.

Ela olhou o aparelho. Era verdade, o botão de atender estava aceso. Ela devia ter se sentado nele.

— Entre — disse ela, atirando o telefone de lado. — Quer beber alguma coisa?

— Não, obrigado. Na verdade, eu tenho uma coisa para você. — Ele ergueu um tubo de papelão, do tipo que ele (e Mike Brady, ela por acaso sabia) usava para guardar e carregar plantas.

— Conseguiu um novo contrato? — Ela se sentou no sofá e o observou enquanto ele se aproximava e se sentava ao lado dela.

— Bom, é um projeto novo, mas não é um novo contrato. Só espero que os clientes gostem desse.

— Quer que eu o veja primeiro?

— Exatamente. — Ele empurrou de lado algumas revistas na mesa de centro e tirou algumas folhas grandes de papel do tubo. — Veja, esta é a casa principal. — Ele abriu o papel.

Loreen olhou. Depois com mais atenção, avaliando os cômodos.

— Ei, é *esta* casa aqui.

Ele assentiu rapidamente, as bochechas ficando meio rosadas.

— Por ora, sim. Mas eu estava pensando que talvez pudéssemos aumentar este armário... — Ele apontou para um armário que nunca conteve mais do que um frasco de Tylenol e uma pequena pilha de toalhas de rosto que ela não sabia em que usar. — ... e puxar isso para fora, para fazer um bom escritório para você. — Ele baixou uma folha transparente sobre o papel, como Loreen o vira fazer mil vezes, mas desta vez era a casa *dela*. — Você sempre disse que o escritório do porão era frio e escuro demais.

— E é mesmo. — Ela odiava descer lá. — Eu adoro isso, mas...

— Que bom, porque... Eu também tive outra ideia. — Ele pegou com cuidado outra folha transparente no tubo e a abriu sobre as plantas.

Esta mostrava os fundos do quarto ampliado, com o acréscimo de uma lareira – Loreen sempre quis uma – e uma saleta.

– É incrível – ela suspirou. – Minha casa dos sonhos, mas... Por quê? Não posso pagar por isso e não vou deixar que você ajude. A não ser... – Sua voz falhou. Ela não se atrevia a dizer o que pensava: que tudo isso valeria a pena, na realidade seria *perfeito*, se ele voltasse para casa.

Então, quando ele falou, ela não estava preparada.

– Engraçado você mencionar isso, porque eu estava pensando que talvez, se houvesse mais alguém morando aqui com você, ele pudesse, sabe como é, ajudar nas contas. Quem sabe alguém que já tenha interesse em você e Jacob?

Ela teve esperanças, mas não certeza.

– Conhece alguém assim?

– Tenho alguém em mente.

– E ele só está procurando por um lugar para ficar por um tempo, ou, talvez, uma família para a vida toda?

– A família. – Ele assentiu. – Com certeza. Para sempre.

Loreen apertou os lábios.

– Está se referindo a você, não é? Sobre se mudar para cá? Não quero nenhum mal-entendido.

Ele se aproximou mais e pegou a mão de Loreen.

– Sim, estou falando de mim. Sobre me mudar para cá. Formar uma família com você e Jacob de novo. Eu te amo. – Ele estava com os olhos cheios d'água.

– Eu também te amo – disse ela, sentindo os olhos arderem.

– Não posso ficar longe de você. – Ele pareceu inseguro por um momento. – A não ser que não me queira. Eu... – ele se interrompeu. – Loreen, não quero pressioná-la. Só quero ficar com você de novo.

Ela queria acreditar nisso. Queria mergulhar de cabeça e acreditar em cada palavra, sem questionar. Mas tinha idade suficiente, experiência suficiente e era cética o suficiente para primeiro fazer umas perguntas.

— Tem certeza de que não vai mudar de ideia depois? Eu ainda sou eu, sabia?

— Graças a Deus. Você é tudo o que eu quero.

— Quero que isto seja verdade — disse ela, uma tentativa fraca de reprimir um grito de *Sim!* a plenos pulmões.

— Você me conhece — disse Robert. — Acho que sabe que pode acreditar em mim.

Ela sabia.

— Eu acredito. — Ela engoliu o bolo na garganta. Nada ia desalojá-lo, a não ser um choro bom e intenso. Então ela disse: — Eu acredito — de novo, e cedeu à emoção de enfim, *finalmente*, sentir-se em casa.

Agora bastava; Sandra tinha desistido dos encontros. E quando Tiffany, Loreen e Abbey soubessem desta noite, não poderiam insistir para ela continuar tentando.

Ela teria um hobby, talvez costurar, fazer crochê, qualquer coisa assim. Ter um monte de gatos. Ela seria como a Sra. Exstorm, a velha esquisita da esquina da Candelight Lane com a Old Coach Road, quando ela e Tiffany eram crianças. Todo mundo tinha medo da Sra. Exstorm. Contavam histórias de que ela era uma bruxa que pegava crianças e as comia no jantar, e que seus gatos eram seus parentes, que se esgueiravam para espiar pelas janelas das crianças no meio da noite, avaliando as vítimas.

Os pais diziam que não, ela era só uma idosa solitária cuja saúde não era a mesma de antigamente. A mãe de Sandra e Tiffany jurava que era assim por causa dos milhões de gatos que existiam na casa. Não era uma atmosfera saudável para *nenhum deles*.

— É difícil respirar com todos aqueles pelos e caspa de gato voando pelos cantos — dissera a mãe de Sandra. — É de espantar que algum deles ainda esteja vivo.

Então Sandra se certificaria de limitar sua aquisição de gatos a no máximo cinco ou seis.

As crianças ainda falariam, os pais ainda teriam pena, mas pelo menos ela não morreria de asfixia por pelos de gatos.

Ela tomou essa decisão depois de uma noite particularmente humilhante em que foi ao Galaxy Zed para conhecer Kenny, vulgo Pullmyfinger? no Match.com. Sim, ela percebeu que agora raspava o fundo do poço, se estava disposta a dar uma chance a um sujeito com um apelido como puxe meu dedo, mas, quando leu pela primeira vez, não tinha percebido o que dizia. Pensou que era só outro apelido absurdo.

Mas ele não parecia de todo mal — ele parecia legal, não fumava e tinha alguns interesses em comum com Sandra.

Valia a pena arriscar, como as meninas viviam dizendo a ela.

Mas, por acaso, *não* foi bem assim. Ela entrou no restaurante, meio nervosa, e parou junto da recepcionista.

— Oi, meu nome é Sandra Vanderslice e vou me encontrar com Kenny... qualquer coisa — ela estava constrangida por não saber o sobrenome dele — aqui. Alguém esteve me procurando?

— Hummm, não exatamente — disse a recepcionista —, mas aquele cara está sentado ali sozinho há algum tempo. — Ela apontou um homem de boa aparência, embora comum, que estava sentado só, olhando em volta com insegurança.

— Obrigada. — Sandra se aproximou dele com a mesma insegurança. — Com licença — disse ela. — Você é...?

— Sim, sim, sou eu. — Ele pareceu aliviado. — Pensei que você não ia aparecer. Ou que tinha aparecido e ido embora por não ter gostado de mim. — Ele riu daquela possibilidade terrível.

Sandra não saberia dizer mais tarde como foi que passaram por vinte minutos de conversa agradável sem sequer se dirigir ao outro pelo nome. Na hora ela pensou que ele era um cara bem legal e, embora talvez não fosse o homem de seus sonhos, certamente era alguém com quem ela podia sair por algum tempo. De qualquer modo, deu-lhe esperanças de que nem todo mundo lá fora fosse maluco.

Foi o que ela pensou na hora.

Mais tarde, é claro, ela só conseguia pensar era no exato momento em que ele olhou para ela e perguntou:

— Então vamos ao que interessa. Há quanto tempo você pratica *pony play*?

— *Pony play*? — Ela tinha ouvido bem? — Quer dizer, tipo apostar em cavalos?

Ele franziu a testa.

— Desculpe... Apostar? — Ele sorriu, e era um sorriso gentil. — Não entendi, é um eufemismo? Eu... sou meio novo nessas coisas.

Agora ela estava confusa de verdade, e constrangida porque não parecia que a conversa ficaria complicada. Havia alguma coisa no perfil dele que tinha deixado passar? Ou algo no perfil *dela* que dava a impressão de que ela ia a corridas de cavalos ou coisa assim?

— Olha, eu lamento muito, mas estou perdida. O que quer dizer com *pony play*?

Ele recuou como se tivesse levado um tapa.

— Espere aí, você não é a Flicka do Ponyplayers.com?

— Flicka?

— Manny? — Uma mulher de cabelo ruivo, ondulado e longo apareceu às pressas na mesa. — Você é o Manny?

— Sim.

Sandra olhou para ele.

— Você não é o Kenny?

— Quem é Kenny? — perguntou Flicka. Depois ela estendeu a mão para Sandra. — Desculpe, esqueci os meus modos. Meu nome é Flicka.

— Sandra — disse numa voz que dava a impressão de que nem ela tinha certeza do próprio nome. Isso estava começando a parecer "quem vai primeiro?".

— *Sandra?* — perguntou Manny. — Pensei que você fosse a Flicka.

— Bom. — Sandra gesticulou, infeliz. — A Flicka é *ela*.

— É, a Flicka sou eu.

— Ao que parece — disse Sandra, mostrando o óbvio.

Flicka olhou de Sandra para Manny.

— Você não me disse que ia trazer mais alguém. Não que eu me importe, mas ela tem um garanhão?

— Um *garanhão?* — repetiu Sandra.

Manny começara a ficar claramente pouco à vontade.

— Esperem um minuto. — Ele ergueu as mãos. — Acho que há um mal-entendido. Você veio aqui para um encontro da Internet? — perguntou ele a Sandra.

— Vim. Kenny. Pullmyfinger? — Mesmo ao dizer isso, ela sabia que Kenny nada tinha a ver com a história. — Do Match.com?

Manny assentiu.

— Vim encontrar a Flicka do Ponyplayers.com. Que eu pensei que fosse você. Evidentemente você pensou que *eu* fosse esse Kenny do Match.com.

— E você não é? — Ela não sabia por que disse isso. Obviamente não era ele.

— Não. — Ele sacudiu a cabeça e olhou para Sandra como se ela fosse idiota.

Na verdade, ela começava a se sentir uma imbecil.

— Então esse tempo todo eu estava pensando que você era Kenny, e você pensou que...

— Você era Flicka. — Ele apontou o dedo para ela como uma arma e estalou a língua nos dentes ao puxar o gatilho.

— Mas Flicka sou *eu*. — Agora Flicka estava confusa. — Você é ou não é o Man o'War?

A cara de Manny ficou vermelha e ele deu um pigarro.

— Hã, vamos para a nossa mesa, está bem? — Ele pôs as mãos nas costas de Flicka para conduzi-la para longe de Sandra e assentiu para ela. — Foi um prazer conhecê-la. Espero que goste de seu encontro.

— Obrigada. Desculpe. — Sandra o viu se afastar, sentindo-se inteiramente humilhada.

Ela olhou o relógio. Se Kenny viria, ou estava vinte minutos atrasado, ou esperava na entrada pensando que *ela* estava lá.

A recepcionista parou em sua mesa enquanto passava.

— Hummm, você é Sandra?

Sandra virou-se para ela.

— Sim. — Era a mesma recepcionista a quem ela havia dito o nome vinte minutos antes.

— Tá legal, veio um cara, sabe? E eu disse a ele onde você estava sentada, ok? E ele me pediu para dizer que teve uma emergência e não poderia ficar esta noite. — Ela assentiu e pareceu dolorosamente solidária.

Todo mundo sabia o que isso significava.

— Ah. Tudo bem, bom, obrigada pelo recado.

E Sandra foi embora, abatida. Além de sua experiência bizarra com Flicka e Manny, seu encontro *de verdade* tinha entrado, dado uma olhada nela e batido em retirada, deixando que a recepcionista burrinha lhe desse a notícia.

E então foi isso.

Chega de encontros.

E chega da insistência das amigas de que ela devia continuar tentando.

Na noite seguinte, ela contou a história a Tiffany, Loreen e Abbey na cozinha reluzente de Tiffany, um lugar que dava a impressão de que nada de ruim jamais poderia acontecer.

— Ai, não sei o que é pior. — Loreen estremeceu. — O fato de que o babaca a deixou na mão ou o fato de que você quase saiu com um adepto do *pony play*.

— Mas que diabos *é pony play*? — perguntou Tiffany.

— Não sei! — Sandra ainda estava desnorteada com o aparente código secreto entre seu não-encontro e o encontro *dele*. — Talvez seja uma subcultura de gente que todo mundo na Terra conhece, menos eu e você.

— Todo mundo que vê *Real Sex* na HBO. — Loreen tomou um gole de café. — Sinceramente, estou surpresa que você nunca tenha recebido uma ligação de um *pony player*. Eu recebi uma na semana passada. – Ela baixou a caneca de café. – E me deu arrepios.

Foi o que bastou. A curiosidade de Sandra foi atiçada.

– Tá legal, estou completamente por fora. Sou uma péssima operadora de disque-sexo e pior ainda em encontros. Não vejo a HBO. O que é?

– É um canal a cabo – disse Tiffany, *claramente* reprimindo um sorriso.

– Tiffany!

– Tudo bem, tudo bem.

Loreen disse:

– São aquelas pessoas que brincam de cavalo, tipo se trajar de cavalo... Sabe como é, com arreios, freios, sela, até rabos sintéticos... E fazem sexo assim. Como cavalos.

– Ai, meu Deus. Como aqueles que se vestem de palhaço? – Sandra tomou um bom gole de vinho. Ela vira *Real Sex* uma vez, e as pessoas se vestiam de palhaços – algo que Sandra achava pessoalmente apavorante – e faziam sexo indiscriminadamente uns com os outros.

Isso a deixara louca.

– Exatamente – Tiffany se serviu de vinho. Só meia taça. Ela encheu o resto com seltzer. Era o tipo de restrição que sempre fazia. – Eu também vi esse.

– Então esse cara... – Sandra pensou. Ele parecia tão normal. Tão gentil. Tão *normal*.

Mas nunca se sabe.

– Um completo pervertido – disse Tiffany, assentindo.

– A gente não devia tê-la aconselhado a pegar as rédeas de novo tão rápido – disse Abbey, reprimindo um sorriso.

— Engraçadinha — disse Sandra. — Muito engraçada. Podemos conversar sobre outra coisa? — Ela olhou em volta. — Alguém?

Loreen suspirou.

— Eu tenho uma coisa para dizer. E se vocês sofrerem do coração, me impeçam agora, porque não será nada bonito. — Ela passou o olhar hesitante de Sandra para Tiffany.

— Eu fiz vocês virarem operadoras de disque-sexo — disse Sandra, pegando um dos biscoitos Thin Mints que Kate vendera para levantar fundos para as bandeirantes. Ela sabia que não ia conseguir parar depois que começasse, mas não conseguiu deixar de começar. Depois do que tinha passado, *merecia* Thin Mints. — É mais feio do que isso?

— Ei — disse Tiffany. — Você salvou nosso rabo. Não faça piada *disso*.

Sandra olhou a irmã.

— Essa foi a coisa mais gentil que você já disse a meu respeito.

— Ah, eu digo um monte de coisas gentis sobre você — falou Tiffany. — Só que não na sua frente. Não quero que você fique metida.

— Eu tive um encontro com um boneco — disse Sandra. — E com um gay, e com um *pony player*. Não acho que corra algum risco de ficar metida. Ai, meu Deus, já contei que esbarrei em Louis no mercadinho?

Loreen arfou.

— Louis, o Ventríloquo?

— Exatamente. — Sandra assentiu. — Foi um horror. Eu me aproximei, sabe como é, para me desculpar. Ser legal. O que fosse. Mas ele ficou parado ali com o punho cerrado, como se fosse me socar. E o tempo todo em que ficou me dizendo que Arlon estava *no hospital*, ele cerrava e descerrava os punhos.

— Espero que tenha saído de lá rápido — disse Abbey.

— Saí mesmo — disse Sandra. — Mas não antes de ter um vislumbre do punho dele. — Ela apertou os lábios e falou. — Ele tinha uma carinha pintada na mão. Sabe como é, como as crianças fazem no primário? Em que o polegar é o lábio inferior e você faz a mão falar?

Loreen, Abbey e Tiffany morreram de rir.

— Acho que ele estava desesperado por *alguma coisa* enquanto Arlon estava longe. Ainda bem que o punho dele não falou comigo. Entããão — disse ela, dando um fim elegante à sua vida social —, assim foi minha vida de encontros este ano. Podem tentar, mas será difícil me derrotar.

— Fiquei com um gostosão em Las Vegas — disse Loreen, categoricamente. — Depois ele quis mil pratas pelos serviços. E pensar que eu estava feliz porque a bebida era de graça.

Sandra parou por um momento, olhou para Loreen para decidir se ela falava sério.

Loreen assentiu.

— É verdade.

— Você venceu — disse Sandra.

— Um garoto de programa? — disse Abbey, incrédula. — Foi assim que tudo começou?

Loreen enrijeceu visivelmente.

— Sim. E entendo perfeitamente se você nunca voltar a falar comigo, porque eu a atirei nessa confusão, que sei que é pecado, e não revelei o motivo a nenhuma de vocês.

Abbey riu.

— Loreen, não acho que seja pecado. Só fico feliz em saber que você teve um bom motivo.

— Um bom motivo? — Loreen fez eco, confusa.

— Bom, uma coisa é arrumar um monte de dívida de jogo porque você estava com tédio. Outra bem diferente é fazer a dívida porque entrou em pânico.

— Você achou que eu perdi todo aquele dinheiro só porque estava entediada? — perguntou Loreen. Sua expressão se suavizou. — E ainda arriscou tudo para me ajudar a pagar?

A cara de Abbey assumiu um leve tom de rosa.

— Eu não diria que *arrisquei tudo*, mas você estava com problemas, e não importava tanto o porquê.

As lágrimas encheram os olhos de Loreen.

— Eu não mereço amigas como vocês, gente, não mereço mesmo.

Tiffany a envolveu com o braço.

— É, ora essa, agora já está presa a nós.

— Presa de verdade — acrescentou Sandra com uma risada. — Uma vez que não estou mais tentando namorar.

— Na verdade... Por falar em namorar e não querer namorar de novo, Robert apareceu ontem à noite — disse Loreen. — Acho que não vamos nos divorciar.

Tiffany ficou muito feliz.

— *Não* vão?

— Bom. — Loreen pegou uma banana na tigela de frutas, descascando-a lentamente enquanto falava. — Conversamos sobre voltar e eu contei a ele sobre minha noite em Las Vegas. — Ela mordeu a banana e continuou, enquanto mastigava: — Quando contei a ele sobre *isso*, ele pirou.

— Naturalmente — disse Tiffany. — Mas ele superou.

— Aham. — Loreen engoliu. — Vai entender.

— Olha, você cometeu um erro — disse Tiffany. — Grande coisa. Todo mundo às vezes faz isso. Francamente, eu ficaria decepcionada se Robert não superasse essa história.

Elas refletiram por um momento.

E então o telefone de Sandra tocou. Ela o pegou e olhou o identificador de chamadas, como era seu hábito. Só para o caso de ser alguma coisa urgente.

Era Doug, o encontro da Normandie Farm.

Que coisa esquisita.

— Atenda — vociferou Tiffany quando Sandra anunciou quem estava ligando. — Descubra o que ele quer!

Sandra abriu o celular.

— Alô? — Ela ergueu um dedo e se afastou alguns passos.

— Sandra?

— Sim?

— Doug Ladd. A gente se encontrou há algumas semanas, lembra?

Como se ela pudesse se esquecer disso.

— Oi, Doug. — Ela fez uma cara de confusa para as outras. — Como está?

— Bem, obrigado. Escute... Tem um minuto?

— Claro.

Ele soltou um suspiro curto.

— Entendo que você possa não estar interessada em me ver de novo, e se for assim, tudo bem. É só falar. Mas eu realmente pensei que ia rolar alguma coisa quando nos conhecemos, e depois... Não sei bem o que houve. Ficou muito estranho.

É claro que tinha ficado estranho. Ela havia perguntado a Doug se ele era gay.

— Eu lamento muito por tudo — disse ela. — Só o que posso dizer é que me machuquei muito antes... Bom, na verdade, eu tive uma série de encontros ruins, cada um mais bizarro do que o outro, então... — Ela deu de ombros, embora ele não pudesse vê-la. — Sou terrivelmente tímida.

— Acho que compreendo — disse Doug. — Percebi que você não era a pessoa mais confiante do mundo.

— Não, este era você. — Ela riu.

Ele também riu.

— Longe disso. Mas de qualquer forma, olha só, eu também tive alguns encontros ruins, e simplesmente não consigo deixar de pensar em você. Gostaria de vê-la de novo.

O queixo de Sandra caiu.

— Por quê?

— Como?

— Fala sério, Doug, eu adoraria, mas por que *você* ia querer me ver de novo? Você é um cara bonito. Tem tudo a seus pés. Por que ia querer sair *comigo*?

— E por que *não ia querer*? — Ele parecia genuinamente perplexo.

Mas será que ela teria de dizer?

— Eu não sou exatamente a Cindy Crawford.

Tiffany soltou um suspiro exasperado, e Sandra lhe lançou um olhar pedindo silêncio.

— E daí? — perguntou Doug. — Nem eu.

Ela riu de novo, mas não falou que se reprimira pouco antes de perguntar se ele era.

— Tudo bem, mas você é praticamente o George Clooney. Por que quer sair com uma gorda?

As três — Tiffany, Loreen e Abbey — fizeram ruídos de objeção. Sandra ergueu a mão e lhes fez um *shhhh* enquanto saía para ter mais privacidade.

Ela encontrou um canto no quarto de Kate e se sentou.

— Gorda? — dizia Doug. — Não faça isso com você, Sandra. Você só é... é como um modelo de luxo perto daqueles esqueletos fúteis com quem saí. Você é real. Tem apetite pela vida, por comida, por bebida. Eu gosto disso.

A esperança a tomou e ela de imediato a reprimiu. Era um hábito de longa data.

— Você não é, tipo assim, um fetichista, é? — Porque ela havia conhecido vários *desses* no último mês.

— Meu Deus, Sandra, você age como se fosse uma aberração de circo ou coisa assim. Dá um tempo. Eu realmente gostei da mulher que conheci na Normandie Farm. Quero ver você de novo. É assim tão surpreendente?

Ela podia ter continuado a discussão, mas a falta de confiança seria muito pouco atraente, mais do que qualquer das coisas com que se preocupava, e além de tudo Doug parecia sincero.

Quando ela o conheceu e agora.

Ela *não* ia estragar tudo sendo insegura.

— Não — disse Sandra com firmeza. — Não é nada estranho. E então... Para onde vamos?

Capítulo 23

Charlie estava de mau humor.

E Tiffany não queria lidar com isso. Gerald Parks ligara dizendo que tinha as provas que ela procurava, então ela queria pegá-las e tê-las nas mãos antes de outra discussão explosiva com Charlie.

Charlie a fazia se sentir mal. Consigo mesma, com sua vida, com os filhos. Charlie era mal-humorado, amuado, infeliz, tirânico e mais uns mil adjetivos desagradáveis.

Nos últimos meses ele tinha viajado a negócios mais do que nunca e Tiffany havia percebido que não só gostava do tempo em que ele ficava fora, como temia sua volta. A notícia de que ele podia ter um caso, de que o detetive particular tinha fotos que ela podia usar contra ele, teria sido arrasadora um ano antes, mas hoje era bem-vinda. Era até motivo de comemoração.

Esta não era uma dica sutil de que havia alguma coisa errada no casamento; era uma grande placa de neon.

Tiffany já pedira ajuda a Loreen para organizar seu orçamento, de forma que ela pudesse cuidar das crianças sozinha. O pressuposto era que, se Tiffany e Charlie se divorciassem, ela teria pelo menos a pensão dos filhos, mas não queria contar com isso. Queria se certificar de ter o bastante para fazer tudo sozinha.

Infelizmente, ela ainda não havia tido essa conversa, ou aquela com Gerald Parks, quando Charlie entrou, praticamente cuspindo fogo.

— Preciso usar sua conta bancária — disse ele, sem preâmbulos e sem cumprimentar os filhos, quando entrou na cozinha.

— Como?

— Houve um... problema. Roubo de identidade. Limparam minha conta.

Havia mais nessa história. Ela estava com ele há tempo suficiente para saber.

— *Roubo de identidade?* — repetiu ela.

Ele assentiu.

— Acontece o tempo todo. Eu... estou cuidando disso. Até lá, preciso usar a conta da família.

— Espere aí um minuto — disse Tiffany. — Então existem a *sua* conta e a conta *da família?*

— É. — Ele assentiu.

— E quanto a mim?

— O que tem você?

— Cadê a minha conta?

— Cadê a sua renda?

Na minha conta, ela queria dizer, mas não ia se entregar assim. O fato de que tinha uma conta particular para pagar a dívida da APM e outras coisas não significava que ele podia separar suas finanças conjugais como tinha feito.

— Não acho que um tribunal consideraria isso relevante.

De imediato Charlie assumiu uma postura belicosa.

— Então agora quer levar isso a um tribunal?

Ela endireitou as costas.

— Não me oponho a isso.

Ele franziu a testa para ela, depois virou-se para Andy.

— Vá ver sua irmã lá em cima — disse-lhe ele.

— O que está fazendo? — perguntou Tiffany.

— Precisamos conversar. A sós. — Charlie tirou Andy da cadeira e o enxotou para o corredor.

Tiffany levou Andy até a escada e chamou Kate para vir pegá-lo, o que ela fez.

Depois Tiffany voltou à cozinha e perguntou:

— Mas por que diabos teve de fazer isso?

— Vocês duas estão mancomunadas, não estão?

— O quê?

— Vocês estão trabalhando juntas. Você e Marcia.

— Que Marcia? — disse Tiffany. Depois entendeu. — Marcia, sua secretária?

— Como se você não soubesse.

— Charlie, eu *não* sei. Do que está falando?

— Estou falando de Marcia ameaçar te contar sobre nós e logo depois eu descobrir que minha conta está limpa.

Marcia! Tiffany nunca teria suspeitado que ela faria uma coisa dessas!

— Não sei do que está falando — disse ela. — Está tendo um *caso* com a Marcia?

— Como se você não soubesse. Você não estava por trás do cara me seguindo com uma câmera? — A hesitação dele durou só uma fração de segundo antes de começar a rachar de incerteza.

— *Marcia?* — Tiffany perguntou novamente.

Charlie ficou pálido.

— Você não sabia?

Tiffany mudou o peso da perna e o encarou.

— O que o assusta mais, a ideia de que eu sabia ou a ideia de que não sabia?

— Pare com esses joguinhos — rebateu Charlie. — Você ajudou a limpar as minhas contas?

— Não — disse Tiffany, gélida. — Não foi a sua amante?

A voz de Charlie era dura.

— Eu não disse...

— Disse, sim — respondeu Tiffany, rapidamente. — Você disse que sua amante limpou suas contas.

Ele parou de novo, depois passou a mão no cabelo e deu um passo na direção de Tiffany.

— Ah, garota — disse ele, estendendo-lhe a mão e puxando-a num abraço rígido. — Eu fiz uma tremenda trapalhada. Pode me perdoar?

— Por ter um caso e perder todo seu dinheiro para ela? — perguntou Tiffany. — Sim. Sim, eu posso te perdoar.

Charlie estreitou o abraço.

— Ah, graças a Deus.

— Mas não posso aceitá-lo de volta.

O aperto dele foi ainda mais forte. Depois ele recuou.

— O quê?

— Não posso aceitá-lo de volta — repetiu Tiffany. — Você me traiu demais. — Ela decidiu continuar vaga, porque agora parecia claro que ele a traíra mais de uma vez.

— Você estava tão envolvida com as crianças — disse ele, mas parecia que andara ensaiando. Como se estivesse preparado para esta conversa.

Mas mesmo que não fosse assim, suas alegações eram tão risivelmente inverídicas que ela não conseguia levar a sério.

— Então você dormiu com sua secretária.

— Ela estava *lá* — disse ele —, e *era receptiva* às minhas necessidades.

— Ela *levou seu dinheiro* — acrescentou Tiffany. — Como foi que ela fez isso? Com seu número do seguro social?

Ele assentiu.

— Tínhamos uma conta conjunta — disse ele. — Para os negócios, mas ao que parece ela queria usar para mais do que isso.

— Você tinha uma conta conjunta com sua *amante*, mas não com sua *mulher*. — Tiffany sacudiu a cabeça. — Inacreditável.

— Desculpe. — Esta devia ser a primeira vez em todo o casamento que ele se desculpava.

— Deve mesmo pedir desculpas. Parece que você terá muito o que fazer, tendo de consertar seus erros bancários e mudando-se daqui.

— Me mudar?

Tiffany assentiu.

— Talvez Marcia o receba na casa dela.

— Mas...

— Ou não. Não sei. Só o que eu sei é que não vou mais suportar o fardo de seu gênio infeliz. Se você tem uma amante, *ela* que lide com isso. E se não tem, arranje uma. Tenho certeza de que não vai demorar muito.

— Mas o dinheiro...

— Será dividido em juízo. Não é minha culpa você ter sido idiota o suficiente para ser enganado por sua namorada. Você ainda vai ter que pagar a pensão das crianças. E sabemos muito bem que seu emprego paga o suficiente para cobrir isso.

— Mas você é a minha mulher!

— Devia ter se lembrado disso há *muito tempo* — disse Tiffany com rispidez. E depois de esperar um segundo por uma resposta que não veio, ela se afastou.

Na realidade, ela se sentiu bem com isso.

Porque, pensando bem, não se tratava do que Charlie estava fazendo ou não... Pelo menos não inteiramente. O principal problema com seu casamento era como ele a fazia se sentir. Como a fazia se sentir *mal* quase o tempo todo. Então ela já sabia que o fim era inevitável.

Que ele lhe tenha aberto o jogo de forma tão enlouquecedora — e conveniente — era só um bônus. Mas ela sairia dessa de qualquer forma.

E agora tinha saído.

Capítulo 24

Tiffany empurrava o carrinho de compras pela Giant Food, falando em seu novo celular com bluetooth. Ela o comprara para poder fazer várias coisas ao mesmo tempo enquanto trabalhava, mas descobrira que era uma coisinha milagrosa para dirigir, fazer compras, o que fosse, e agora que estava solteira, era ainda melhor porque não tinha tanto no que pensar e se preocupar, uma vez que Charlie não estava mais em casa, rondando, pronto para criticá-la a qualquer momento.

Tiffany adorava a vida sem fio.

Também adorava fazer compras só para ela e as crianças. Chega dos velhos bifes grandes. Chega de sacos de 5 quilos de batatas.

— Então, tudo foi pago? — perguntou ela a Loreen enquanto andava pelo corredor dos cereais e abria uma caixa de Cheerios para Andy, que estava sentado no carrinho.

— Tudo. E ainda temos um extra de 158 dólares nos cofres para os programas da escola. — Loreen suspirou. — Só precisamos de mais 450.

— O Palhaço Bingo custa 600 pratas? — exclamou Tiffany, depois se silenciou. — Não pode estar falando sério. — Ela deu mais Cheerios para Andy.

— Não, não é para o Bingo. Achei que tínhamos decidido contratar Merle, o Mago das Palavras.

— Ah, é verdade. — Tiffany parou diante do café. Adorava os cafés General Foods International, mas estavam ficando caros demais. — Ainda assim, 600 dólares...

— Isso com desconto — disse Loreen.

— Ai. — Tiffany atirou uma lata de Café Français no carrinho. Ia trabalhar um pouco mais e pagar os 4,75 dólares. — Mas soube que ele vale o preço.

— Ah, totalmente. Eu o vi num evento no Colégio Urban uma vez. Ainda sei soletrar *aquiescência*, muito obrigada.

Mas que competente.

Andy atirou um Cheerio, que bateu no cabelo dela.

— *Pare!* — sibilou ela para ele.

— O que foi? — perguntou Loreen.

— Vamos fazer isso. Se mantivermos os negócios, não há motivo para não fazermos doações pessoais. Sabe como é, devem ser dedutíveis do imposto de renda.

Tiffany parou para pegar umas amêndoas sem sal.

— Gostei disso. As Happy Housewives têm sido boas para nós — concordou ela.

Tiffany pensou no assunto por um momento. De início, devia ser só para pagar a APM, mas elas tiveram muito trabalho para pensar no nome, criar a empresa, preparar o site na internet, fazer colagens de modelos, para não falar das dez funcionárias que tinham agora. Ela odiava a ideia de simplesmente acabar com tudo.

— Vamos continuar — disse ela. — Adquirir os melhores programas que pudermos. Ninguém precisa saber como pagamos por eles.

— Tudo bem. — Loreen parecia meio exultante. — Depõe contra mim que eu não queira desistir disso?

— Se depuser, eu estou no mesmo barco — disse Tiffany, depois baixou o tom de voz. — Quem teria pensado que o disque-sexo profissional... não, *atuar* por telefone... podia ser tão divertido? — Seu telefone começou a bipar. — Minha bateria está acabando, tenho que correr.

— A gente se vê amanhã à noite?

— Mas é claro. Tchau. — Tiffany fechou o celular e xingou a bateria idiota. Talvez pela quantidade de uso que tinha, a carga arriava cada vez mais rápido. Às vezes parecia que ela só havia usado por 15 minutos. Era muito inconveniente ter de conectá-lo à tomada elétrica perto da secadora durante as chamadas.

Ela parou, pegou uma bateria sobressalente na bolsa e a encaixou. Agora que era mãe solteira, precisava estar disponível para a escola o tempo todo, caso surgisse uma emergência.

Ela ligou o celular novamente, depois empurrou o carrinho pela esquina e quase esbarrou em Deb Leventer.

Essa era uma das consequências de morar em uma região com apenas um supermercado em 16 quilômetros.

— Deb!

— Pensei ter ouvido sua voz — disse Deb, tombando a cabeça tingida para o lado. — E aqui está você.

— Aqui estou eu — concordou Tiffany, e Andy atirou outro Cheerio.

Deb sem dúvida consideraria isso uma grande falta de educação.

— Soube que Merle, o Mago das Palavras virá para fazer uma apresentação — disse Deb, tombando a cabeça recém-tingida. — Como *foi* que você conseguiu isso?

— Foi apenas sorte, eu acho. — Tiffany rodou o carrinho para o caixa quatro, onde Mary, que Tiffany há muito acreditava ser a operadora mais rápida dali, estava trabalhando. — Vai levar Poppy?

Deb deu de ombros.

— Ainda não sei. Francamente, a apresentação de Merle já está meio batida a essa altura. Eu tinha esperanças de podermos contratar o Pluto Group para falar sobre o sistema solar.

— Por que não menciona isso na próxima reunião da APM? — sugeriu Tiffany. — Veremos o que pode ser feito.

Deb ergueu uma sobrancelha extremamente escura.

— Pode apostar que vou.

Um grandalhão muito peludo veio de um dos corredores, segurando um saco de fritas tamanho família.

— Estou carregando isso por toda parte, procurando por você. — Ele colocou o saco no carrinho. Depois olhou para Tiffany. — Ah. Oi. Interrompi alguma coisa?

— Não, só estávamos discutindo assuntos da APM — disse Deb. — Esta é Tiffany Dreyer — acrescentou ela, com um tom distinto de *aquela de quem lhe falei*. — Ela é encarregada dos programas da escola.

— Mick. — Ele estendeu a mão peluda. — De Mick Jagger.

A respiração de Tiffany ficou presa na garganta. Todo homem chamado Mick dizia isso? Desse jeito em particular? Ou seria este, na verdade, seu cliente regular?

Aquele que tinha tanto orgulho de usar o próprio nome.

Os olhos dela caíram no saco cheio de abobrinhas em seu carrinho.

Tiffany sabia que sua cara estava ficando vermelha e mal foi capaz de esconder o riso que ameaçava sair.

Deb Leventer, altiva e poderosa, era casada com um cliente assíduo das Happy Housewives!

— Onde está Poppy? — perguntou Deb ao marido.

— Pensei que estivesse com você.

— Não, ela estava com *você*. *Encontre-a!*

— Aquela safadinha — disse Mick. — Ela deve estar na seção de biscoitos. — Sem olhar para trás, ele partiu, vendo as placas no final dos corredores.

Safadinha, hein?

Mick era mesmo *o Mick*.

Que coisa incrível.

Que golpe de sorte.

— Com licença — disse Deb. — Mas tenho muita coisa para fazer.

— Foi bom ver você, Deb — disse Tiffany, mais do que nunca sendo sincera. — E adorei conhecer seu marido.

Deb parecia impaciente. Atirando o cabelo novo para trás, ela disse:

— Sim, sim. — E começou a empurrar o carrinho cheio de alimentos orgânicos, mas as rodas engancharam no carrinho de Tiffany e ele virou. Tiffany pegou Andy bem a tempo, mas a comida, as latas de refrigerante e o conteúdo da bolsa de Tiffany se derramaram no chão.

— Ah, não! — Parecendo genuinamente constrangida, Deb se curvou para tentar pegar os objetos, junto com Tiffany. — Eu não tive essa intenção — disse ela, meio na defensiva.

— Eu sei. — Tiffany passou Andy para o quadril, depois pegou os frascos de remédios com a outra mão e os recolocou na bolsa.

A confusão se multiplicou quando um funcionário do mercado apareceu e começou a colocar a comida no carrinho de Deb, e não no de Tiffany, o que irritou Deb.

Por fim, com cada carrinho arrumado e tudo no lugar, exceto algumas moedas que Tiffany não se deu ao trabalho de pegar, ela foi para a fila do caixa e levou as sacolas e o filho para o carro.

Tinha um novo ânimo no andar e sabia disso.

— Mamãe feliz? — perguntou ele.

— Sim, a mamãe está muito feliz. Você está feliz?

Ele assentiu.

— Eu feliz.

— Se você está feliz, bata palmas — disse ela numa voz cantarolada, e Andy pegou o ritmo.

Ela se juntou a ele, mas só no que conseguia pensar era em chegar em casa e ter alguma privacidade para ligar para Loreen e contar o que acabara de acontecer.

O toque do telefone estava enlouquecendo Deb. Ela saiu do supermercado, deixou Mick no mecânico para que pegasse o carro dele, depois foi a uma agência dos correios e à Target e, aonde quer que fosse, ouvia a música irritante.

— Mãe, que música é essa?

— Não sei – disse Deb enquanto empurrava um carrinho pelo departamento de meninas. — Mas você também ouviu?

— Vem da sua bolsa.

Deb se curvou para baixar a orelha até a bolsa. Sem dúvida o barulho vinha dali. Mas que diabos era isso? Ela pegou seu celular. Pelo menos, *achou* que era seu celular. Mas agora que olhava para ele, não tinha o arranhado na tela de quando ela o havia atirado em Mick na semana anterior, depois de ele esquecer o aniversário dela.

E é claro que não tinha seu toque.

Ela procurou na bolsa mais um pouco e pegou o celular rachado. Então, de onde vinha o outro aparelho?

Depois ela se lembrou. Quando Tiffany Dreyer esbarrou em seu carrinho, tudo caiu no chão. Ela deve ter pego o telefone de Tiffany, pensando ser o dela.

— Eu quero o pijama das Bratz – disse Poppy, pegando coisas nas prateleiras e atirando no carrinho. — E essa saia jeans.

— É curta demais – disse-lhe Deb, ainda segurando o celular. Ela olhou e percebeu que tinha apertado um botão e ele estava discando. Ela apertou o botão de desligar rapidamente.

— Não é, não! – Como sempre, Poppy ia de zero a dez em menos de um segundo. — E todas as outras meninas têm uma. Você é tão má!

— Não ligo – começou Deb, mas o telefone tocou novamente.

O telefone de Tiffany. O identificador de chamadas dizia NÚMERO PARTICULAR. Um misterioso ligando!

A curiosidade era demais para Deb resistir.

— Vá experimentar a saia – disse ela a Poppy. — Leve essa blusa também – disse ela, apontando uma blusa de princesa pop a que se opunha rigorosamente, mas que sabia que Poppy queria experimentar.

E, batata! Poppy disparou para a cabine de provas na maior felicidade possível.

Com apenas uma fração de segundo de hesitação, Deb abriu o celular.

— Alô?

— Aqui é Ed, da central de transmissão — disse uma voz. — Recebi uma chamada de seu telefone. Quer se conectar?

— Posso ficar com a saia preta também? — Poppy dizia da sala de provas.

— Sim — disse Deb a Poppy, mas foi o homem ao telefone que respondeu.

— Feito — disse ele.

Ela desligou, sacudindo a cabeça. Ah, tanto faz.

O telefone tocou de novo, quase de imediato. Devia ser Ed, da central de novo.

— Alô?

— Tive medo de que não estivesse trabalhando e eles me mandassem para a central atrás de outra garota.

Deb franziu a testa.

— O quê?

— Estive esperando o dia todo para falar com você.

— Tudo bem... — Ela nunca tinha sido boa em imitar vozes, então deduziu que o melhor a fazer era falar o mínimo possível.

— Abra meu zíper.

— Como?

— Abra meu zíper. Sabe como é, com os dentes. Quero que chupe meu pau antes que ele estoure.

Deb arfou tão alto que duas mulheres se viraram para ela.

Ela fechou o celular, a cara ardendo.

Tinha de ser engano. Deb conhecia Charlie Dreyer. De forma alguma um homem bom e digno daqueles se rebaixaria a falar com a mulher daquele jeito.

Ela manteve o telefone na mão e andou para a área de espera das salas de provas para se sentar. Isso era muito perturbador.

Queria que Tiffany tivesse recebido a ligação, e não ela.

O telefone voltou a tocar. Deb olhou e, de novo, o identificador dizia DESCONHECIDO. Será possível que a chamada realmente *fosse* para Tiffany?

— Alô?

— Crystal...

— Não...

— ... pensei em você o dia todo. Seja boazinha comigo.

— Quem está falando?

Houve uma hesitação.

— É a Crystal?

— Não.

— E você, quem é?

— Deb. — Assim que disse isso, ela se arrependeu. Nunca devia ter dado seu nome verdadeiro. Agora Tiffany descobriria que ela atendera ao telefone! Ah, que se dane, ela podia se safar dizendo a verdade, que ela pensou que o celular fosse o dela depois da confusão, quando Tiffany esbarrou no carrinho. Certamente não era culpa dela!

Mas ela não ia mencionar o fato de que ela atendeu ao telefone mesmo depois de saber que não era o dela.

— Deb — disse ele. — Não vi você no site. Como você é?

— Em que site você olhou? — perguntou ela.

— No Happy Housewives — disse ele. — Olha aqui, não quero pagar US$ 2,99 por minuto para essa merda. Vai me fazer curtir ou não?

— Hummm, acho que *não* — disse Deb rispidamente.

Ele desligou.

Tudo bem, foram duas ligações sexualmente explícitas em dez minutos. Uma podia ser um trote ou engano, ou outra coincidência, mas duas?

Ela precisava entrar no site das Happy Housewives.

— Poppy, precisamos ir.

— Mas não terminei de experimentar tudo!

— Não ligo, coloque no carrinho. Se as coisas não couberem, devolvemos depois.

Deb dirigiu para casa na maior velocidade que o limite permitia, ignorando o celular que tocava, embora estivesse *morrendo* de vontade de saber quem estava ligando agora.

Ao chegar em casa, ela foi para o escritório de Mick para usar seu computador. Não queria usar o que tinha na cozinha, caso Poppy entrasse e visse alguma coisa sexualmente explícita.

Ligado o computador, ela clicou no Internet Explorer. Mas antes de ter terminado de digitar *happyhousewives.com*, o Internet Explorer automaticamente completou o endereço para ela.

E era um site de disque-sexo, com mulheres que garantiam cozinhar, limpar e cuidar de seu lazer. Havia fotos em miniatura de Crystal, Mimi, Brandee, Sophia, Lulu e uma série de outras gostosonas aprimoradas com Photoshop. Nenhuma delas era Tiffany.

Que coisa estranha.

Mas se Tiffany estivesse envolvida em disque-sexo para ganhar dinheiro, provavelmente não seria tão idiota a ponto de usar o nome verdadeiro nem colocar uma foto dela no site.

Deb rolou a página, procurando por alguma informação que pudesse levar a uma ligação com Tiffany. Só o que conseguiu encontrar foi um contador na base da página, informando quantos acessos havia desde uma data, que era de uma semana depois de elas voltarem de Las Vegas.

Época em que Tiffany e Loreen tinham ficado tão estranhas e cheias de segredos.

Isso era tão excitante!

E Deb sabia *exatamente* como usar isso em proveito próprio.

Ela não perdeu tempo. Procurou o número do telefone da casa de Tiffany e discou, esperando com a respiração curta que ela atendesse.

— Alô?

— Tiffany, é Deb Leventer.

— Oi, Deb. Olha, estou no meio de uma coisa, então não posso falar agora...

— Ah, acho que vai querer ouvir o que tenho a dizer.

— Como?

— O jogo acabou, Tiffany. Sei o que anda fazendo. E a não ser que você e todo o conselho renunciem à APM agora mesmo, vou contar a todo mundo.

Houve um silêncio tenso e seco.

— Não sei do que está falando — disse Tiffany numa voz que traía que ela sabia *exatamente* do que Deb estava falando.

Mas estava tudo bem. Deb não se importava de estender o assunto.

— Estou falando do fato de você ser operadora de disque-sexo. Uma *proƨtituta*, se quiser descer a tanto. E eu *não* acho que seja o tipo de gente que precisamos como presidente da APM.

Tiffany soltou um longo suspiro.

— Não sei do que está falando.

— Sabe, sim. Aconteceu uma coisa engraçada hoje. Por acidente, peguei seu celular no supermercado porque é igual ao meu.

Ela podia ouvir Tiffany remexendo em alguma coisa, provavelmente vasculhando a bolsa, do outro lado da linha.

— Você pegou meu telefone?

— Aham. — Deb estava adorando. — E Ed, da central, ligou. Sabe quem é o Ed, não é?

O silêncio lhe disse que sim, Tiffany certamente sabia quem era Ed.

Deb soltou uma risada despreocupada.

— Bom, depois disso, comecei a receber todo tipo de ligações. Ligações *repulsivas*.

— Você atendeu meu telefone?

Deb suspirou.

— Não resisti. Sei que errei, mas não tanto quanto você. Não concorda? Tiffany?

— O que você quer, Deb?

— Gozado você perguntar. Quero você e todas as suas amigas fora do conselho da APM. E você tem até amanhã ao meio-dia para renunciar formalmente ou levarei tudo a público.

Deb estava tão satisfeita consigo mesma. Ficou repassando a conversa em sua cabeça sem parar, imaginando a cara de pavor de Tiffany quando ela percebeu que não conseguiu passar a perna em Deb.

Era uma delícia.

Quando o telefone de Tiffany tocou de novo, ela teve a sensação de que as coisas estavam prestes a ficar ainda *mais* deliciosas.

Ela olhou o aparelho. O que fazer? Podia tirar Tiffany desse negócio. Mas depois não haveria provas para levar ao conselho escolar. Certamente o condado não ia querer uma operadora de disque-sexo encarregada da Associação de Pais e Mestres!

Então era melhor Deb não atender.

Mas sua curiosidade era imensa.

— Alô?

— É Mick. Tenho que ser rápido porque estou no banheiro masculino da concessionária. Chupa meu pau, cheia de dentes.

— *Mick?*

Um silêncio atônito. Depois:

— Deb?

— Sim, Deb. — Ela olhou o celular. Era o *dela* e não de Tiffany? — O que você estava falando?

— Eu... Eu devo ter discado o número errado.

— E com quem exatamente queria falar?

— Suzannah. — Suzannah era a secretária de Mick. — Ela está cuidando de umas coisas complicadas para mim.

— E você está ligando para ela do banheiro masculino?

— É, olha, bem, tenho que ir. Falo com você depois. — Ele desligou antes que ela pudesse se opor.

Que diabos estava acontecendo? Ela olhou o telefone. Não era o dela. Não tinha rachadura, e... não havia como confundir. Era o celular de Tiffany.

Mick acabara de ligar para o disque-sexo de Tiffany.

Mick deve ter pensado que teve uma linha cruzada e discou de sua agenda — os celulares faziam isso com alguma frequência –, mas Deb sabia a triste verdade. Ele estava ligando para Tiffany para ter satisfação sexual.

Não parecia possível.

Talvez fosse um equívoco. Ou uma coisa antiga.

Ela foi até o histórico do computador de Mick para ver com que frequência ele entrava no site das Happy Housewives.

Ao que parecia, ele o acessava com frequência. *Muita.* De repente Deb se sentiu suja, sentada à mesa dele. Ele estragara tudo para ela, tudo por sua busca idiota e hedonista por prazer. Deb ficou arrasada. Este devia ser um dos melhores momentos de sua vida, enfim tendo provas contra sua pior inimiga.

Tiffany Dreyer era operadora de disque-sexo.

Mas Mick era um de seus clientes.

Capítulo 25

— Qual é a emergência? — perguntou Loreen, entrando na casa de Tiffany sem se incomodar em bater. — As crianças estão bem?

— Estão lá em cima vendo um filme, com um estoque enorme de pipoca, Ho Hos e tudo o que pude pensar para evitar que desçam — disse Tiffany. — Não quero que ouçam uma só palavra do que está havendo.

— Bom, e o que está havendo?

Sandra estava lá, parecendo angustiada de seu posto de observação no sofá.

— Não sei — disse ela quando Loreen a olhou. — Ela não me contou.

Tiffany estava pálida.

— Não pretendia fazer tanto mistério. — Ela usou um saca-rolhas em uma garrafa grande de vinho Mondavi e a levou, juntamente com quatro taças, para a mesa de centro. — Temos um problemão e tenho que contar a todas ao mesmo tempo.

Houve uma batida na porta e Tiffany, que servia o vinho, levantou a cabeça e disse para Abbey entrar.

Depois que todas estavam sentadas, praticamente de mãos dadas ao olharem nervosas para Tiffany, ela lhes contou a má notícia.

Fez-se um silêncio pesado antes de Loreen perguntar:

— O que, exatamente, ela sabe?

— Ela sabe o bastante. — Tiffany engoliu em seco. — Ela está com meu celular. Falou com Ed.

— Ah, não. — Sandra sacudiu a cabeça.

— É. — Tiffany soltou um suspiro trêmulo. — E ela ligou esta tarde, exigindo que todas nós renunciemos à APM amanhã ao meio-dia, ou ela vai dar uma coletiva.

Abbey ofegou.

— Ela não pode.

— Mas você sabe que fará — disse Loreen asperamente. Isso era nauseante. — A não ser que possamos fazer alguma coisa para impedi-la.

— Tirando atropelá-la com um ônibus, não acho que isto seja possível — disse Abbey, a voz em geral gentil tingida de raiva. — Mas não estou defendendo que seja atropelada por um ônibus, por mais tentador que seja neste momento.

— Foi tudo culpa minha. — Tiffany pôs a mão no rosto. — Eu fui tão idiota, andando pelo supermercado, falando disso bem alto, embora o lugar estivesse cheio de gente do bairro e da escola. — Ela fungou e levantou a cabeça, de olhos vermelhos. — Que Deb, que nada, vocês devem estar com vontade é de *me* matar.

— Espere aí, ela deduziu a coisa toda pela conversa que tivemos? — perguntou Loreen, em dúvida. Talvez houvesse esperanças. Mas teve vida curta. Tiffany sacudiu a cabeça.

— Não, mas deixamos cair nossas coisas, e tudo da minha bolsa saiu voando, ela pegou meu celular e o confundiu com o dela. Depois acho que ele começou a tocar.

— Mas como isso é possível? — perguntou Sandra. — Você estava conectada enquanto conversava com Loreen no mercado?

A cara de Tiffany assumiu um tom de vermelho ainda mais intenso.

— Não, mas por algum motivo Ed ligou e me conectou. Ou conectou Deb. Ou — as lágrimas escorriam — todas nós. Eu lamento tanto.

— Mas que confusão — disse Sandra, servindo mais vinho na taça de Tiffany.

— Brian vai ficar arrasado — disse Abbey numa voz trêmula. — Se Deb contar o que sabe, ele nunca vai superar isso.

— Ela não sabe que você está envolvida — disse Tiffany a Abbey rapidamente. — Nem você, Loreen. Pelo que ela sabe, estou trabalhando para uma empresa sozinha. Ela nunca saberá de vocês duas.

— Mas você *não* está só — disse Loreen, pegando a mão de Tiffany. Não podia deixar que Tiffany assumisse a culpa por isso sozinha. — Estamos nessa juntas.

Tiffany abriu um sorriso amarelo.

— Se ela me entregar, não vou me sentir melhor se entregar vocês também. — Ela bebeu o vinho que Sandra tinha servido. — A loucura é que eu estava aqui toda animada porque pensei que tinha uma boa contra ela, mas Deb deu uma rasteira. Uma rasteira pra valer.

Sandra encheu a taça de Tiffany de novo, depois completou as de todas as outras.

Tiffany levantou a cabeça de repente, franzindo a testa.

— Espere um minutinho.

— Que foi? — perguntou Abbey, cheia de esperanças.

Loreen prendeu a respiração.

Sandra inclinou-se para frente, como se Tiffany estivesse prestes a cochichar alguma coisa.

— Mas que idiota eu sou! — exclamou Tiffany.

— Quer, por favor, parar de se martirizar com isso? — disse Loreen, embora estivesse meio disposta a concordar. Mas isso não seria justo. Era um erro que qualquer uma delas teria cometido, em especial quando estava envolvida alguém tão diabólica como Deb Leventer. Não era culpa de Tiffany.

— Não, não. — Tiffany enxugou os olhos. — Você não entendeu. Eu tenho uma boa contra ela.

— Melhor do que ela tem contra nós? — perguntou Abbey.

Tiffany assentiu.

— Acho que sim. Olha, o marido de Deb é o *Mick*.

— Não entendi — disse Abbey.

Mas Sandra sim.

— O Mick *de Mick Jagger*?

Tiffany assentiu.

Sandra explicou a Loreen e Abbey.

— Ele é um dos clientes habituais de Tiffany.

— Você pode provar? — perguntou Abbey com ansiedade.

O humor na sala mudou, e de repente havia um ar de excitação.

— Se conseguir os registros telefônicos, pode provar — disse Loreen. — Mas é claro que não vai conseguir. Não é um caso de polícia.

— Podia ser — disse Abbey, pensativamente.

— Como? — perguntaram Tiffany e Loreen ao mesmo tempo.

— A chantagem é ilegal — disse Abbey. — Acreditem, por acaso eu sei disso. Se Deb nos chantagear, podemos procurar a polícia e contar *tudo*. Ela não vai nos derrubar sem cair junto com a gente.

— Vocês são diabólicas — disse Sandra, aprovando. — Gostei dessa.

— *Nós*, não — disse Tiffany. — *Eu*. Se continuarem falando de pular do penhasco comigo, vou me sentir ainda pior.

— *Ninguém* está pulando de penhasco nenhum — disse Loreen. — Você tem de ligar para Deb. Agora. Até que ela concorde em recuar, ainda temos um problema e você precisa impedi-la antes que ela comece a contar às amigas.

— Se é que já não contou — acrescentou Abbey, mas pareceu cética. — Provavelmente sim. Ela e Kathy Titus são como unha e carne.

— Vou ligar agora — disse Tiffany. Ela se levantou e pegou o telefone na bancada, e a lista de números da turma da Sra. Rosen ao lado da geladeira, discando o número de Deb no viva-voz.

Deb atendeu ao primeiro toque.

— Alô?

— Deb, é Tiffany Dreyer.

— Ah. — A resposta foi direta. — O que *você* quer? — Não era o tom triunfante de alguém que tinha acabado de colocar a adversária de joelhos.

Loreen, Abbey e Tiffany trocaram olhares curiosos.

— Como deve esperar, Deb, estou ligando para falar sobre a ameaça que me fez mais cedo.

Deb fungou e Loreen podia imaginar que ela endireitava as costas, preparando-se para uma briga.

— Não foi uma ameaça, só minha intenção. Alguém tem que fazer o que é certo.

Abbey revirou os olhos.

— Existem diferentes graus de certo e errado — observou Tiffany. — Como existem diferentes graus de legal e ilegal. Agora, trabalhar com disque-sexo é legal.

— Talvez, mas não é moral. — A voz de Deb era aguda. — E você sabe muito bem que se a APM descobrir que está metida nessa atividade imoral, vão pedir sua cabeça.

— A chantagem é moral?

Dois segundos se passaram.

— Do que está falando? — perguntou Deb.

— Ameaçar me expor se não renunciar à APM e convencer outras dirigentes a fazer o mesmo. Isso é chantagem. E não é só imoral, como é *ilegal*.

Houve uma longa pausa. Depois Deb perguntou, hesitante:

— Estou no viva-voz?

— Está — Tiffany respondeu, animadamente. — Sim, está. Quero que meu advogado ouça tudo o que dissermos.

— Advogado?

— Sim. Então, como eu estava dizendo, é *ilegal* chantagear alguém, embora, segundo você, seja *imoral* trabalhar com disque-sexo. Presumivelmente você está falando dos dois participantes, não tenho razão?

— Aonde quer chegar? — rebateu Deb.

— Se não deixar suas ameaças de lado, vou ter de procurar a polícia, e se a polícia se envolver, sem dúvida obterá judicialmente todos os nossos registros telefônicos. — Tiffany levantou a cabeça e deu de ombros.

Sandra lhe mostrou o polegar erguido.

— Sabe o que eles vão descobrir nos registros, Deb? — continuou Tiffany.

Loreen estava atenta para a resposta. Seu coração martelava tão furiosamente que ela mal conseguia ouvir.

— Não — disse Deb. — E não quero saber.

— Ah, mas acho que vai querer. Porque tenho um cliente assíduo. O nome dele é Mick. Sabe como é, de Mick Jagger?

Deb não respondeu.

O que era estranho, pensando bem, porque ela devia ter se irritado.

— Ainda está aí, Deb?

— Há um monte de homens chamados Mick — disse Deb depois de mais um momento de hesitação.

— E quantos moram em sua casa e usam o celular do seu marido? — perguntou Tiffany.

Deb desligou.

Tiffany franziu a testa e olhou a sala.

— O que acham que isso significa?

— Acho que significa que só existe um homem na casa dela que se chama Mick e usa o celular do marido — disse Sandra, enojada. — E ela sabe disso.

Abbey ficou pensativa.

— Sim, mas não gostei disso Se ela entrar em pânico, pode contar a história toda sem pensar.

— Não creio — disse Loreen. — Depois de ouvir o nome do marido, ela ficou quietinha. Ela acreditou em você, pelo menos um pouco. Acho que primeiro vai verificar com ele.

— Mas por que ele contaria a verdade a ela? — perguntou Tiffany.

Loreen a fitou.

— Você *mentiria* na cara daquela mulher? Ela arrancaria seus órgãos se pensasse que você estava sendo desonesta.

— E aposto que Mick valoriza seus órgãos — disse Abbey.

— Posso afirmar que sim — Tiffany concordou com uma risada. — Alguns mais do que outros.

— Nosso amigo Gerald Parks fez um bom trabalho para nós recentemente — disse Loreen. — Acha que ele pode conseguir os registros telefônicos?

— Pode ser que sim — disse Sandra. — Mas não vão servir de nada. Se vocês mostrassem a essa Deb e ela não quisesse acreditar, ela provavelmente só pensaria que são forjados.

— O que seria fácil de fazer — concordou Abbey.

Tiffany suspirou.

— Eu queria saber o que vai acontecer. Quem tem o trunfo agora?

O telefone tocou.

Tiffany olhou o identificador de chamadas.

— É a Deb.

— Coloque no viva-voz de novo — cochichou Loreen. — Vamos todas descobrir quem tem o trunfo.

Tiffany assim fez.

— Deb.

— Decidi poupar a APM da dor de descobrir que tipo de mulher administra seus programas — disse Deb sem preâmbulos.

Os olhos de Tiffany se arregalaram.

— O que está dizendo?

Deb soltou um assobio.

— Vou guardar seu segredo. Não porque acredite nesses absurdos sobre meu marido, você compreende.

— Claro que não.

— Mas se a verdade sobre você vier à tona, só magoaria as crianças e, bom, esta é minha maior preocupação.

— É muito nobre de sua parte, Deb – disse Tiffany, revirando os olhos. – Eu mesma estou preocupada com as crianças.

— Então... Não ia querer que a verdade viesse à tona também. – Deb parecia insegura. – Não é?

— É – disse Tiffany. Estava claro que as duas sabiam do que falavam e concordaram que perderiam em igual medida. – Ora, se a lista de clientes se tornar pública, pense em quantos membros da comunidade poderiam estar implicados. Aliás, Deb, até você participou disso.

— Eu não!

— Participou, sim. Quando atendeu meu telefone.

Deb soltou um suspiro exasperado.

— Nunca vai poder provar isso.

— Tem certeza? – perguntou Tiffany. – Tem certeza absoluta?

— Esta conversa acabou – disse Deb. – Nunca mais quero ouvir falar nisso. Deixei tudo muito claro?

— Ah, sim. – Tiffany sorriu. Por fim, ela sabia sem nenhuma sombra de dúvida que tudo ia ficar bem. – Claro como Crystal.

Epílogo

Seis meses depois

— Noite das meninas! — Tiffany abriu a porta de Kate. — Andy está dormindo, a pizza está no forno e *Anne of Green Gables* está no DVD esperando por nós.

— Oba! — Kate foi correndo para Tiffany com sua camisola de flanela cor-de-rosa e atirou os braços em volta da mãe. — Eu *adoro* a noite das meninas! A tia Sandra vem?

— Mas é claro! Ela transferiu o compromisso com Doug para amanhã à noite, só para poder ficar aqui com a gente... Não é legal?

— Eu *adoro* a tia Sandra!

— Eu também!

Elas desceram a escada e Tiffany verificou a pizza. Já estava quase pronta. A salada estava na geladeira, junto com refrigerante para Kate e champanhe para Tiffany e Sandra.

Esta noite era uma comemoração.

— Olá? — Sandra bateu na porta enquanto a abria. — Alguém em casa?

— Tia Sandra! — Kate veio correndo para ela. — Trouxe o sorvete?

Sandra ergueu uma sacola da Safeway.

— Chocolate com chips de menta. Ainda bem que você e eu não gostamos dos mesmos sabores, garota. — Ela sorriu e entregou a sacola a Kate.

— Posso tomar um pouco agora? — perguntou Kate a Tiffany. — Eu *prometo* que vou comer todo o meu jantar.

— Não. Coloque no freezer.

Relutante, Kate carregou a sacola para a cozinha, onde gritou de prazer ao ver o pacote de pipoca Jiffy Pop prateado que Tiffany tinha comprado para elas comerem durante o filme. Esta noite seria um banquete de porcarias.

A liberdade fazia mesmo bem a Tiffany.

Sandra, por outro lado...

— Deixa eu ver — disse Tiffany animada.

— Hummm? Ver o quê?

Tiffany lhe lançou um olhar brincalhão.

— Não faça joguinhos comigo, irmãzinha, vamos ver a aliança.

Sandra riu e estendeu a mão esquerda. O diamante cintilava fortemente entre duas safiras retas, todas engastadas em um anel de platina reluzente. Doug Ladd tinha muito bom gosto, tanto para mulheres quanto para alianças de noivado.

— Linda! — Tiffany arfou. Era mesmo extraordinária. — Está feliz?

Sandra dava a impressão de que podia explodir.

— Estou!

— *Muito* feliz? — Era um jogo que elas costumavam fazer quando crianças, só que na época diziam *muito triste* com mais frequência do que outra coisa.

— *Muito* feliz, eu simplesmente... nem acredito!

— Eu, sim. — Tiffany abraçou a irmã e a manteve nos braços por mais tempo do que o de costume. — Estou emocionada por você. De verdade. Ele é um cara maravilhoso.

— Eu sei! Mas deixa eu te contar do amigo dele, Ron...

— Nem pensar. — Tiffany ergueu a mão. — Ainda não. Pela primeira vez na minha vida, estou dormindo no meio da cama; faço o que quero para o jantar, quando quero fazer; sou a única proprietária do controle remoto da TV... Não tire isso de mim.

— Ela riu. — Nunca fiquei sozinha antes. Para falar a verdade, estou gostando *muito*. Agora, de volta a você. Quando vai comprar seu vestido?

— A qualquer hora — disse Sandra. — Já escolhi os sapatos, é claro.

— Vai combinar o vestido com os sapatos? — perguntou Tiffany, incrédula. — Não devia comprar o vestido primeiro?

Sandra sacudiu a cabeça.

— Meu Deus, não. É fácil encontrar um vestido, mas quando você acha os sapatos perfeitos, tem que agarrá-los. E *estes* — ela pegou uma página de catálogo em sua bolsa e entregou a Tiffany — são os sapatos perfeitos para meu casamento.

— Os Sandra — leu Tiffany, depois olhou a irmã. — Ah, meu Deus, ele pôs o seu nome?

Sandra ficou radiante e assentiu.

— Leia.

— Bico afilado, em pele de cabra branca perolada, com salto agulha e solado recortado. — Ela olhou a foto e comentou: — São tão sensuais, que são quase indecentes!

— Eu sei!

— Bom, *isto* é motivo para comemoração assim como todo o resto. — Tiffany levou Sandra à cozinha e pegou a garrafa de champanhe na geladeira, junto com duas taças no armário. — É uma honra. — Ela rasgou a lâmina de metal da garrafa.

— É incrível — disse Sandra. — E você? Como estão os negócios imobiliários? Loreen é uma boa professora?

— A melhor. — Ela tirou a rolha e serviu o líquido borbulhante nas taças. — Acho que ela ficou realmente feliz por aliviar a carga, passando para mim. — Tiffany entregou uma taça a Sandra. — À linda noiva, inspiração para os sapatos mais sensuais desta temporada.

— E à sua irmã, a presidente incontestável da premiada Associação de Pais e Mestres do Colégio Tuckerman.

— Apoiado, apoiado.

Elas bateram as taças.

— Feche os olhos — disse Brian a Abbey. — Tenho uma surpresa para você.

— Você não vai acreditar — acrescentou Parker, todo animado.

— Não conte nada ainda — depois Brian disse a Abbey: — É sério, feche os olhos.

— Não preciso que me dê nada — disse ela. — Já basta ter vocês dois.

— Mas que gentileza, querida, e sei que é verdade, mas você não precisa ser uma santa o tempo *todo*. — Ele a cutucou. — Toda mulher gosta de uma coisinha especial de vez em quando, então feche os olhos.

— Tudo bem. — Ela riu e fechou os olhos. — Estão fechados.

— Tem certeza de que não enxerga nada? — perguntou Parker, ela sentiu uma brisa mínima em seu rosto e sabia que ele abanava a mão diante de seus olhos.

— Não enxergo nada.

— Estenda as mãos — instruiu Brian.

Ela obedeceu.

— Lá vamos nós. — Ele pôs uma caixa fina e comprida nas mãos dela. — Pode abrir agora.

Ela abriu os olhos e a caixa era do tipo que trazia joias. Abbey não conseguiu evitar que seu coração desse um salto.

Depois entrou em pânico. Rápida e inesperadamente, com a certeza de que era uma premonição, ela entrou em pânico, sabendo que o interior da caixa trazia o colar que ela vendera há tanto tempo para dar dinheiro à igreja. O colar que levou Damon a quase matar Brian.

Brian o localizara. Ele deve ter economizado seus centavos por anos para comprar para ela, pensando que era uma antiga lembrança.

— Você se lembra de quando nos conhecemos — disse Brian, enquanto ela ouvia, paralisada. — Tinha uma joia muito especial que você vendeu para doar dinheiro à igreja.

— Sim. — Sua boca estava seca. Mal tinha dado para ouvir o som que veio de sua garganta.

— Bom, eu me senti mal por isso durante muito tempo — continuou Brian.

Pare, pensou ela, desesperada. *Pare, por favor. Por favor, por favor, não continue, não me obrigue a abrir esta caixa.*

— ... porque uma mulher como você, linda desse jeito, merece algo lindo para si mesma. — Ele assentiu para a caixa. — Então... vá em frente. Abra.

Não havia como escapar disso. Nenhum jeito de dizer *não, obrigada* e deixar o assunto de lado. *Obrigada por pensar nisso, é o que realmente importa.* Não, ela teria de abrir a caixa, ver o colar, e depois... o quê?

Ela desistira do disque-sexo. Depois que as contas foram pagas e uma boa reserva foi criada para o fundo de programas da APM, não havia motivos para continuar. Agora ela era apenas uma dona de casa feliz *de verdade*.

Mas se ela abrisse a caixa, como tudo ficaria?

— Vou ajudar – disse Parker, colocando as mãos na caixinha.

Dentro dela, no veludo preto, havia um colar de ouro fino com três diamantes solitários.

Não era *o* colar.

— Sei que não é igual ao que você doou – disse Brian, fazendo eco a seus pensamentos gratos com uma desculpa desnecessária na voz. — Mas sempre me incomodou que você não tivesse nada para substituí-lo. Então achei esse numa joalheria no shopping. Cada um dos diamantes representa nós três. Você, Parker e eu. E, se um dia formos abençoados com mais um, podemos acrescentar outro diamante. Embora eu espere que não seja tão cedo, porque minha carteira ainda está vazia. — É claro que ele estava brincando. Ela sabia que ele queria outro filho mais do que qualquer outra coisa, e que nunca se preocuparia com o dinheiro.

Ele só estava tentando deixá-la à vontade, porque sabia que *ela* sabia que era uma extravagância rara.

— Brian Walsh, você é o homem mais carinhoso do mundo — disse ela, reprimindo as lágrimas.

— E eu? — Parker quis saber.

— Você também! — Ela puxou os dois num abraço. — Eu os amo mais do que podem imaginar — disse ela.

— Nós também te amamos, mamãe.

— Sim. — Brian a olhou nos olhos. — Mais do que pode imaginar.

— Aqui é a Mimi. — Loreen estava deitada de costas em seus lençóis de cetim e apagara a luz.

— O que está vestindo? — perguntou a voz masculina e rouca.

— Estou com uma camisola de renda vinho com ligas pretas, meias arrastão e um par de mules Carfagni de couro preto. — E estava mesmo. E os sapatos eram tremendamente confortáveis.

— Quero que tire tudo. Peça por peça.

— Ah, eu quero que você faça isso. — Ela suspirou. — Acredite, quero que você tire para mim.

— Depois quero te beijar todinha, o corpo todo. Cada centímetro.

Ela refletiu.

— Isso levaria algum tempo.

— Temos o fim de semana todo. Pretendo te tratar com muito jeitinho, sem parar. Começando agora.

— E depois?

— Depois fazemos tudo de novo.

Ela riu.

— E depois?

— Depois vou trazer seu café da manhã na cama. Morangos, panquecas, café com creme...

— *Agora* está falando a minha língua.

— Sei como agradar você.

— Então, pelo amor de Deus, Robert, desligue o telefone e suba aqui. — Ela sorriu. — Eu quero você *agora*.

— Dois minutos. — Houve o som distinto de utensílios sendo colocados no lava-louças. — Já estou chegando.

— Estou esperando — disse ela, pensando que não havia nada mais excitante do que um homem que conseguiu que os avós ficassem com os filhos no fim de semana para poder fazer cada coisinha pela esposa por dois dias em comemoração ao aniversário dela. — Ah, e Robert?

— Sim, querida?

— Eu te amo.

Ela ouviu um som de alguma coisa batendo.

— Robert? — Ela franziu a testa. — Alô?

— Eu também te amo. — Ele entrou pela porta, tirando a camisa ao se aproximar dela. — Os pratos podem esperar. Mas isto...
— Ele foi até a cama e a puxou para seu peito despido. — ... não pode. Não vou perder nem mais um segundo do tempo que tenho com você, nunca mais.

Este livro foi composto na tipologia
EideticNeoRegular, em corpo 11/15,5, e impresso
em papel off-white 80g/m² no Sistema Cameron
da Divisão Gráfica da Distribuidora Record.